獵獲美人心 上

十七月 著

文創風 600

風 文創 600

目錄

序文

人的一生中總會不時冒出各式各樣的想法，將這些想法凝聚在筆尖，就成了創作的靈感泉源。

小時侯羨慕那些銀幕上的明星，可以將故事中的人物詮釋得活靈活現；長大後，我更羨慕寫作的人，可以用一枝筆去演繹故事中所有的人物。

《獵獲美人心》創作於大學畢業、即將步入社會的迷惘期，那段時間，面對未來和生活的雙重壓力，我一度放棄很多東西，唯一堅持不放的就是寫作。現實的糾結與痛苦並沒有影響我對美好事物的喜愛。

《獵獲美人心》雖不能稱為完美的作品，但故事中闡述了我對沈葭和侯遠山之間那份純真、質樸情感的渴望；而文中沈葭生活的恬靜山村以及被她細心照料的院落，也是我對返璞歸真、不為世事煩擾的生活的嚮往。

侯遠山，那個樸實、寡言又不乏深度的男人，他給了沈葭獨一無二的寵溺，讓她找回身為王府庶女時所缺乏的感情，從而更加樂觀向上地面對生活、體會人生。從某種意義上來說，他也是我心目中理想的伴侶類型。

愛情並不一定要轟轟烈烈，卻一定要刻骨銘心。在這本書裡，侯遠山和沈葭的愛情無疑

十七月

是讓人羨慕和憧憬的。

最後，祝願所有的女孩們都能如沈葭一般，找到獨屬於自己的侯遠山。

第一章　雪中初遇

柳州府蘇泉縣的南面有一處環山繞水的村子，名曰杏花村。

杏花村三面環山，是一個不大的村落，約莫二十多戶人家，大都靠著山上那幾畝薄田過活。

山上剛下過一場大雪，天寒地凍的，人走在路上一不留神就可能滑倒在地，摔個四腳朝天。

此時天剛朦朦亮，加上天寒料峭的，村人沒什麼要緊事，索性躲在被窩裡多睡上個把時辰。整座村子靜悄悄的，只聽得公雞仰脖打鳴的咯咯聲，而住在村子最南邊的獵戶侯遠山，卻是早早揹上弓箭、鎖上大門，往山上打獵去了。

路過高家時，高耀剛好趕著牛車從自家大門裡出來，瞧見侯遠山，笑著打了個招呼：「遠山哥，這麼大的雪還去打獵啊？」

高耀是杏花村的屠戶，平時侯遠山打到野豬之類的總會賣給他，故兩人關係一直不錯。侯遠山性子有些悶，素來和村人說不上兩句話，但高耀這人與他投緣，在杏花村算是最好的兄弟了。

侯遠山道：「家裡沒什麼要事，就當出去活動筋骨。」他說著看了看高耀的牛車。「你這是要去縣城賣肉？」

高耀擺擺手說：「大冷天的，賣個屁肉啊。我那娘子嘴饞，想吃鎮上的桂花糕，我去給她買些回來。你說人家肚裡懷個寶呢，我能不祖宗似的供著？」

聽到此，侯遠山沈默下來，沒有再接話。

似乎瞧出侯遠山的心事，高耀上前拍拍他的肩膀，問道：「怎麼，想女人了？」

侯遠山臉上一陣發熱，也不理他，揹起弓箭就往山上走。

高耀見此更確定自己的猜測，上前兩步拉住他說：「我看呀，你不如去外面帶一個回來。你看隔壁村那個二狗子，整日鬥雞走狗、不學無術，家裡還窮得響叮噹，大家都以為他會打一輩子光棍，結果一年前買回個婆娘，如今娃兒都生了，還不是老老實實過日子？」

侯遠山無奈道：「二狗子跟我哪能一樣，我不能害了人家姑娘。」

高耀道：「命硬剋妻這事邪門得很，誰知道到底真的假的，你也別被村裡那些人嚇著了，或許春花妹子的死是個意外呢？別因為這件事，把自己一輩子都賠上了。」

侯遠山嘆息一聲，只擺擺手道：「時候不早，你趕快去城裡吧，我還得去打獵呢。」說著，他揹起弓箭朝遠處走了。

高耀有些無奈地搖頭道：「你呀，就是個倔脾氣！」

可能是心情低落的關係，侯遠山在山上轉了半天，也只打到一隻野雞，好不容易看到一隻出來覓食的獐子，卻追著射了三支箭都沒射中。

侯遠山射獵向來百發百中，今日卻十分反常，他心知是打不到好東西了，便提起野雞放進後背的竹簍裡，打算下山回家。

走沒兩步，他便發覺今日這山上有些不太對勁。

冬日獵物雖少，但還是會三三兩兩出來覓食，像今日這般一片寂靜的，卻很少見。

剛下過一夜大雪，山上安靜得有些可怕，只偶有積雪壓斷樹枝的聲音傳來，顯得格外清晰。

侯遠山長年打獵，耳力格外靈敏，他站在原地聽了一會兒，心中升起一股可怕的感覺。今日這山上，怕是不大太平。

一雙靈敏的耳朵動了動，他側頭一看，頓時嚇出一身冷汗。

只見離他不過六十丈遠的雪堆旁，赫然站著一匹狼，通體灰白交雜，一雙眼睛呈寶藍色，在這白茫茫的雪地裡，宛若兩顆琉璃珠子，格外醒目。

這山上有狼群他是知道的，但大都棲息在山林深處，侯遠山通常不往裡走，故從來沒和豺狼虎豹打過照面。

像今日這般直接和一匹狼對上眼，還是頭一遭，說沒心驚，那是假的。

侯遠山下意識地往後退，不料一時大意，忘記身後便是陡坡，一腳踩空，頓時滾落下山。

一連滾了好幾圈，最後被一根粗壯的榆木樹幹攔下來。幸好他身手矯捷、皮糙肉厚的，滾這幾下倒沒什麼大礙，只是身上沾了不少雪。

他起身看了看跌下來的方向，可能滾得太遠，那匹狼並沒有追過來，他這才放心。他拍了拍身上的雪，拎起地上的竹簍，將那隻野雞重新裝好，便打算回家去。無意間，他朝身側瞥了一眼，頓時露出驚訝的神色。

只見離他幾步之外，躺著一隻水綠色的繡花錦鞋，那鞋看起來小巧精緻，上面還綴了幾顆亮晶晶的珠子，在白雪的反射下泛著光澤，一看便知是個值錢的東西。

他走上前撿起來細看，只見那鞋使用的是這方圓百里都買不到的稀罕料子，且那珠子晶瑩圓潤，想必價格不菲。

他拍了拍上面的泥土和雪漬，四下打量著，想看看能不能找到另一隻。這單一隻鞋拿到當鋪不值錢，若是一雙，可就另當別論了。

四下掃視一陣，終於在前面雪堆旁瞧見另外一隻，他心中大喜，急忙跑過去。

不料，在這雪堆旁，一個凍僵的小姑娘昏迷不醒地躺在那兒，臉色鐵青，整個身子凍得沒有溫度，而那隻水綠色的珍珠繡花錦鞋，正套在她小巧的玉足上。

昏迷的姑娘約莫十五、六歲的年紀，五官精緻、肌膚若雪、眉目如畫，臉頰雖已凍得發紫，那傾城之姿仍引得他渾身一顫。

侯遠山曾在外面待過七年，自認貌美的女子沒少見過，但如眼前女子這般美到骨子裡的，卻是頭一次遇上。

他失神片刻，才想到蹲下身察看她的狀況。感受到她鼻間尚有溫熱的氣息流動，他的臉上頓時有了笑意。這姑娘真是命大，竟未被狼叼去，看來是個有福之人。

見這姑娘渾身凍得僵硬，心知她必須趕快用火取暖，侯遠山不敢多加耽擱，顧不得什麼男女有別，直接抱起她飛奔回家。

侯遠山帶著昏迷的姑娘回到村裡時，天已經黑了，由於太冷的緣故，村口有不少人吃飽晚飯圍在一起烤火。

遠遠瞧見侯遠山回來，有人起身打招呼。「呦，遠山打獵這麼晚才回來呀？哎呀，這是誰家的姑娘，怎麼凍成這樣？」

坐在邊上烤火的高耀聞聲跟著站起來，看著侯遠山懷裡的姑娘打趣道：「你這小子，今天到底幹麼去了？還抱了個仙女回來？」

侯遠山此時心裡正著急，哪有心情理會大家的閒話，只道：「這姑娘凍得不輕，我先帶她回去，晚點再說。」

他說完，急急地走了，只留下烤火的眾人七嘴八舌地議論起來。

「這侯遠山莫不是學那無賴二狗子，買個媳婦回來吧？」

「還真有可能，我看那姑娘病得不輕，會不會是因為他剋妻的緣故呀？」

「哎喲，若真是這樣，那姑娘不就可憐了，花一樣的年紀，可別被剋死了。」

「不過這遠山兄弟也是不容易，挺老實的人，命怎就這麼硬呢？」

「……」

眾人正聊得起勁，高耀想到今天早上跟侯遠山說的那些話，頓時有些坐不住，他起身拍拍屁股，打算去侯遠山家問個清楚。

侯遠山回家後，將懷裡的女子平放在床上，又去衣箱裡取來三條棉被以及一張狐皮，全部裹在她身上。

如此仍嫌不夠，他又將柴房堆砌的木柴抱進屋，在床邊用盆子生起大火，這才跑到灶房去煮薑湯。

這邊正忙著，高耀從外面走進來，先往屋裡探了探，又循聲到了灶房。

侯遠山正在灶房裡切薑片，他體格高大，站在本就不大的灶房裡，顯得有些擁擠。

高耀索性也不進去，只斜倚在灶房門框上，眼中滿含深意地笑道：「你這小子，真行啊！早上還不把我的話當回事，晚上就真弄來個美嬌娘。剛剛外面天黑看不清，不過瞧那身段該是位妙人兒吧？跟兄弟我說說，哪兒買的？」

侯遠山將切好的薑片丟進鍋裡，才扭頭瞪他一眼道：「少在那兒碎嘴，那姑娘是我今兒打獵遇到的，看她凍僵了躺在地上可憐，這才給帶回來。」

高耀故作驚訝道：「該不會是天上掉下來的？老哥，豔福不淺啊你！」

他說著上前兩步，站在侯遠山旁邊，拍拍他的肩膀，語重心長道：「不過我跟你說，你這麼多年也沒個娘子在身邊，如今好不容易逮著一個，你可得好好把握，別讓煮熟的鴨子飛了。我跟你說，這男人到一定歲數就得有個女人，日子才過得舒坦，尤其到了晚上……」

侯遠山見他嘴裡沒個正經，不由黑著臉推他出去道：「天不早了，你趕快回家去吧，順便也跟村裡那些人解釋解釋，別讓他們來湊熱鬧，那姑娘身子弱，需要休息。」

「呵，你倆還沒怎麼著呢，就先護上了？」高耀見他這樣，鬧得更歡了，絲毫沒有要走的打算。

話一說完，侯遠山面露陰沈，一副再不走就要給他好看的架勢，他是個身強力壯的男人，高耀哪是他的對手，只好妥協道：「好好好，你先忙，我回去。」

見他出去了，侯遠山不由得將目光轉往主屋方向，想到高耀方才那些混帳話，只覺臉上一陣燥熱，忙別開臉去。

第二天，侯遠山一早便將昨日打的野雞放在鍋裡燉上，自己煮了稀粥配著鹹菜，吃罷又揹著傢伙去了山上。

當沈葭醒來時，已經巳時過半了。

睜開眼，她只覺得一陣腰痠背痛，強撐著硬邦邦的床板坐起身，她才審視起周圍的環境。一間不大的土瓦房，牆是用混了麥秸的泥土砌成的，四四方方的窗子看起來有些陳舊，但好歹能夠遮風。

床尾並列兩個木箱，因為掉漆太嚴重，已經認不得最初的顏色。床邊是一盆燒得差不多的木炭，只隱約還有些熱度。

離床幾步遠是一張掉漆的八仙桌，上面擦得乾乾淨淨，只擺了一個茶壺和幾個小陶瓷茶杯，除此之外再無他物。

桌子右側是一扇半掩著的房門，由於外面白雪茫茫的有些刺眼，沈葭只瞧一眼便轉過頭去。

她揉了揉有些沈重的眼皮，才漸漸想起發生了什麼事。

前日她被一群人口販子追趕，為了逃命跑到一座山上。結果剛避開人口販子，又碰上一匹狠狠瞪著她的餓狼，灰白雜色，眼珠深藍深藍的。

身為一個從沒見過真狼的現代人，沈葭嚇得心都快要從胸口跳出來。她雙腿發軟，不受控制地一直往後退，結果一踩空便栽了下去，她應該是腦袋撞上什麼東西，緊接著便失去知覺了。

如今看看眼前的情況，她應當是被路過的好心人給救了。

這時，一個四十多歲的農村婦人推門進來，那婦人鬢髮有些花白，身穿土灰色粗布棉襖，望著沈葭的目光帶著溫暖的笑意，她問道：「姑娘醒了？」

沈葭困惑地看著她，開口道：「是妳救了我？」

婦人笑著搖頭說：「不是我，是遠山昨日去山上打獵，遇到昏迷不醒的妳，才帶妳回來的。我家在隔壁，夫家姓袁，妳叫我袁嬸子就行。」

沈葭有些不自在地笑了笑，喚了聲：「袁嬸子。」

袁林氏笑道：「姑娘身子弱著呢，且先在屋裡歇著，我盛好雞湯給妳送過來。」

「謝謝袁嬸子。」沈葭覺得心裡暖暖的。她獨自在外流浪半年，雖說偶爾會碰到壞人，但這世上還是好人更多些。

第二章　剋親剋妻

沈葭在屋裡喝雞湯時，聽袁林氏大致講一下這裡的情形。

這個村子三面環山，名叫杏花村，因山上種滿杏樹而得名。村裡人口稀少，約莫二十多戶人家，種地謀生，靠天吃飯，一年到頭繳交賦稅後，剩下的頂多夠一家子勉強餬口，日子很是艱難。

而她的救命恩人侯遠山是杏花村的獵戶，因為會打獵，又無父無母，沒有養家餬口的壓力，日子在這村裡算是好一點的，有些人家，一日兩餐都未必能填飽肚子。

沈葭對此表示無法理解，問道：「山上多禽獸，大家沒事抓點野味，也多少能改善生活吧？」

袁林氏道：「姑娘有所不知，打獵可不是人人都能幹的，只有上報里正、年年繳稅才行。打獵的稅收比種田多，若能經常打到獵物拿去賣錢倒還好，若沒那個本事，豈不是白白往上繳稅。何況山上有豺狼出沒，終究不安全，沒有兩下子，誰敢往那上面跑？」

沈葭聽得有些發愣道：「照這樣說來，做個漁夫、樵夫也要繳稅了？那尋常人家想吃個葷腥，還得拿錢去買不成？」

袁林氏嘆道：「捕魚和砍柴維生者，自然也是有各自應繳的賦稅。不過像我們這樣的小地方，偶爾撿些乾柴燒火，或是在自家附近抓到野雞、野兔之類的，倒也沒人去管，總之不要拿去賣錢就好。但若是經常這樣，靠這行吃飯的人自然會抗議，畢竟人家若想吃些玉米、麥子，也是要拿銀錢去買的。」

袁林氏這麼說，沈葭便懂了，在這個時代，凡是以此謀生的，都要向上繳稅。

沈葭又問起侯遠山尚未成婚的緣由，袁林氏嘆息道：「遠山這孩子也是命苦……」

侯家代代打獵為生，到侯遠山這一輩，侯老漢只得遠山這麼一個兒子。

侯遠山的母親在生他時難產死了，所謂「男怕初一、女怕十五」，侯遠山生在大年初一，算命的說這孩子生辰不吉利，命硬剋親，需送去寺廟，方可保家宅安寧。

侯遠山的父親不信邪，何況剛沒了妻子，哪捨得再丟下兒子，便堅決自己撫養。鄉親們看侯老漢撫養兒子一直安然無恙，才把命硬剋親的流言壓下去。

侯遠山五歲那年，眼看到了啟蒙的年紀，侯父想盡快為兒子湊夠上私塾的學費，於是每天早出晚歸地上山打獵，有一天上山之後，再也沒回來過。

農夫陳麻子家的女兒春花和侯遠山自幼訂了娃娃親，侯老爹失蹤後，陳麻子見侯遠山一個五歲的孩子可憐，便帶回家撫養。侯遠山很能吃苦，自入了陳家便賣力幹活，陳家二老對這個未來女婿也是相當滿意。

誰承想到侯遠山十四歲那年，農忙時分，陳麻子和侯遠山爺兒倆在地裡割麥子，春花提了竹籃去為他們送飯，結果不小心跌進山谷，找到人時已經斷了氣。

春花自幼生長在山裡，哪裡有個土坑都一清二楚，沒想到送個飯都能摔下山谷，大家覺得這事邪門，再聯想到侯遠山爹娘的死，命硬剋親的流言又鬧騰起來，村人也於是信了。

陳麻子也將女兒的死怪到侯遠山頭上，將他趕出家門。

侯遠山因為無法忍受村裡的各種流言和村民異樣的眼光，最後離開了村子。

七年後，他在外面學了本領歸來，才又繼承他的父親，在杏花村做了獵戶。

他剛回來時，村人都不太跟他說話。後來看他為人老實，做事也勤勤懇懇的，常幫助大夥兒做些農活，才漸漸與他接近些。

雖說關係好了點，村民因為顧忌剋親的流言，沒人敢跟他說親事，以至他如今二十有三了，還是孤身一人。

沈葭聽得有些愣怔，沒想到她的救命恩人這般坎坷多難。只是這命硬剋親之說到底邪門了些，她在現代遇過不少大年初一出生的人，還不是照樣混得風生水起？若因為這些空穴來風之說耽誤一輩子，也未免太委屈了。

袁林氏和沈葭在屋裡說著話，突然聽到外面院子一陣熱鬧。

袁林氏起身道：「妳先吃，我出去瞧瞧怎麼回事。」

袁林氏說完走出屋去，只見外面聚了不少村裡的婦人，每個人的目光都透著好奇。

這幾日下大雪，婦人們在家閒得發慌，就想湊個熱鬧。昨晚沒仔細瞧那姑娘，如今算算該醒了，於是馮大嬸一聲吆喝，大夥兒就一起過來，足足有五、六個人。

見袁林氏出來，馮大嬸道：「來生娘也在啊？昨日救回來的姑娘醒了沒？我們來看看她有啥需要的，大夥兒也好出一分力。」

袁林氏道：「姑娘已經醒了，正在屋裡吃東西呢。」

「這樣啊，那我們進去瞧瞧。」馮大嬸說著就往屋裡走。

袁林氏趕緊攔住她說：「馮大嬸，姑娘才剛醒，身子還弱著呢，大家要不要改日再來？」遠山出門前特意交代，不能隨便放人進去擾了姑娘休息。她既然答應了，自然要辦到。

馮大嬸還沒搭腔，跟在她後面的袁王氏已經率先開口。「我說來生娘啊，這就是妳的不對了，難道我們進去就擾了那姑娘的休養不成？」

袁王氏是袁林氏的大嫂，平時就是一副捧高踩低、無賴耍潑的勢利嘴臉，她見二弟媳性子溫和，更是不放在眼裡，逮著機會就想數落一二。

馮大嬸也跟著擺擺手說：「不礙事，我們只是進去慰問兩句，妳就別瞎操心了。」

她說完便直接往屋裡走，袁林氏身子瘦弱，哪攔得住她們這群人，不由得有些懊悔，剛剛應該說那姑娘還沒醒才是。

馮大嬸帶人進去時，沈葭正坐在桌邊喝著雞湯。她上身穿著錦繡夾襖，外搭一件湖綠色褙子，下面則是一條小羅裙。

她雖然才十六歲的年紀，但已經發育得不錯，玲瓏有致、窈窕多姿，煞是惹人憐愛，那嬌嫩的皮膚白裡透紅，似能掐出水來，五官小巧精緻，一雙大眼睛十分水靈，眼波流動之間嬌滴滴的，宛若從畫裡走出來一般。

馮大嬸同人說了大半輩子的媒，還是頭一遭遇見這麼標緻的人兒，不由得心花怒放。

「姑娘醒了，身子可好些了？若是有什麼需要，儘管跟我老婆子說，我家離這兒不遠，一會兒就能給妳送過來。」馮大嬸笑盈盈地關心著。這般天仙似的女子，若是能為她說門好親事，她也能跟著沾沾光。

袁林氏見沈葭面露不解，忙出面介紹。「這是村裡的馮大嬸，是出了名的媒婆，就連縣城也有不少人找她說媒呢。」

沈葭笑著站起身，舉手投足間落落大方，問了句：「馮大嬸好。」

馮大嬸趕緊上前拉住她的手，只覺白嫩纖細、柔若無骨。她不由讚嘆道：「多好的姑娘啊，還如此懂事，可真是讓我愈瞧愈喜歡，恨不能帶回家當女兒呢。」

沈葭笑而不語，心想果真是媒婆的一張嘴，挺會哄人的。不過可別想為她說親，這山溝裡哪會有什麼好人家呢。

馮大嬸看看屋裡，皺眉道：「遠山是大男人家，姑娘一個未許人的女孩子住在這裡，只怕多有不便吧？我家前面新起了三間瓦房，地方寬敞舒適，姑娘不如搬到我那兒去住？」

媒婆的心不是尋常人摸得透的，沈葭不願與她多有交集，只笑著回一句：「多謝大嬸的好意，只是我醒來後還沒見過自己的救命恩人，怎好就此到妳家去。如此，倒顯得我忘恩負義了。」

袁林氏也趕忙道：「是啊，大嬸，這事還是等遠山回來再說吧，畢竟人是他帶回來的。如今時候也不早了，大夥兒就先回去吧，讓姑娘好好歇息。」

馮大嬸也沒打算一次就把人帶走，如今沈葭既然這麼說，她自然不好再堅持。「如此也是，那姑娘就好生歇著，我們過些時候再來看妳。」

其他幾位看熱鬧的婦人也跟著寒暄幾句，才跟著馮大嬸離開。

到了傍晚，侯遠山提著兩隻野兔回來，先去到隔壁的袁家。

袁林氏正和女兒葉子、兒媳婉容圍在炕上打絡子，聽到外邊有聲音，便下炕走出去道：「呦，遠山回來了！」

侯遠山道：「今天收穫不錯，這隻野雞給來春媳婦補身子，還有這幾顆野雞蛋，嬸子也一併拿去吧。」來春是袁林氏的二兒子，他的媳婦婉容懷著身孕，正需要滋補。

袁林氏家的老爹袁二牛，前幾年不小心從山上滾下來，摔斷了雙腿和一隻右臂，如今是什麼體力活也做不得了；大兒子來生在鎮上一個大戶人家當差，平常很少回家；二兒子來春赴京趕考，一時半刻也回不來；三兒子來喜今年剛滿六歲，雖多少能幫些忙，但畢竟年紀小，能幫的有限。

家裡男丁雖多，但能幹活的卻少，家裡的一切雜務都落在袁林氏身上，日子過得十分艱難。

起初因為來春中了舉人，村裡不少人為了和他們搞好關係，送來各種食物，但村民也都不富裕，自家人的肚子都未必填得飽，又哪能時常擠出糧食來奉承他們？

其實在沈國，但凡中了舉，都可以享有朝廷俸祿，按理說袁家的日子已經好上太多。無奈袁來春考得愈高，應酬也愈多，平日同那些風流名士請客喝酒、流觴曲水，哪一樣不需要銀子？因為如此，袁家還是富裕不起來。

倒是侯遠山因日子過得寬裕，平日能幫多少便幫多少，故兩家交情很不錯。

袁林氏這次看著野雞卻沒有收下，她推卻道：「你老給我們送東西，已經夠多了，前些日子給的半隻羊後腿還剩下不少呢，這野雞你還是帶回去吧，如今冬天了，大家都不好過，明天拿到縣城賣，還值些銀錢。」

侯遠山卻堅持道：「來春媳婦如今正需要好好補身子，將來生的娃兒才健康，我也不差這一隻雞，嬸子儘管拿去吧，我只有一個人，要那麼多銀錢做什麼。」

袁林氏看他堅持，只好收下，她滿心感激道：「你說說，你三不五時送來東西，讓我們如何過意得去？」

侯遠山道：「嬸子莫要這麼說，你們家的困難我也知道，到底是鄰里鄉親的，我能幫就多幫一些。」

袁林氏聽得眼眶一熱。遠山這孩子為人厚道，命怎麼就那麼苦呢？原本誰若嫁了他本該是福氣，卻硬生生讓村裡的流言蜚語耽誤了。

想到遠山家裡的沈葭，袁林氏又問：「你家的姑娘，可有想過如何安頓？我問了那姑娘，她舉目無親，也想在咱們村子住下來。」

侯遠山道：「今兒個我也琢磨過這事，她一個姑娘家在我那兒住多有不便，何況我的名聲又……我想讓她過來與葉子住，她倆年齡相當，也能有個伴，至於她每日的生活費用，全算在我身上。」

袁林氏道：「我也是這個意思，這姑娘我很喜歡，想收她做乾女兒，至於生活費用你不用出，只是多雙筷子，我家還負擔得起。」

袁林氏如此打算並不是一時衝動，昨晚她想了一夜，沈葭那孩子不錯，遠山也靠得住，她想從中撮合。

只是遠山人太老實，定不願因外面的流言誤了人家姑娘，她若現在說這個，他鐵定是不願意的。

思來想去，也只有先認沈葭當乾女兒再慢慢籌劃更妥當些。

第三章　楚王之女

侯遠山回到自己家，一進院子就見地上乾乾淨淨的，灶房旁還堆了個雪人，雪人頭頂上有兩個犄角，看上去有些不倫不類，卻又煞是可愛。

他將打來的野物扔進雜物房裡，才推門走進正屋。

桌邊一盆木炭燃燒著，沈葭趴在桌上，一條胳膊伸得筆直，腦袋側臥在上面，正閉著眼睛休息。

火光映襯出她白裡透紅的肌膚，本就精緻的臉蛋越發水嫩，長長的睫毛微微顫動著，像蝴蝶翅膀一樣，讓人看著忍不住想要伸手去捉。

沈葭趴在桌上睡得淺，聽到動靜也就醒了。她濃密的睫毛顫動幾下睜開眼，恰好對上門口一雙直視她的眸子，黑白分明，格外深邃。

侯遠山正瞧得出神，沒料到她會突然醒來，頓時臉上一陣尷尬，忙別開眼去。

沈葭看著門口立著的男人，體格高大，身材健碩修長，小麥色的皮膚看起來格外結實，而那張臉眉清目秀、剛毅出眾，竟是難得的英俊男兒。

見那人抿唇不語，面對自己的目光有些閃躲，臉頰也微微泛紅，沈葭便知他應是不擅言詞的。

「這是你家吧？謝謝你救了我。」她主動開口，聲音溫婉清脆，如出谷黃鶯，惹得侯遠山一張臉越發熱了。

「舉……舉手之勞。」

沈葭察覺出他的局促，自己反倒不那麼緊張了，她莞爾一笑道：「我聽袁嬸子說你叫侯遠山是吧？那以後我就叫你遠山哥好了。我叫沈葭，這個『葭』就是詩經裡面那句……」

沈葭正要解釋自己名字的出處，卻又突然頓住，這村裡的人應該都沒讀過書吧，她解釋了只怕他也聽不懂。

「蒹葭蒼蒼？」意料之外地，侯遠山接了一句。

沈葭欣喜地點頭道：「就是那句！原來遠山哥讀過書？」

「識得幾個字。」

不知是不是錯覺，她好像看到侯遠山在說出這幾個字時，眸中閃過一絲複雜難測，但當她想要細看時，卻又無跡可尋。

應當是自己身子還沒休養好，眼花了。

兩人相對沈默了一會兒，沈葭笑道：「遠山哥餓了吧？你打獵肯定很累，我去做飯給你吃。」她說著就出門往灶房去。

侯遠山見沈葭衣著華麗、細皮嫩肉的，一看就是十指不沾陽春水的閨閣小姐，哪敢讓她做飯，忙伸手拉住她。

寬大的手掌一接觸她纖細的手腕，便有股異樣的感覺傳入手心，直衝他的心臟。

驚嚇之餘侯遠山忙鬆手，面露歉意道：「唐……唐突了。」

沈葭倒是對他剛剛的肢體接觸不甚在意，見他這樣局促反而覺得有些可愛，她問：「遠山哥還有何事？」

「沒……沒事。」侯遠山早忘了剛剛拉她是要做什麼了。

沈葭挽起袖子來到灶房，灶臺上還放著大半鍋她早上喝剩的雞湯，不過這兩日天冷，雞湯已經涼透。

她熟練地抓把乾柴放進去生火，將那雞湯重新燉上，然後在灶房裡尋找做飯的材料。

屋裡的侯遠山好一會兒才反應過來，他也進了灶房，道：「還是我……我來做吧。」

沈葭正在找東西，看他進來，便問：「遠山哥，家裡有麵嗎？」

「在那兒。」侯遠山指了指牆角的一個鐵桶。

沈葭過去打開鐵桶瞧了瞧，竟然是玉米麵！

她這才憶起這地方的人都不甚富裕，誰又吃得起那白花花的細麵呢？

以前，她總覺得自己身為王府裡的庶女日子過得拮据，如今到了這裡，她才知道那樣的生活水準也不是尋常百姓能達到的。

果然，勛貴人家拔根汗毛，也比一般老百姓的大腿粗。

這玉米麵她在現代吃過，不同的是那時只是為了嚐鮮，如今卻是百姓們的主食。

沈葭想到她方才在屋裡用乾柴烤火，頓時羞愧得無地自容。山村裡生活艱苦，乾柴縱使是撿來的也捨不得浪費，人家都用來燒火做飯，她竟用來取暖，不知道侯遠山剛回來時看到那熊熊燃燒的火盆有沒有很心疼？

感慨完了，她隨手挖把玉米麵到盆裡，澆了開水和麵，又摻了馬齒莧、撒上鹽巴擀成餅，在鍋裡抹了油貼上去。

侯遠山見她熟練的動作有些驚訝，問道：「妳會烙餅？」

沈葭轉頭對他笑笑，說：「我又不是什麼金枝玉葉，一個人討生活，很多事自然要親自動手，因而學過一些，不過烙得不好，遠山哥可別嫌棄。」

侯遠山起初以為沈葭是個走失的閨閣千金，如今看來倒也是位苦命的姑娘。

「一個人討生活？那妳現在沒家人了？」

沈葭愣了一下，沒有接話。

她還有家人嗎？自然是有的。不過，雖說有，卻跟沒有沒什麼兩樣。

沈葭穿越過來時，還是一個剛出生的小嬰兒。

她的父親是當今聖上的異母兄弟楚王，母親原是楚王妃身邊的丫頭。

楚王妃懷孕期間，為了不讓楚王到外面尋花問柳，給自己招來什麼難對付的女人，便將貼身丫鬟白茹推到楚王床上。

楚王妃生下長女宴請賓客那日，白茹意外被診出有孕。楚王妃心裡恨得牙癢癢，但為了在人前博一個賢德之名，只好當著眾賓客的面請求楚王將白茹收入房中，抬為姨娘。

白姨娘為此對楚王妃感恩戴德，更是日日盡心服侍著。

但楚王妃心裡一直憋著怨氣，她又是個眼裡容不得沙子的人，背地裡沒少折磨白姨娘。

不過白姨娘命硬，幾次被害都有驚無險，還奇跡般地撐到產期，順利誕下一個女嬰，正是自現代穿越而來的沈葭。

沈葭剛穿越過來時，得知自己的母親是個姨娘，還曾盤算著要好好抱緊楚王妃的大腿，好讓自己將來吃香喝辣、無憂無慮地混日子。

結果卻發現楚王妃根本不是個省油的燈。

白姨娘生下她不過半載，便因身子虧空丟了性命，這是誰的傑作自不必多說。

沈葭半歲沒了娘，楚王妃為了彰顯自己的大度，裝出慈母的樣子把她養在身邊。

說是會像親生女兒一般對她，可事實上沈葭的待遇卻連個丫鬟都不如。

嫡出的沈菀錦衣華服、珠環翠繞，沈葭卻只能穿沈菀穿舊的衣服，吃一些下人們的粗茶淡飯。

年紀稍微大些，沈菀更是對她像丫鬟一樣呼來喚去，一點不順心，便找婆子對她好一番折磨。

因為沈菀討厭沈葭，連帶拿沈葭當親生女兒的奶娘也受了不少虐待。沈葭漸漸發現，她不能再任由她們欺凌下去，哪怕是為了奶娘，她也要努力衝出一條活路來！

四歲那年，在楚王妃的壽宴上，她髒兮兮地跑到楚王妃面前哭著說自己不小心把姊姊給她的衣裳弄破，問姊姊現下可還有不穿的衣裳給她。

眾人聽聞堂堂王府庶女卻要穿嫡姊的舊衣，不由得低聲對著楚王妃指指點點，弄得楚王妃很沒面子，更是被當朝最得寵的汐貴妃狠狠地數落一番，汐貴妃甚至親自命人幫她裁製新衣，好一番梳洗打扮。

梳洗過後，上前謝恩的沈葭見汐貴妃對自己有幾分喜愛，便刻意討好，說些俏皮話來逗她開心，惹得汐貴妃對她越發憐愛，直氣得一旁的沈菀面色脹紅、眸帶惱怒。

有了汐貴妃這個靠山，楚王妃對沈葭也得忌憚幾分，自是不敢再刻意苛待。但因為看著礙眼，便將她打發去偏院，自此不聞不問，眼不見為淨。

如此，沈葭和奶娘二人得以在王府後院平安度日，雖然住處偏僻冷清，但到底不用再受她們母女欺負，也算安然自在。

直到半年前，齊國突然派兵攻打沈國，另一頭沈國又和燕國打得火熱，沈國一時間腹背受敵，使得聖上不敢派兵再戰，最後聖上和一幫大臣商議出和親的法子，打算從皇室宗親中選一位適齡女子封為公主，前往齊國和親。

當今聖上登基之前，也是經歷過一場兄弟之間的宮廷大戰，如今活下來的王室宗親也只剩楚王這個沒什麼本事的弟弟。如此一來，和親一事自然落到他頭上。

楚王妃害怕自己的親生女兒去和親，便以最快的速度為女兒在京城找了一門不錯的婚事，沈葭頓時成了宗親裡唯一適合和親的女人。

對此，她自然不會乖乖認命！

她是王府的女兒不假，可打出生開始王府又給了她多少恩惠？若不是奶娘護著她，她只怕早就死了。

從小到大，她的父王對她不聞不問，楚王妃更不必說，極盡欺負之能事。如今遇上這事，便想到王府裡還有個女兒，這世上哪有這種道理！

他們對她不仁，她又何須在乎什麼血脈親情？

於是，她暗地裡買通王府的人，連夜逃了出來，接著便一個人海北天南地瞎晃，一心想走遍整個沈國疆土，反正有奶娘教她的刺繡絕活在手，到哪裡都餓不死。

她從鎬京走到這裡，花了半年的時間，起初覺得新鮮，但時間久了，想到自己一個人在這舉目無親的國度裡，難免落寞。

原本為了行途方便，她一直都是女扮男裝，因此這半年並未出什麼大亂子。前段日子她突然很想穿回女裝，結果引起人口販子的注意，不小心被他們抓住，打算販賣至煙花之地。

幸好她機靈，夜裡趁人不注意燒了房子，才在混亂中逃出來。

而後也就有了在山上遇狼，被侯遠山救下這樣的事情了。

只是她的身分太過特殊，對眼前男人的秉性又不甚了解，沈葭並未敢說真話。

見侯遠山問及她的身世，她也就一筆帶過，只笑道：「我本是無父無母的孤兒，被賣入京城的大戶人家做丫鬟，後來那戶人家沒落，便被主人遣散出來，一個人在外漂泊。」

侯遠山聽沈葭一個年紀輕輕的姑娘卻身世坎坷，不由生出憐憫之心，他說道：「那妳以後就在這村裡住下來吧。」

沈葭愣了一下，隨即笑看著他，道：「好啊，我也是這個想法，我會刺繡，住在這裡可以養活自己的。」在外面漂泊久了，她很想找個地方安頓下來。

京城那個地方，她不想再回去了。自兩年前奶娘去世後，那裡對她來說就沒有什麼可留戀的，什麼親王之女、錦衣華服，到頭都是一場空，只希望這輩子能找到一個好好待她的男人，踏踏實實過日子。

侯遠山和袁嬸子都是好人，在這裡住也挺好。這裡民風淳樸，相信時間久了，總能找到一個適合自己的男人嫁了。

沈葭烙餅時，侯遠山在灶房山牆邊挖了根白白嫩嫩的蘿蔔出來。

沈葭瞧見了一陣歡喜，道：「遠山哥家裡還有蘿蔔。」

「自己種了些，吃起來方便。」

沈葭伸手接過來說：「那今天晚上吃涼拌蘿蔔絲好了。」

她說著用木瓢舀水將手裡的蘿蔔清洗兩遍，放在砧板上切成細絲扔進盤子裡，撒上鹽巴，又加了少許陳醋，用竹筷將盤裡的蘿蔔絲攪拌均勻，放置在一旁醃著。

忙完這邊，她又趕忙去看火上烙著的餅。

侯遠山見她一個人忙忙碌碌的，自己幫不上什麼忙，索性便在一旁看著。

沈葭嬌小的身子在灶房裡走來走去，那模樣竟給他一種家的感覺。這些年家裡除了他再無旁人，今日這景象讓他覺得心裡暖暖的。

想到之前和袁嬸子商量讓她和葉子住一起，他心裡竟出現些許不捨。

不過為了她的名聲和安全著想，他還是開口詢問道：「袁嬸子想認妳做乾女兒，讓妳去她家和葉子一起住，不知道妳……」

沈葭將餅翻過來，聽到這話頓時驚喜地笑道：「好啊，袁嬸子是個好人，她若願意認我當乾女兒，我高興還來不及呢！」

侯遠山看著她身上的衣服，沈默了一會兒，道：「明兒我去縣城把那些野物賣了，順便幫妳買兩件換洗衣物。除了這個，妳還有沒有別的需要？」

沈葭笑著搖頭說：「不用，遠山哥賺的是辛苦錢，可別都花我身上了，如此豈不讓我心裡內疚？」

沈葭甜甜的微笑似有魔力一般，讓侯遠山一時又變得局促，他道：「我原就一個人，錢多了留著也沒用，給妳買兩件衣裳也好。」

沈葭聽得有些感動，熱了眼眶，看著侯遠山說：「遠山哥，你對我真好。」她在外面漂泊這麼久，雖說遇過不少好人，但像遠山哥這樣掏心掏肺對她好的，她還是第一次見到。

侯遠山被她眼裡的溫情盯得有些彆扭，臉上也隱隱發燙。

「那個……我去收拾桌子。」他忙尋個藉口，轉身一溜煙地跑了。

沈葭瞧見了有些想笑，遠山哥還真可愛，比女孩子還容易害羞。

兩人吃完飯的時候，隔壁袁嬸子已經遣葉子過來帶沈葭到自己家裡去。

葉子是個十四歲的小姑娘，小麥色皮膚，身材瘦小，一雙大眼睛卻格外有神，透著股靈動的氣息。

沈葭第一眼就覺得這姑娘合她眼緣。

到了袁家，沈葭發現好幾口人住的地方也沒比侯遠山一個人住的大到哪兒去。

家門口是用玉米稈子搭建的簡易茅房，院牆則是竹編的籬笆，因為編得稀疏，從外向內看可說是一覽無遺。

正對大門是並排的三間大瓦房，房上的瓦片有些鬆動，如今積了雪更顯搖晃，似要砸下來的樣子。左側是兩間小屋，分別給葉子和來喜兩個人住，右側則是一間用土坯牆砌成的灶房，緊鄰灶房是一個豬圈，兩頭小豬趴在窩裡睡得正酣。

葉子領沈葭往屋裡去時，二嫂婉容正在幫她們鋪床，見沈葭進來便笑道：「姑娘來了，我們家寒酸，希望妳別介意，到底是個能遮風擋雨的地方。」

婉容是個白白淨淨的女子，鵝蛋臉、柳葉眉，稱得上是個美人。如今小腹微微隆起，約莫已有三、四個月的身孕，但做起事來手腳俐落，一看便是個勤快的人。

沈葭道：「嫂子別這麼說，你們能收留我已是感激不盡，怎還能挑三揀四的。嫂子也不用叫我姑娘，喚我小葭就好了。」

婉容靦覥地笑了笑，瞧見她那沾了泥濘的繡鞋和裙襬，又道：「小葭想必沒有換洗的衣物，小姑的怕妳穿了太小，我去拿兩件我的來給妳，先將就著穿吧。」

她說完轉身對葉子道：「小姑去灶房把熱水提過來，讓小葭洗個熱水澡。雖說天寒，但我們家的浴桶夠大，整個人坐進去不至於覺得太冷。」

沈葭身上的衣服穿了有些時日，早就想要換洗，見婉容如此體貼，不由感動地說：「多謝嫂子。」

第四章　袁家認親

一番洗漱後，沈葭頓時舒服多了。婉容的衣服穿在她身上很合身，素淨的碎花襖子配一件灰藍色棉褲，暖和又舒服。

整理好自己便開始認親，認乾爹娘沒什麼繁瑣的規矩，沈葭在袁二牛和袁林氏跟前磕個頭、奉上茶水、喊聲爹娘，也算成了。

袁二牛腿腳不方便，一直在圈椅上坐著，對沈葭也是淡淡的，自始至終沒說一句話，敬的茶水也只抿一口便放下，倒是袁林氏熱情地扶她起來道：「好孩子，妳既進了我們袁家，大家今後便是同甘共苦的一家人，但凡葉子有的，也必有妳的一份。」

沈葭聽著這話，鼻子一陣泛酸，自從奶娘去世，在這舉目無親的國度裡，還真是再沒有像袁嬸子和遠山哥這樣待她的人了。

「乾娘放心，我以後定會好好孝敬您和乾爹的。」沈葭一臉認真地道。

「好、好！」袁林氏高興地應了。其實她並沒圖沈葭的報答，認她做乾女兒一來是覺得她孤苦一人可憐，二來便是為了遠山。那孩子幫她家太多，她也該為他盡些力。

一旁六歲的來喜也在葉子的提醒下，對沈葭甜甜地叫了聲姊姊，這聲姊姊喊得沈葭眼眶含淚，她伸手摸了摸來喜稚嫩的臉蛋，高興地應一聲：「好弟弟。」

如今，她也是有家的人了。

認完親，外面的天已經徹底黑下來。村人節省，沒什麼大事通常捨不得煤油燈照明，整個村莊黑漆漆的，看不到一絲光亮。

因為冬天天冷，大家都睡得早，沈葭和葉子也早早回自己的小屋睡覺。

炕上雖然硬邦邦的，褥子也薄得可憐，卻很暖和。沈葭和葉子兩人窩在棉被裡，渾身都暖烘烘的。

兩個小姑娘初次見面便很投緣，現下睡不著，索性躲在被窩裡說起悄悄話。

葉子問起沈葭的身世。雖說袁家人待她不錯，但到底有些事不方便傳出去，沈葭的回答也就和她同侯遠山說的一樣，只道以前在大戶人家做丫鬟。

葉子聽沈葭是從京城過來的，不由興奮地說：「京城離這裡遠嗎？我二哥上京趕考都已經三個月，也不知到了沒有。」

沈葭想了想，道：「我離開鎬京的時候是夏天，走走停停的花半年的時間才到這兒，如果是步行趕路，少說也要三、四個月吧。不過考試是在春天，妳二哥還是趕得上的。」

葉子嘆息一聲。「要是我二哥能順利考中就好了，家裡砸鍋賣鐵的就為了供他讀書，臨上京前我娘把家裡所有銀錢都給他帶著。我們家窮，二哥也算是我們全家人的指望了。」

「家裡供一個讀書人，想必是件很苦的事吧？」沈葭問道。

「是啊，且不說那一年書院的束脩和筆墨紙硯等開支，單單二哥在外面的各種應酬，對我們家來說都是個大難題，有時家裡揭不開鍋，還要去外面借糧食。我大哥就是為了供二哥讀書，到現在二十出頭還沒娶媳婦，如今二哥算有出息了，又要供來喜唸書，我大哥這麼多年也是苦著呢。」

沈葭對此有些不甚理解，問道：「妳二哥既然能上京參加會試，想必已經是個舉人，多少能有個官當，苦日子熬出頭也是早晚的事，按理說馮大嬸早該上門來為妳大哥說親了啊？」

葉子搖搖頭。「二哥考中舉人後，說親的自然不少，但我大哥哪肯啊，娶個媳婦少說也要好幾兩銀子，現在家裡這麼拮据，來喜又在唸書，哪拿得出那些銀錢來。」

聽及此，沈葭晶亮的眼珠轉了轉。乾娘家的日子還真不好過，如今多了她這張嘴，怕是日子更加艱難。

思索一下，她突然翻身朝向葉子道：「葉子，明兒個遠山哥要去縣城趕集，咱倆跟他一起去好不好？我會刺繡，咱們去縣城的鋪子裡問問，若價格談得好，也給家裡多一份收入。」

葉子一聽很歡喜，樂道：「好啊，趕明兒我們跟娘說一聲，若真能多一份收入就太好了。」

因為惦記著去縣城的事，兩個小姑娘沒敢聊太晚，說了幾句話便各自睡去。

清晨，天剛泛出魚肚白，為了去縣城趕個大集，已有不少村民起來忙碌。

侯遠山聽說沈葭和葉子也要去，便在自家的板車上墊了稻草讓她們坐，然後拉著板車就出發了。

縣城的集市逢五逢十，每到這一日便有不少人帶著自家的東西去賣，像是編製的籮筐竹籃，或是蘿蔔、白菜、豆腐、豬肉之類的。

侯遠山積攢五日，雖說打得的獵物不比其他季節，但僅一隻大野羊也夠讓人瞧了眼紅。

原本村裡有個屠戶高耀，侯遠山的獵物可以直接賣給他，但高耀只賣豬肉，沾不得羊肉的膻味，侯遠山只好自己拿著大野羊去城裡賣。好在城裡的一些酒樓掌櫃與他熟識，要賣也很容易。

「遠山，又打這麼多傢伙啊？可真是能幹，這拿到城裡能賣不少錢吧？」袁王氏坐在自家門前的大石頭上吃飯，見侯遠山拉了板車過來便酸溜溜地問。

村子最南面並排住了三戶人家，分別是侯遠山家、葉子家和葉子的大伯娘袁王氏家。葉子家在中間，又與侯遠山關係好，平時跟著沾了不少光。

袁王氏原本忌諱侯遠山命硬剋親的傳言，老是避著他。可後來見二弟媳家同他走得近也沒出啥事，還跟著吃了不少葷腥，這讓她不由眼紅起來，也想跟他套套關係。

但這人的蠻橫不講理是村裡出了名的，侯遠山不太喜歡跟她打交道，只淡淡「嗯」一聲便拉著板車走了。

袁王氏氣得撇撇嘴，朝侯遠山離開的方向吐了口唾沫，小聲嘟囔著。「有什麼了不起呀，不就會打幾隻畜牲嘛，哪天進到深山老林裡出不來，誰還會巴巴地羨慕你？」

袁王氏說話的聲音不大，但侯遠山還未走遠，坐在板車上的沈葭和葉子自然聽了個清清楚楚。

葉子氣得抓起黏在車板上的泥巴隨便一捏，用力往袁王氏坐的方向扔過去。緊接著便見袁王氏從石頭上跳起來。「哪個天殺的往老娘碗裡加料，好好一碗糊糊都給毀了！」

後面又罵罵咧咧說了幾句含糊不清的話，雖沒聽真切，但也猜得出不是什麼好話。

葉子氣呼呼地伸出食指蹭蹭鼻子，嘴裡吐了兩個字：「活該！」

沈葭被葉子直率的性子驚得愣了一瞬，隨即對她做了個抱拳的動作以示欽佩。

這丫頭，果然合她的胃口！

侯遠山帶著沈葭和葉子到縣城後便分開了，侯遠山到酒樓送獵物，沈葭和葉子則去縣城東面的錦繡閣。

葉子平時也會來這裡拿些絲線繡荷包或打絡子換銀錢，所以和錦繡閣的掌櫃也算熟識。掌櫃見葉子進來，便熱絡地迎上去。「袁丫頭來了，可是前些日子拿的絲線都用完了？」

葉子將手裡的包裹遞過去。「掌櫃的，這些絡子和荷包我已經做好，看看有沒有什麼問題，一共二十個絡子、十個荷包。」

掌櫃伸手接過，隨手遞給打雜的小廝，笑道：「都是老主顧了，哪還需要查驗，妳做的活兒準沒問題。」

說話的工夫，小廝已經取一吊錢過來，掌櫃的接過來遞給葉子。「絡子一個一文錢、荷包一個五文錢，一共七十文，妳拿好了。」

見葉子接下，掌櫃又笑著問：「袁丫頭這次打算拿多少絲線回去？」

葉子道：「這個先不急，今天主要是帶我姊姊過來看看，掌櫃的幫她介紹一下吧。」葉子說著，指了指在貨架前認真觀看的沈葭。

掌櫃有些意外道：「袁丫頭還有個姊姊，我竟不知道。」

葉子笑了笑。「是我娘剛認的乾女兒，今天第一次帶她來縣城。」

掌櫃了然地點頭，繼而將目光落在沈葭身上。

他做生意的時間不短，來來往往的客人也見得多，今日看到沈葭還是有些驚訝。這姑娘的穿著雖然毫不起眼，但仍掩不住嬌俏動人的容貌，舉手投足間也有股貴氣，連劉員外家的二小姐也比不上。

只一眼，掌櫃便知這姑娘的身分必定不凡，縱使不是什麼千金大小姐，也該是見過大世面的人物。

葉子上前挽著沈葭的手臂。「小葭姊，妳想要接什麼活只管和掌櫃說，他們店裡的貨品可是整個縣城最多的一家。」

沈葭笑著點點頭，向掌櫃問道：「不知店裡的東西是怎麼要價的呢？」

掌櫃上前介紹道：「店裡大多數人家接的活兒都是絡子、荷包、絲帕之類的，實際要價則要看個人手藝。袁丫頭做的那些是最普通的，價格姑娘也都知道，而這些做工比較繁瑣的，是十文錢一個。」

沈葭接過掌櫃遞來的一個荷包，仔細瞧瞧，是用蘇繡裡的納錦針法，做工的確比葉子做的精細不少，但也不算上品。

她看了看，遞還給掌櫃，又問：「可有比這個做工更好的？」

掌櫃詫異一下，讓小廝取了個錦盒過來。「這是店裡最好的，姑娘瞧瞧如何。」

沈葭打開錦盒，只見裡面放一條絲帕，觸摸起來質地柔軟、絲滑，是用上等絲綢所織，帕子上的雀鳥纏枝繞芙蓉圖更是栩栩如生。

沈葭拿著瞧了瞧，問道：「不知這樣的帕子繡出一條是多少錢？」

掌櫃道：「這是我們店裡的精品，絲線也是上等的，繡出一條八十文錢。」

葉子聽了不由得在心裡吶喊，一個就八十文錢，那能抵她打多少絡子、繡多少荷包啊！

沈葭倒是對價格不甚在意，一分錢一分貨，這花樣比較複雜，耗費的時間自然也多。

如果讓她繡這東西，蠻幹也要一日，但農家哪有那麼多閒暇，大多是空閒時繡上幾針，少說也要兩、三日才能完成。

三天繡出一個八十文的荷包，其實不算很高的價格，不過好在古代物價低，對一般家庭來說，這的確算得上是一筆不小的進帳了。

沈葭拿著繡帕翻看幾下，隨即指著雀尾問道：「掌櫃的，這樣的絲線還有嗎？」

掌櫃有些不明白沈葭的意思，卻仍吩咐小廝取來絲線遞過去。

沈葭接過針線，在左側一張圈椅上坐下來，隨手拿起茶几上的繃子將繡帕固定住，低頭認真挑起上面的絲線。

「掌櫃的，這……」一旁的小廝面露擔憂，這繡帕在店裡算得上精品，若是一不留神弄壞，那可就賠本了。

掌櫃抬手制止小廝，只專注地看著沈葭的動作。

時間一點點地過去，錦繡閣裡的客人來了又走，過了一炷香的時間，沈葭總算鬆了一口氣，臉上浮現笑容，道：「終於完成了！」

她起身將帕子遞給掌櫃。「您看這樣繡過之後可還滿意？」

掌櫃接過來一看，頓時面露喜色。「姑娘真是好繡法，只寥寥幾針，就讓這雀鳥更加活靈活現了。」

沈葭淡淡一笑，道：「雀尾最適合的針法便是蜀繡裡的撒針，而這帕子之前卻用了滾針。滾針的針法原是為了表現繡物的自然形態，用來繡花葉的葉脈或衣服的皺褶尚可，但若用來繡雀鳥尾巴，便顯得有些彆扭。如今改成撒針，可為這雀鳥增添一分色彩，視覺上也更加逼真。」

掌櫃又驚又喜地看著沈葭道：「姑娘果真是繡中翹楚，老朽受教了。」

見掌櫃對自己的說法很贊同，沈葭心裡也十分歡喜。成功展示自己的繡藝，接下來便可以好好談談了。

沈葭和葉子從錦繡閣出來時，除了帶著做荷包和繡帕用的絲線以外，還一人抱了一疋布，外加兩吊銀錢。

葉子一出來就忍不住用崇拜的目光看著沈葭，道：「小葭姊，妳剛剛真是太厲害了，我們什麼都還沒做，掌櫃就先把工錢付了。」

沈葭道：「剛剛那條帕子，別人繡出來得八十文錢，在他們店裡至少能賣個一百五十文，去掉絲線的本錢，少說也能賺五、六十文。我剛剛隨便一改，他再抬高二十文賣出去是沒有問題的。我還承諾今後交出來的繡品都不比方才那帕子差，他能輕鬆賺錢，自然願意預支工錢。當然，重點還是掌櫃認識妳，否則單我一人前去，繡的東西再好，他也不會放心先把工錢付給我的。」

葉子覺得沈葭說得有道理，想到身上這兩吊錢，她又忍不住問：「這麼多絲線，小葭姊要繡很久才繡得完吧？」

沈葭笑道：「總之這個冬天都不用再來拿絲線，絲線雖多，但我繡得快，一個多月的閒碎時間加起來也就夠了。而且這樣不也挺好，馬上要過年了，手裡有點銀錢，這個年也能過得好些，而這兩疋布，還能給妳和來喜做身新衣裳。」

葉子頓時有些驚訝道：「小葭姊，原來妳這布料是要給我和來喜做衣裳啊？」

「是啊，你倆現在是我的弟弟妹妹，我給你們做衣裳不是應該的嗎？何況……我還要給遠山哥做一件，也算是報答他的救命之恩。」

葉子想了想，道：「這樣會不會不太好啊？妳若是給遠山哥做衣裳，會被村人說閒話的。」

沈葭眉頭微蹙，隨即道：「愛碎嘴的人呢，哪怕你什麼都不做，也會在背後對你指指點點的。與其這樣，那還在乎他們的眼光做什麼？我們只管過好自己的日子，將來讓他們羨慕去！」

葉子的眼睛閃過一絲亮光，認同道：「小葭姊，聽妳這麼一說，我覺得好有道理。對，我們就應該把日子過好，讓那些想看我們家笑話的人都羨慕去！」

沈葭對她笑了笑。「這就對了嘛。」

「對了，小葭姊，我還要去劉員外家給大哥送雙靴子過去，我們把東西交給遠山哥，然後一起去吧，我也順便跟大哥介紹介紹妳。」

「好啊。」

第五章　情生意動

沈葭和葉子到了與侯遠山約定會合的地點，侯遠山也剛好拉著板車走過來。

侯遠山看見兩人抱著布疋，趕緊把板車放在一旁，快步上來幫忙拿。

葉子迫不及待地向侯遠山炫耀沈葭的戰功。「遠山哥，小葭姊可厲害了，一分錢沒花就先拿了錦繡閣的兩疋布，還和掌櫃提前預支了兩吊錢。」

葉子說話時，侯遠山正好接過沈葭手裡的布疋，聽到這話朝她看一眼，又有些不自在地將目光錯開，道：「我原想……待會兒去給妳買衣服的。」

沈葭笑了笑。「我自己有手有腳的，怎能一直麻煩你呢？你救了我，該不會就要對我負責，養我一輩子吧？這世上哪有這樣的道理。」

沈葭這是玩笑話，侯遠山聽後張了張嘴，卻終是沒有開口。

如果可以，他是很想養她一輩子的。他一直都想娶個媳婦，侯家只剩他一個人，若從他這裡絕了後便是不孝。

自從把她從山上救下來，他想有個媳婦的念頭就更強烈了。

可是他知道自己配不上她，若真娶了她，他的命那麼硬，要是害了她怎麼辦？

侯遠山也不知道自己怎麼又胡思亂想起來，越發不敢跟沈葭對視，連忙轉身抱著那兩疋布往板車上放。

葉子道：「遠山哥，我和小葭姊還要去劉員外家給我大哥送雙靴子，你如果有事就先去忙，我倆很快就回來。」

「嗯！」侯遠山頭也沒回地應了一聲。

沈葭見侯遠山站在板車前整理東西，右臂的衣袖開了一道長長的口子，想必是打獵時被樹枝劃開的。

沈葭決定回家後幫他縫一下，他一個大男人鐵定不會做這樣的細活。遠山哥對她那麼好，她能幫一點就幫一點吧。

沈葭和葉子離開後，侯遠山突然想到家裡的鹽用完了，便拉著板車去買鹽，買完後又回到原地等沈葭和葉子回來。

高耀賣完豬肉，趕著牛車準備回村子，他看見侯遠山一個人站在板車旁邊，欣喜地喊了一句：「遠山哥！」

侯遠山聞聲轉頭一看，只見高耀的牛車停在他的板車後面。他一個人正無聊，現下看到好兄弟高耀自然也很高興。

他走上前，看了看車上空空如也的箱子，道：「今天賣得挺快的。」

高耀笑了笑。「今天遇上個大買主，一人就買走大半的豬肉。對了，你怎麼一個人站在這兒？車上那兩疋布買給誰的？」

侯遠山道：「葉子和……小葭跟我一起來城裡，這布是她倆的。她們去劉員外家送靴子給來生，我在這兒等著。」侯遠山只要一提起沈葭，就莫名地說話不順暢。

高耀對侯遠山自然是了解的，如今看他這樣哪還不明白，他滿含深意地看著侯遠山道：「動情了？」

侯遠山心跳突然快了幾拍，瞪著高耀道：「別胡說！」

「你呀，就是死鴨子嘴硬，被我說中還不承認。不過那姑娘我還一直沒瞧見真容呢，聽村人說長得比我那異母的妹妹高浣還好看？就浣姊兒那模樣，這十里八村就有不少男人惦記著，若那姑娘真比浣姊兒還美，也怪不得會亂了你的心神。」

高耀愈說愈起勁，侯遠山覺得快和他說不下去，便皺著眉頭道：「時候不早了，你快回家去吧。」

高耀卻不肯走，說道：「你一個人在這兒傻站著多不好，我回去太早又沒什麼事，就陪你在這兒聊天唄。我說那些話可不是為了尋你開心，你也不小了，總不能一輩子打光棍吧？再說了，你們侯家就剩你一人，你總得給祖宗們留個後，是不是？」

侯遠山沈默一會兒，開口道：「你說的我都知道，但我不能害了人家姑娘。」

高耀用手肘撞了撞他，說：「還在意村裡那些流言啊？如果之前的事都是巧合，你說你冤不冤？」

侯遠山眸中閃現一絲落寞，道：「爹娘因為我去了，春花妹子也因為我去了，這是人命關天的事，馬虎不得。小葭縱然是我救的，也不能拿人家的命開玩笑。」

高耀無奈地搖頭道：「你還真是個倔脾氣。」

侯遠山嘆息一聲。「你也別說我，你還不是為了你家娘子和你爹鬧翻，到現在還不和家人來往？」

高耀原是高里正和原配胡氏的兒子，後來胡氏去世，高里正又娶了高李氏過門，也就是浣姊兒的娘。

繼母自己有兒有女，自然不會真心待他。高耀十七歲便做了屠戶去縣城賣肉，也因此認識映月樓裡的小丫頭月季。

映月樓是風月場所，月季也是自幼被賣到那裡。不過因為她左眼上有一塊醒目的胎記，也算是躲過一劫，只被安排做個打雜丫鬟。

月季經常跟高耀買肉，來往幾次兩人熟識了，才有了感情。月季是位好姑娘，高耀瞧她身世可憐，便想為她贖身娶回家做媳婦。

雖然只是個打雜丫鬟，但映月樓的名聲不好聽，高家又是村裡有頭有臉的人家，高老爺哪肯接受這樣的兒媳。

因為這事，高耀和高老爺大吵一架，獨自一人搬出去住，又努力地殺豬賺錢，總算為月季贖身，風風光光地娶回家。

為此，村人也沒少說閒話，不過後來看小倆口日子過得不錯，時間久了，那些閒言閒語也就淡了。

侯遠山拿這個說事，高耀頓時被堵得說不出話。

關於這點他們兄弟倆倒是挺像的，娶媳婦是要一起過一輩子，自然要自個兒順心才行。他並不後悔和家人鬧翻，起碼他們小倆口現在過得挺好，媳婦又有了身孕，他很滿足。

兄弟倆相對沈默一會兒，高耀突然問他：「若沈葭不在乎關於你的那些流言，你還會不會顧忌這麼多？」

高耀沒頭沒腦地問了這麼一句，侯遠山身子頓時僵了一下。

想到他回家時她獨自一人趴在桌上熟睡的模樣，想到她在灶房裡忙忙碌碌為他做飯的身影，他突然沈默了。

良久，他眸中閃過一絲自嘲，苦笑一聲。「我如今這般沒準兒是上天的報應呢，幸福於我來說只是奢求吧……」

高耀難得見他這副模樣，心中納悶，忍不住追問。「你以前在外面到底是做什麼的？」

侯遠山眸子黯了黯，沒有作聲。

這時，沈葭和葉子從前面過來了，葉子最先笑著打招呼。「遠山哥，我們回來了。高耀哥也在啊？」

高耀這才第一次正視葉子旁邊的沈葭，一件普通的粗布棉襖，卻襯得肌膚瑩白如玉。黛眉朱唇、五官精緻，臉上帶著淺淺的笑意，似能一瞬間就把人的魂魄勾走。

早就聽村人把沈葭誇上天，高耀心裡也有些譜，但現下看見本人還是十分驚豔。這樣一個妙人兒，也難怪會偷走遠山哥的心。

高耀好半晌才回過神來，轉頭去看侯遠山，他的臉竟然已經紅到脖子。

高耀難得見侯遠山如此模樣，不由有些驚訝。浣姊兒原是村裡模樣最出眾的，也不見他多看一眼，如今這般動不動就臉紅的樣子，還真新鮮。

沈葭第一次見高耀，只莞爾一笑，並未言語。

高耀於是先開口。「妳們怎麼這麼快就回來了，我還以為妳們見到來生會聊上半個時辰呢。」

葉子道：「我哥跟著三少爺出門，不在府上，我們只把靴子交給他們管事便回來了。」

高耀拍拍屁股從牛車上下來。「那走吧，咱們一起回去。」

他說著看了眼侯遠山的板車，道：「你們車小，又放了兩疋布，坐著應該很擠吧？要不妳們其中一個來坐我的車？」

他說著，不等兩人回答便自己拿主意道：「葉子坐我的車吧，少了妳，遠山拉起來也輕鬆一些。」

葉子不太高興地瞪著他。「高耀哥，你這是拐著彎罵我胖嗎？我明明都瘦成皮包骨了！」

她說著挽起沈葭的手臂道：「小葭姊，咱倆一起坐高耀哥的牛車好不好？」

高耀看了眼侯遠山，沒等沈葭說好，便急道：「我這牛車坐不下那麼多人，再說，有個人坐遠山哥的車還能作伴，是不是？」

他說著，轉頭對侯遠山擠眉弄眼一番。

沈葭和高耀不熟，人家都這麼說了，她自然不好坐人家的牛車，再細想覺得他說得也有道理，便對葉子道：「那好吧，妳坐高耀哥的牛車，我和遠山哥一起。」

「好吧。」葉子有些不太願意和沈葭分開，但還是走到高耀的牛車上坐下來。

高耀見她坐好了，便對侯遠山道：「我牛車跑得快，就和葉子先走了，待會兒在村口等你們。」

他說完，趕著牛車先侯遠山一步往前走了。侯遠山有些尷尬地搓搓手，上前扶住板車的把手道：「妳先坐吧。」

沈葭坐在侯遠山的板車上，見侯遠山從耳根到脖子都泛著微紅，忍不住出聲問道：「遠山哥，你是不是很累啊？」

從縣城到杏花村雖說不算太遠，但到底是坡路，讓侯遠山拉她走，沈葭還是有些過意不去。

侯遠山的腳步頓了一下，覺得一顆心跳得更快了。「不、不累。」

沈葭身子嬌小，根本沒有多少斤兩，以侯遠山的力氣拉她自然是很輕鬆的，但如今就他們倆，讓他覺得有些不太自在，再想想剛剛高耀說的那些話，不由臉更紅了。

「但我看你脖子很紅啊，是不是熱了？」

「不……不熱，我經常這樣，習……習慣了。」

侯遠山說話結結巴巴的，沈葭頓時有些明白——原來遠山哥是害羞了！

她不由得想笑，這裡的人還真有意思，連跟女孩子說個話都會臉紅。

雖說她在這時代生活了十六年，但在王府時一直跟奶娘待在偏院不常外出，楚王妃則是什麼規矩都沒教她，更不曾帶她去過任何高級場合。後來出了鎬京，日子過得更是隨興，以至於她到現在並沒有男女授受不親的觀念。

看遠山哥靦覥的樣子，沈葭起了捉弄之心。

她從衣袖中取出一條綿軟的絲帕，跪在車板上，身子前傾，伸出一隻手道：「遠山哥，你如果熱的話，我幫你擦擦汗吧。」

話語剛落，她手裡的絲帕已經貼上侯遠山的額側。

輕柔綿軟的觸感，夾雜著淡淡花香，侯遠山的身子不由得一顫，再也邁不開步子。

他驚慌地將身子往旁邊一側，臉頰也比剛剛更紅了。「不……不用了。」

沈葭暗自竊笑，又將身子往前挪了挪，道：「沒關係，我幫你擦。」

侯遠山嚇得不輕，直接扔掉板車的把手往別處躲。

板車原本是平的，侯遠山一放手，整臺車便如翹翹板一樣向前倒去。

眼看自己就要摔下去了，沈葭嚇得大叫。

侯遠山本就沒躲遠，聽她這一叫，急忙轉身，抬腳擋住下落的車把，然後一伸手便將沈葭從板車上抱下來。

沈葭閉著眼睛不敢吭氣，雙手死抱著侯遠山的脖子，一顆心驚魂未定。

侯遠山先反應過來，連忙後退一步鬆開她。想到她那不盈一握的腰肢，他頓時覺得雙手有些發熱，心跳也愈來愈快了。

沈葭站在那兒也有些窘，她真是太能惹事了！幸好剛剛被遠山哥接住，要不然掉下來摔個狗吃屎，那畫面簡直美得不敢看……

侯遠山環顧四周，見四下無人，才安下心。他轉頭看向沈葭道：「妳沒事吧？」

到底不是臉皮很厚的人，沈葭此時耳根子也熱了，只搖搖頭，沒敢再與侯遠山對視。

侯遠山和沈葭到了村口，高耀和葉子已經等在那兒。

葉子跳下牛車，跑過來說：「你倆好慢啊，我們都在這兒等很久了。」

沈葭從板車上下來，想到剛剛的事，有些尷尬地笑了笑，道：「你倆坐的是牛車，當然跟我們的板車不一樣了。」

高耀家就在村口，見侯遠山和沈葭過來，打個招呼便趕著牛車回家了。

進了村子，離家也就不遠，沈葭讓侯遠山拉著板車先走，自己則和葉子步行回家。

「既然先回來了，怎麼還在村口等著，多冷啊。」沈葭拉住葉子的手道。

葉子道：「我怕回去後，娘看妳沒回來，又要數落我一頓。」

姊妹倆說說笑笑地回到家，剛好見馮大嬸從家裡出來，馮大嬸瞧見沈葭，便熱絡地上前打招呼。「哎喲，小葭和葉子回來了，去縣城累不累呀？」

沈葭笑著搖搖頭說：「嬸子有什麼事嗎？」

馮大嬸臉上的笑意僵了僵，隨即道：「沒啥事，來妳家借點東西，妳倆沒事到我家來玩啊，嬸子先回去了。」

「嗯。」葉子應了聲，目送馮大嬸離開。她總覺得馮大嬸看小葭姊的眼神不太對勁。

回到家裡，袁林氏正在灶房忙著。葉子進去問道：「娘，馮大嬸來幹麼？」借東西這說法她自是不會信，她長這麼大也沒見馮大嬸來家裡借過什麼玩意兒。

袁林氏瞧了眼進屋的沈葭，道：「沒啥事，妳和妳小葭姊去洗洗手，待會兒就要吃飯了。」葉子琢磨一會兒，應聲出去了。

袁林氏不由嘆息一聲，她早知小葭那孩子會被馮大嬸看上，沒想到還沒兩天就找上門來了。

第六章　二次搭救

葉子和沈葭打水洗臉，袁林氏已經把飯做好了。

袁林氏叫來喜送一碗糊糊和兩個玉米餅給隔壁的侯遠山，一家人便圍在一起吃飯。

袁二牛腿腳不便，向來都是在自個兒堂屋裡用飯，故桌上除了來喜是個男娃，其他都是女人家。

飯桌上葉子驕傲地跟袁林氏講述鎮上發生的事，袁林氏聽到沈葭一分錢沒花就帶回兩疋布和兩吊錢，頓時激動得熱淚盈眶。原想這孩子是個可憐人，所以認她做乾女兒，沒想到竟是撿了個寶。

一家人正坐在桌邊吃飯，隔壁袁王氏家裡卻傳出一陣吵鬧聲。

「妳這個不要臉的賠錢貨，老娘把妳養這麼大，供妳吃、供妳喝，到頭來妳就這麼回報我？妳怎麼還有臉回來，死在外面還省了埋妳的棺材錢！」

葉子皺皺眉頭。「大伯娘怎麼又教訓起三妞來了？哪有她這樣對待親閨女的，罵得可真難聽。」

袁林氏道：「吃飯吧，別管她家的事，妳大伯娘什麼嘴臉妳還不知道？別忘了上次妳去攪和，被她拿掃把追打出來的事。」

葉子撇撇嘴。「她想打我也沒打著啊！三妞怕她，我可不怕！」

沈葭有些不解。「三妞是王大娘的親閨女，她怎麼捨得這麼對她？」

葉子道：「大伯娘一直想生個兒子，可一連生了四個女兒才有了來旺。大伯娘當來旺是個寶，上頭的四個閨女卻沒一個上心。四妞剛出生就被大伯娘賣了，大妞、二妞說是嫁出去的，但也跟賣女兒沒兩樣。這三妞，大伯娘說捨不得，要留在家裡幹活，伺候一家老小。可憐三妞都二十多歲的老閨女，還沒嫁出去，這輩子八成要毀在那混帳娘手上了。」

沈葭聽得不寒而慄，這世上竟有如此極品的婦人。誰遇上這麼一個娘，也實在太倒楣了。

這時，又聽到隔壁噼哩啪啦的聲響，緊接著是鞭子聲和三妞的哭聲。

「不行，我得去看看！」葉子有些坐不住了。

袁林氏急道：「那是個瘋子，妳又攔不住她，弄不好她抽妳兩下可怎麼辦？」

「那也不能讓她把三妞活活打死啊！再怎樣三妞也是我姊。」葉子說著轉頭便往外跑。

「這孩子，怎麼就不聽勸呢！」袁林氏急壞了，她不是不想幫三妞，可她家裡連個能主事的男人都沒有，哪管得了這等閒事？

婉容見了，安慰道：「娘，妳別急，我去喚小姑回來。」

「她那倔脾氣，妳哪攔得住啊？」

沈葭放下筷子站起身。「乾娘，我出去看看，妳們別擔心。」

袁林氏本想攔她，但隨即想到或許葉子比較聽沈葭的話，這才道：「那行，妳去吧，別讓她惹事，還沒許人的姑娘家，名聲比什麼都重要。」

沈葭應聲，便疾步去到隔壁的袁王氏家。

到了門口，只見葉子已將三妞護在自己身後，惡狠狠地瞪著袁王氏。「大伯娘，三妞到底也是妳身上掉下來的肉，哪有如此對待親閨女的娘？」

「親閨女？我呸！」袁王氏啐了一口。「養這麼一個賠錢貨，不知好好幹活就罷了，去城裡買個香油還灑了一地，老娘打幾十個絡子才換一壺香油，全讓這掃把星弄沒了！」

三妞抓著葉子的衣角哭道：「我不是故意的，雪地太滑，我不小心跌一跤才弄灑的，而且那些絡子也是我打的，我……我再打幾十個去換一壺香油就是了。娘，您就饒了我吧。」

袁王氏怒瞪著她道：「饒了妳？妳這個啥事也幹不成的蠢貨，老娘白養妳這麼多年，來旺還等著吃香油蛋餅呢！等妳再打絡子來換，我兒子都餓死了！」

葉子愈聽愈氣，怒道：「妳兒子是親生的，閨女就不是親生的了？妳怎麼那麼偏心啊？把兒子祖宗似地供著，讓三妞做牛做馬，妳也不怕遭報應？說妳閨女是賠錢貨，妳爹娘養妳時賠了多少錢？」

袁王氏頓時氣得臉紅脖子粗，將手裡的鞭子往地上一甩，道：「老娘教訓自己家的小蹄子，哪輪得到妳來說三道四？妳若是不讓開，老娘就連妳一塊兒抽！」

她說著，手裡的鞭子就朝葉子和三妞揮過來，葉子早有準備，連忙拉著三妞往旁邊一躲，避開那一鞭子。

沈葭原本站在葉子身後，葉子一躲，袁王氏的鞭子就順勢向沈葭揮過來。

葉子大駭，想去拉沈葭已經來不及了。

沈葭也沒料到事情突然變成這樣，她一手扶著門框，一手緊緊攥著衣角，瞪大眼睛看著朝自己飛來的鞭子，忘了該怎麼閃躲，只覺得大腦嗡嗡響，只等那鞭子落在身上。

就在這時，她突然被一個力道往後一扯，整個人便跌入一個厚實的懷抱。

待她回過神，發現自己被侯遠山抱在懷裡，而他的另一隻手緊緊攥著剛剛揮過來的鞭繩。侯遠山眼裡帶著怒意，看上去和平時大不相同，似是有些……嚇人。

袁王氏沒想到侯遠山會突然殺出來抓住自己的鞭子，頓時十分惱火，她用力拽著鞭子的一端，對著侯遠山大罵：「你這個爛了名聲的煞星，還敢過來管我家的閒事，看老娘不……啊……哎喲！」

沈葭被眼前這一幕嚇呆了。

袁王氏竟被侯遠山拽著鞭繩甩飛起來了！

沒錯！她絕對沒有誇張，那是真的飛起來，整個人從大門內直接飛到大門外面！

她不由嚥了嚥口水，遠山哥好大的力氣啊！

院子裡突然安靜得可怕，只聽見袁王氏痛苦的呻吟聲。

沈葭仰臉看著眼前的男人，只見他好看的眉峰皺成一團，一雙眼緊緊盯著倒在地上的袁王氏，那眼神竟如山林的野獸一般，讓人不寒而慄。

她不由自主地打一個寒顫，這真是她認識的那個靦覥和善的遠山哥嗎？

葉子也驚得張大嘴巴，不敢置信地盯著幾步之外的侯遠山。

在她的印象裡，遠山哥一直都是悶不吭聲、憨厚老實的模樣，就連村人罵他是個煞星也不曾跟誰紅過臉，今日一出馬竟然……

好大的威力啊！

袁王氏渾身疼痛地在地上直打滾，但一對上侯遠山那比狼還可怕的眼睛時，又嚇得倏地閉上嘴，連呼痛都不敢了。

見她一副吃癟的模樣，葉子頓時心裡暢快了，得意地對她吐了吐舌頭，袁王氏見了恨不能上前把那死丫頭的嘴撕爛。但礙於侯遠山此時的氣場實在太可怕，她竟什麼也不敢做。

她真是想不到，一個只會打獵的粗漢子，平時看起來老老實實的，動起手來竟然比誰都狠。

良久，沈葭才發現自己仍被侯遠山抱著，趕忙從他的懷裡抽離。

侯遠山因為她的動作回了神，又不由得局促起來，道：「妳……妳沒事吧？」

沈葭搖搖頭，低頭垂目沒敢看他。

被侯遠山這麼一摔，袁王氏只怕要好幾天下不了床，一場風波就這麼結束了。

出了袁王氏家，沈葭才道：「遠山哥，剛剛多虧了你，你好厲害啊！」

「是啊，遠山哥，你是不是學過功夫啊？剛剛的樣子好威風喔！你能教教我嗎？」葉子也湊過去，笑嘻嘻地說道。

侯遠山靦覥地笑了笑。「我只是力氣大而已，妳們快回家去吧。」

他說完就要走，沈葭又喊了一聲。「遠山哥！」

侯遠山駐足，回頭看向她。

沈葭上前指了指他的右臂。「白天在縣城時我就發現你的衣服破了，你待會兒換下來，我幫你縫縫吧。」

侯遠山低頭看了看，點頭應了聲。「好。」

他說完便回家去了，沈葭也長吁一口氣，準備進家門，此時葉子突然上前拉住她。「小葭姊，妳有沒有發現一件事？」

沈葭不解地看向她。「什麼事？」

葉子神神秘秘地附在沈葭耳邊道：「遠山哥好像看上妳了。」

沈葭的心跳猛然加快幾分，她伸手推了葉子一把，道：「妳瞎說什麼呢？」

「本來就是嘛，我還是第一次見遠山哥那個樣子呢，說實話，可真嚇人。我想，明天全村的人就都會知道，遠山哥為了救妳，從一頭老實的黃牛變成一匹凶狠的狼。」

沈葭無語。「……」

雲層遮擋住天上的月光，整座山村籠罩在伸手不見五指的黑暗中，四周靜悄悄的，只隱隱聽到風吹樹枝的沙沙聲。

沈葭點著油燈，認真地幫侯遠山縫補衣服上的口子，葉子則饒富興味地趴在炕頭看著她。

「小葭姊，妳對遠山哥可真好。」

沈葭抬頭瞋她一眼。「我對妳不好？」

說完她拿繡針在鬢間磨了兩下，低頭繼續縫補。「我的命是遠山哥救的，如今幫他做些活兒，也算報答他的救命之恩。他原就是個粗手粗腳的男人家，哪會做這些？大家都是鄰里鄉親，總不能只收受他的恩惠，有機會也得幫幫他，是不是？」

葉子努努嘴，翻個身躺下去。「這我自然知曉，只是……」

她停頓一下，又翻過身來看向沈葭，道：「只覺得遠山哥對妳似乎特別不同，這才玩笑兩句。」

沈葭心兒微跳，佯裝平靜地睇她一眼。「妳才多大的丫頭，能看明白什麼？」

「我都十四了。」沈葭這麼說，葉子有些不服氣。「妳也才比我大兩歲，我怎麼看不明白了？遠山哥一見妳就臉紅，要是沒特別心思，我才不信呢！」

葉子說著，又盯著沈葭那張俏臉嘖嘖兩聲。「小葭姊，妳說妳爹娘怎麼會把妳生得那麼好看呢？妳給大戶人家當丫鬟真是委屈了，合該是千金小姐的命啊。」

沈葭熟練地將線尾打個結，用牙齒咬斷，展開看了看，滿意地點點頭說：「不仔細看，看不出來這裡曾有個口子。」

她說著看向炕上的葉子道：「別躺著了，妳陪我送衣裳給遠山哥去。」

葉子在被子裡扭幾下，不太樂意地皺眉道：「我都躺下了，要不明兒再去吧？」被窩裡暖烘烘的，她才不想再出去凍一趟呢！

沈葭無奈地看著她說：「明天再送去，萬一遠山哥一早就去打獵，他穿什麼啊？妳也不可能那麼早起床，明天就更不會陪我去了。」

葉子仍是不太想去，下意識地又往被窩裡鑽了鑽。「可是外面好冷啊，我衣裳都脫了，我不想去，要不小葭姊自己去吧，反正遠山哥就住隔壁，兩、三步路而已，妳若覺得太黑就把燈點上。」

沈葭伸出手指點點她的額頭。「還真是個懶丫頭。」

她說著嘆了口氣，站起身道：「罷了，我去就我去，待會兒我回來，照樣拿冷身子貼著妳。」

葉子笑道：「行，妳去吧，我幫妳暖被窩，等妳回來，任由妳拿我取暖就是了。」

外面天已經黑透，屋裡因為有油燈顯得光亮不少，甫出院子，沈葭只覺得眼前一片黑，什麼也看不到。

她伸手揉揉眼睛，在原地站一會兒，才隱約看到一點周圍的建築。

沈葭憑著直覺慢慢走出院子，摸索著打開鐵絲絆著的木門，右轉去了隔壁侯遠山家。大門沒有落鎖，沈葭伸手一推門便開了。

侯遠山家裡也是一片漆黑，沈葭不知他到底睡了沒，也不好直接進到家裡，只好在外面喊了一句：「遠山哥可睡了？」

「遠山哥？」見裡面沒人應，她又試著喊了兩句，還是沒人應。

沈葭尋思著可能遠山哥明日一早要去山上，所以早早睡了。她嘆口氣，決定明天再來送衣服。她小心翼翼地將大門關上，才轉身打算回去睡覺。

誰知這一轉身，便撞上一堵肉牆。

她驚得後退一步，抬頭看著眼前高大的黑影，試探地喚了一句：「……遠山哥？」

「嗯，是我。」

聽到熟悉的聲音，沈葭頓時鬆了口氣，道：「遠山哥，我喊你半天，你怎麼不回應啊？我還以為你睡了呢，站在後面嚇我一跳。」

侯遠山看著眼前比自己矮了一截的黑影，可能是因為天色太暗，他反倒沒有了白日的局促。

他方才原本是想應聲的，不過後來盯著小葭的身影有些恍神，一時間忘記說話，沒想到她會突然轉過身來，直挺挺地撞進他的懷裡。

這一天內他抱了她三次，雖說都是因意外而起，還是覺得心裡有股異樣的情愫翻騰著。

周圍靜悄悄的，彷彿只剩他倆，他心裡漸漸升起想要將她擁入懷中的渴望。

他不由握了握拳頭，道：「我剛剛……出來方便。」

沈葭這才想起來，村裡的茅房都是建在大門外的。她笑了笑說：「怪不得呢，我還以為是你晚上睡覺忘了落鎖。你的衣服我已經縫好，給你送過來了。」

她說著，伸手將衣服遞過去。

侯遠山伸手接過時，不經意碰到沈葭的指尖，他心頭又是一顫，忙拿著衣服縮回去，輕聲道：「有勞了。」

沈葭笑了笑說：「遠山哥救了我的命，這是應該的。」

兩人又站了一會兒，侯遠山才說：「外面天冷，妳快回家去吧。」

「好，那遠山哥也早點休息。」沈葭笑著說完便轉身走了。

侯遠山目送沈葭離開，直到她進了院子，他才回過神來，返回自己家裡，關上大門。

手裡的衣服彷彿有著淡淡的餘溫，還有一股說不出的香味。

握著衣服的手緊了緊，他走進房裡躺上床準備睡覺。

侯遠山翻來覆去一會兒，卻怎麼也睡不著，滿腦子都是沈葭那嬌俏輕盈的身姿，以及抱著她時那微妙的觸感。

他在黑暗中伸出自己的手掌，想像她那不盈一握的柳腰，柔軟得好似棉花一般，讓他使不上力。

他從來不知道一個女人可以讓他如此心神不寧，一顆孤寂的心也忍不住躁動起來。

以前他覺得縱使這輩子不娶媳婦，也不過就是孤單一些，挨一挨也便過去了。可如今面對自己救回來的俏姑娘，侯遠山發覺他有些控制不住自己的心，而胸中也有一團火焰在熊熊燃燒，迫切地想要得到釋放。

閉上眼睛，腦海裡全是救了她以後的點點滴滴，她的一顰一笑、一舉一動，每個小小的細節都被他不經意地記在心裡，在他腦海中重播著美好的片段。

他又想起高耀勸他的那些話。

——「我說那些話可不是為了尋你開心，你也不小了，總不能一輩子打光棍吧？再說了，你們侯家就剩你一人，你總得給祖宗們留個後，是不是？」

——「若沈葭不在乎關於你的那些流言，你還會不會顧忌這麼多？」

侯遠山雙手交疊放在腦袋下面，睜眼看著一片漆黑的屋子。

如果小葭不在乎他身上的流言，他會想娶她嗎？

侯遠山知道小葭在他心裡真的和旁人不一樣，他自己也不知道怎麼會這樣，但小葭是他唯一一個見到便會心跳加速、局促不安的姑娘。

或許真被高耀說中了，他對自己救回來的姑娘動了情。他喜歡她，也希望她的心會和自己一樣。

那麼漂亮、可愛，還會為他做飯、縫衣的姑娘，他很想娶回家做媳婦。

當天晚上，侯遠山的願望真的實現了。

他如願以償地將她娶進家門，成親那晚，她一身大紅色的嫁衣，美得好似天仙一般。紅燭搖曳的洞房之夜，他終於體會到從來沒有過的滿足與幸福，多年來孤寂的心一下子被填滿了。

他的懷裡，是沈葭那動人心魄的笑靨。

他的人生，終於圓滿了！

當他笑著睜開眼時，天已經漸漸有了光亮。

還是原來那間再熟悉不過的屋子，沒有紅羅幔帳，也沒有紅燭喜字，只有一件沈葭昨晚為他縫補的外衣還在懷裡。

一切都只是夢，卻那麼真實、美好，恍若真真切切地發生一般。

一場夢醒，到頭來終究只是幻想罷了。

他的心再一次墜落谷底，臉上的笑意也拉下來，心裡升起一絲落寞。

都說夢裡遇上喜事不吉，莫非……他此生真無娶妻的希望？思及此，心裡的那分沈重與失落越發濃烈起來。

抬眼望了望外面漸亮的天色，他輕輕嘆口氣，準備起來做早飯，待會兒去山上打獵。

第七章　擺弄惡少

沈葭起來的時候，侯遠山已經吃過早飯，揹著弓箭要上山打獵。見他從家門口經過，便順便打聲招呼。

此時天還沒大亮，村人已經開始忙著做飯，家家戶戶的煙囪都冒著圈圈白煙。

因為天氣太冷，家裡又沒什麼要緊的事，葉子此時還未起床。婉容倒是起來了，但袁林氏顧著她懷有身孕，又強迫她回去睡個回籠覺。

沈葭洗漱後進了灶房，袁林氏正在灶邊忙活。她笑盈盈地走進去說：「乾娘，我幫妳吧。」

袁林氏一邊揉著玉米麵，一邊道：「不用，這麼冷的天氣，葉子都沒起床呢，妳怎麼起來了？再去睡會兒，等飯做好我再叫妳。」

沈葭挽了挽袖子道：「我習慣早起，乾娘去忙別的吧，我來做飯就好。」

袁林氏看她勤快，打從心裡高興，便也不再推辭。「也好。菜在竹簍裡，旁邊那桶是玉米麵，隔壁的桶子裡是紅薯麵。妳先做，我去半山腰挖些竹筍回來吃。」

母女倆正說著話，隔壁袁王氏家裡又是一陣吵鬧。

「袁三妞，妳死哪兒去了，要妳做個飯磨磨蹭蹭的，若不是老娘躺在炕上不能動，看我不甩妳兩鞭子。」

「夠了吧，昨天栽那一跟頭還不長長記性，非要讓街坊鄰居看笑話。」袁大牛坐在堂屋門口的石頭上吸著旱煙，忍不住對屋裡的老伴埋怨。

炕上的袁王氏一聽，越發跋扈，她喊道：「袁大牛，昨晚你回來，我要你去找侯獵戶算帳，你怎麼不去？那煞星讓老娘摔這麼大一跟頭，你連個屁都不敢放，這會兒倒是埋怨起老娘來了。」

「還找人家算帳呢，妳也不看看自己做了什麼，昨天的事我問過三妞了，若不是遠山攔著，恐怕沈葭的臉都被妳抽花了，到時妳落個歹婦的罵聲，不嫌丟人？」

「你少聽那死蹄子瞎說，我是要打葉子那個小雜種的，哪知道沈葭在後面站著，她自己不知道要躲，我的鞭子若真呼到她臉上，那也是活該，怎能賴我？那丫頭根本就是個狐媚子，你瞧瞧那長相，哪像好人家的姑娘？侯遠山那煞星竟為了她把我害成這樣，想到我就生氣！」

袁大牛氣得咳了幾聲，滿布皺紋的老臉也通紅起來，他說道：「妳趕快閉嘴吧，大清早的一句好話也吐不出來。一下小雜種、一下狐媚子的，多大年紀了，不嫌丟人？」

「我嘴裡吐不出好話，你嘴裡吐出的難道都是好屎？你這個胳膊肘往外彎的，這家裡除了我那寶貝兒子，你們都巴不得我早點死！」

袁王氏愈鬧愈過分，袁大牛忍不住起身，對著屋裡的袁王氏喝斥道：「妳鬧夠沒有，都弄成這個樣子了，也不安靜兩天，這家裡何時才能好過點？」

裡面頓時傳來袁王氏的哭聲，道：「你這個天殺的，就知道埋怨我。自己的老伴受委屈，你不幫也就算了，還跟外人一個鼻孔出氣，在這兒數落我，可還讓不讓我活？這日子沒法過了！我的兒啊，你到底跑哪兒去了，他們看你不在家，就淨欺負你老娘啊……」

袁大牛看她愈哭愈起勁，無奈地搖搖頭說：「行，妳兒子疼妳，那妳就等那個不知混去哪的兒子回來幫妳出氣。」說完，便背著手出去透透氣了。

沈葭飯菜快做好時，忽然聽到外面傳來叫罵聲，連忙跑出來一探究竟。

只見一個約莫二十歲的男人正站在門口又喊又罵，那人身材乾瘦，一雙鼠目賊溜溜的惹人反感，一副無賴的模樣。他看到沈葭時，兩眼忽然閃現星光，也不罵了，就呆呆傻傻地站在那兒，像是癡了一般。

來鬧事的正是袁王氏的兒子袁來旺，他剛從外面混回來，得知他娘被侯遠山摔了，便來找葉子出氣，至於為什麼找葉子不找侯遠山，實在是因為侯遠山太過高大威猛，他不敢招惹。

卻沒想到還沒見著葉子，就先看到這麼一個國色天香的妙人兒。以前他只知杏花村富戶高家的女兒高浣相貌極美，在這十里八村都是難尋的尤物，如今見到沈葭，他突然覺得高浣也不過如此。

一身墨紫色碎花夾襖，配上一條藍色褶裙，普普通通的打扮卻掩不住她與生俱來的貴氣，肌膚瑩白如雪，一雙眼睛水靈靈的，那紅潤的朱唇更是讓他禁不住想要啃上一口。

沈葭看他盯著自己時那眼珠子都要掉下來的模樣，忍不住心中一陣嫌惡，只淡淡問了一句：「有事嗎？」

她一開口，袁來旺瞬間回神，心中讚嘆眼前這美人兒竟連聲音都如此好聽。

「咳咳。」他輕咳兩聲，裝出一副老成的樣子，眼珠骨碌碌地在沈葭身上打量，道：「妳就是前些日子我二嬸認的乾女兒吧，我住隔壁，叫來旺，算起來也是妳的乾哥哥。」

沈葭心裡鄙夷一番，倒是沒吭聲。

袁來旺不太自在地撓了撓後腦，說：「那個，我就是來看看妳這裡有沒什麼需要幫忙的，若有需要儘管吩咐，別跟我客氣。」

方才吵吵嚷嚷的，一見沈葭就變了態度。沈葭懶得搭理他，逕自轉身就要回灶房。誰知袁來旺竟疾步跟上來堵在她的前面，道：「妹妹別走啊。」

看到這人的嘴臉，沈葭便覺得一陣不舒服，恨不得立刻將他趕出去，但轉念一想，這種人鐵定難纏，現在遠山哥不在，跟他來硬的未必占得到什麼便宜，倒不如來點軟的，若這傢伙是個好擺布的，就好辦了。

她眼珠一轉，眸中閃過一絲晶亮，朝袁來旺笑了笑，說：「來旺哥，那邊有些乾柴沒劈呢，我這胳膊使不上勁，不如你幫幫我？」她說著還甩了甩胳膊，表示無力。

袁來旺被一聲來旺哥喊得飄飄然，忙樂呵呵地應下。「行，這種活兒以後都交給我做，妳一個嬌滴滴的女孩子家怎麼做得來這種事情呢。」

他說著，便跑到山牆後面拿了斧頭劈柴。

沈葭見此，心中邪惡地想：「隔壁王大娘這麼疼她的寶貝兒子，若知道她兒子跑來這裡劈柴，不知道那張臉會綠成什麼樣子？」

她心裡暗自笑了笑，又回到灶房裡做飯去了。

這時鍋上剛煮的玉米粒已經熟了，她將玉米粒全部撈進一個大碗公，撒上兩勺玉米澱粉攪拌均勻，然後倒在抹了油的烙子上，又將早就準備好的水澱粉均勻地倒在玉米粒上。

不一會兒工夫，烙子上的玉米便和澱粉黏在一起成形，她又倒了油在烙子裡煎著，偶爾轉動兩下烙子的位置。

這時葉子從外面進來，看到烙子上黃澄澄的玉米粒，不由好奇地問道：「小葭姊，這是在做什麼？」

沈葭笑了笑說：「這是香甜玉米烙，以前經常烙著吃，待會兒熟了給妳嚐嚐。」

葉子看著那玉米烙，頓時覺得食慾大增，但又忍不住咬了咬手指，道：「小葭姊，做這個……要用不少油吧？」

「不多……」沈葭說著突然愣了一下。她覺得不多，但這個玉米烙用的油若在平時恐怕能炒上七、八日的菜，她還真是粗心，竟一時忘了這裡的生活水準！

沈葭頓時感到有些尷尬，不太自在地攥了攥衣袖道：「我剛來這裡不甚熟悉，一時忘了這事，我……我明日開始多做幾張繡帕，很快就能把油錢掙回來的。」她真是羞得無地自容，這麼一大家子等著吃飯，她這樣的用法實在太奢侈。

見沈葭尷尬的表情，葉子也發覺自己剛剛那麼說太直接，她笑道：「沒關係，就當是給家人改善伙食。過日子也不能只求節儉，與其每天想著怎麼省吃儉用，還不如想想怎樣多賺點錢，讓咱們能吃得更好，日子也過得有滋有味些。妳說對吧？」

見葉子為自己說話，沈葭一陣感動，笑著點頭道：「是這個道理。」

沈葭沒想到葉子能說出這樣一番話來安慰她，倒讓她想起前世曾聽過有人這麼說：「一個人領多少薪水，決定了他會過什麼樣的生活，會花錢的人同樣也是會賺錢的人。」

為了落實「賺的比花的多」，沈葭決定今後要更加努力賺錢。也只有這樣，才能讓乾娘一家的生活好起來，才對得起他們全家對自己的大恩。

恰巧這時袁林氏挖了竹筍回來，沈葭看到她，笑著喚一聲。「乾娘，待會兒洗洗手就可以吃飯了。」

「好。」袁林氏笑著應聲，便往堂屋去了。

葉子往山牆邊瞥了一眼，問道：「小葭姊，袁來旺怎麼跑到咱們家劈柴來了，我剛看到他還以為眼花了呢。」

沈葭在玉米烙上撒了白糖，無奈地聳聳肩道：「他來問我有什麼需要幫忙的，我見那裡有乾柴沒劈，就交給他了。」

葉子忍不住笑道：「小葭姊，妳可真行，竟把那無賴治住了。看到他來咱家幹活我就痛快，誰叫他以前老欺負我，這下吃到苦頭了吧？」

沈葭一聽便蹙眉。「他還欺負過妳啊？看來有機會得好好教訓一下這袁來旺。」

沈葭的香甜玉米烙很合大家的胃口，飯桌上葉子和婉容對她讚不絕口，就連來喜也比平時多喝大半碗玉米糊糊。

吃過早飯，葉子去洗鍋餵豬，沈葭則和婉容在屋裡的炕上做繡活。

上次拿回來的兩吊錢還是太少，沈葭心想自己應該多做些繡活，儘量讓家裡的日子好起來，何況開春後，來喜到私塾唸書還要交束脩，家裡要用錢的地方多著呢！

葉子和袁林氏忙完，也跑來圍在一起做手工。

這幾日天冷，沒什麼要緊活，大家圍在炕上打絡子、做繡活，等過些日子去縣城也能換到不少銀錢。

葉子繡的荷包比較簡單，沈葭便教她一些學起來容易但繡出來好看的技巧，在繡好的荷包上稍加點綴，原本五文錢的荷包立刻就能翻倍賣。

袁林氏上了年紀，手粗糙得很，繡活講求精細，她自然做不來，便拿了幾件衣服縫縫補補的，又納了幾雙千層底。

袁林氏把剛做好的一雙鞋底遞給婉容道：「這是照來春的尺寸做的，將來留著給他做雙新鞋，一路走到京城，腳底下那雙也該磨破了。」

婉容接過來道：「娘別擔心，二郎走的時候，我幫他做了兩雙新靴子，想來也夠穿。」

談起來春，婉容的目光不由得順著窗子看向外面，神色變得有些幽遠。「也不知這個時候，二郎到京城沒有？」

袁林氏嘆了口氣，道：「才走兩個月，哪有那麼快。不過也別擔心，等來春到了京城，自然會寫信給我們。」

婉容伸手撫上自己微微隆起的肚子說：「就是不知道他能不能在孩子出世前趕回來。」

袁林氏握了握兒媳的手，道：「孩子取什麼名，他可想好了？」

婉容點點頭道：「想好了，若是男孩便喚作『瑋』，若是女兒便喚作『琦』。」

葉子聽不懂，便皺皺眉頭道：「這名字什麼意思啊？」

婉容搖搖頭說：「我不識字，又哪裡懂得。」

沈葭道：「琦和瑋都是美玉的意思，寓意自然也是好的。看來二哥還是很期待這個孩子，嫂嫂且放寬心。」

聽到沈葭這麼說，婉容羞澀地笑了笑，沒再說什麼。

沈葭拿起那千層底瞧了瞧，說道：「乾娘這鞋底納得好，柔軟又結實，穿上去肯定很舒服。」

袁林氏笑著將手邊另一雙鞋底給她，道：「這原是打算做給遠山的，我最近沒有時間，妳幫忙做給他吧。」

沈葭詫異了一下，伸手接過，心想她正準備給遠山哥做套衣裳，那就連鞋子一併做了吧。

婉容和葉子震驚地看著袁林氏。這女子可不能隨便為男子做鞋，娘要沈葭給侯遠山做鞋子，莫不是想要撮合他們倆？

袁林氏瞧見兒媳和女兒打量自己，便咳了幾聲，瞥了二人一眼，二人忙收回目光，不再提這事。

其實侯遠山是很靠得住的，小葭若真與他成親，也是個不錯的姻緣。只是，就不知他那剋妻的流言是真是假了。

婉容不由得有些擔心，娘此舉若能成固然是一樁美事，可小葭若因此遭遇什麼不測，又該如何是好呢？

見沈葭對做鞋子的事不甚在意，想來並不懂這裡的風俗。

婉容心底嘆一口氣，她覺得還是讓沈葭自己做決定比較好，這樣盲目地給人牽線，小葭根本就被蒙在鼓裡，總有種害了人家的感覺。

做晚飯時，婉容把自己的擔心告訴袁林氏。

其實這個問題袁林氏也想過，最近她也在猶豫要不要先探探小葭的口風，可又怕小葭不願意。

說真的，袁林氏當初願意收留沈葭，雖說可憐她孤苦無依，但主要原因還是為了侯遠山，那孩子無依無靠的，好不容易來個外鄉人，或許不會在意那些流言。

原本這件事她是偏向遠山的，但自從沈葭來了他們家，不但做事勤快，還一心為她家著想，她也真是把她當親女兒對待了。

若遠山命硬是真，她也不忍心把小葭推入險境，今日經兒媳一提醒，袁林氏還真有些左右為難。

袁林氏道：「這種事我們也只能從旁撮合，但到底是各自的終身大事，最後成不成，我們不好插手。」

婉容點點頭，這麼說也有道理。這種事強求不來，也要看有沒有緣分才成。

第八章 願嫁良人

這幾日，沈葭發現一件奇怪的事，就是袁來旺自上次來過之後，竟沒有再來騷擾她。

沈葭一度以為是自己想太多，其實袁來旺對自己並沒有不軌的意思。

後來她跟葉子說起此事，才知道袁來旺竟是被人打了，身上、臉上都是傷，在家躲著不敢出門。

實際是什麼情況，葉子也不甚清楚，只聽說他前幾日夜裡從花街柳巷回來時，半路上突然被人揍了一頓，最悶的是，他連揍他的人長什麼樣子都沒看清。

「小葭姊，妳說這是不是惡有惡報啊？想到那傢伙被人揍了我心裡就舒坦。他這種人太可惡了，從小到大都欺負我。」葉子說起這事時滿臉興奮。

沈葭躺在炕上，眯了眯一雙黑曜石般的眼睛，緩緩道：「他這種人想必仇家不少，會被人半路偷襲也不奇怪。不過……如果那人真的跟袁來旺有仇，幹麼不讓他看到長相呢？」

葉子想了想，道：「誰知道呢，反正他鐵定得罪了什麼人。管他的，反正有人揍他我就高興，他只要不來咱們家找麻煩就謝天謝地了。」

沈葭沒接話，只是覺得這件事有些怪怪的，可又說不上來。

葉子睜大眼睛看著房頂的黑暗，心中尋思著，前幾日袁來旺在門口偷瞄小葭姊時被遠山哥撞見，緊接著袁來旺就被人打成那樣。

這其中會不會有什麼關聯呢？

轉眼到臘月中旬，還有半個月便要過年，家家戶戶早早便開始籌備起來。

在這個忙碌的日子裡，還是有人閒得慌，非要管別人的事情。

這日，沈葭和葉子正在院子裡洗菜，馮大嬸晃著一身肉走進來，見到沈葭便擠出一臉笑意道：「呦，忙著呢。」

馮大嬸來肯定沒什麼好事，沈葭心裡知曉，卻也不好冷落她，便笑著打個招呼。「大嬸來了，有什麼事嗎？」

馮大嬸笑了笑說：「我找妳乾娘，她在家嗎？」

葉子接話道：「我娘在灶房呢。大嬸有事？」

「沒什麼要緊事，不過是說兩句話，妳們姊妹倆先忙。」

她說完扭動肥胖的水桶腰進了灶房。

葉子往沈葭旁邊湊了湊，道：「妳說馮大嬸這時來找娘會是什麼事？該不會要給妳說親吧？」之前馮大嬸已經來過一次，看娘的表情葉子便猜到大概，這才沒多久呢，竟又來了。

現在都年關了，家裡正忙，她倒是跑得勤，也不知男方會是個什麼樣的人家。

葉子轉了轉眼珠，扯著沈葭的衣袖道：「咱倆也過去聽聽吧？」

「這樣……不好吧！」

「自己家有什麼不好的，說不定這關係到妳的終身大事，馬虎不得。」葉子說著，拉了沈葭就往灶房跑。

到門口，只聽屋裡馮大嬸正說著話。「我上回來，妳說要考慮考慮，過了這麼多日妳也不回個話，這讓我對人家很難交代。」

袁林氏有些為難道：「這種事哪能我一人作主，也要小葭願意才行。」

馮大嬸道：「妳是小葭的乾娘，也算是最親的長輩，妳只要同意了，還有什麼不好的？那劉員外家的二少爺有財又有貌，小葭將來嫁過去就有三、五個丫鬟伺候著，那可是享福的命啊。何況能到那樣大戶人家做正妻，換作別人可是幾世都修不來的。」

袁林氏道：「來生在劉員外家當差，他們家我也知道一些，那劉家後院亂七八糟的事多著呢，劉員外六十出頭的年紀，姨娘便有十幾個，女人多的地方是非多，又豈會是個省心的地方？」

「劉員外有多少姨娘關他兒子什麼事啊，劉二少爺如今十九了還未娶妻，正是風華正茂之時，與小葭怎麼不般配了？何況，妳若嫌他家後院不安寧，待兩人成親，大可以搬出去住，小倆口清清靜靜地過日子，不也挺好嗎？」

馮大嬸說著，見袁林氏垂眸不語，只當是被她說動，又再接再厲道：「劉員外家的長子早夭，劉二少爺是家裡唯一的嫡子，剩下的那些庶子們自然是比不上的，將來家產也是嫡子拿得更多些。待劉員外歸西，小葭可就搖身一變成了女主人，還不是要風得風、要雨得雨？到時候，妳這個乾娘也能跟著沾沾乾女兒、乾女婿的光是不是？」

袁林氏猶豫道：「沾不沾光不要緊，小葭我也是當親閨女看待，說親這事怎能輕易決定？還是要仔細挑選才行。」

馮大嬸不太自然地堆著笑，道：「誰說不是呢？我也是看那劉二少爺家裡條件不錯，人也實誠，跟小葭般配，才來給妳介紹介紹。妳若還拿不定主意，不如就……再考慮考慮？」

「不用考慮了，我不嫁。」沈葭不知何時站在灶房門口，神色平靜地看著馮大嬸。

馮大嬸對沈葭的到來有些意外，這種事終究不好和女兒家說，現下竟被她聽到。馮大嬸乾笑兩聲說：「小葭啊，這種事妳得讓乾娘幫妳拿主意，妳年紀還小，很多事看不透澈，到底是自己一輩子的幸福，可不能意氣用事啊。」

沈葭微微一笑，道：「我沒有意氣用事，何況我又不曾見過劉二少爺，哪來的意氣？我只是年紀尚幼，還想在家裡幫幫乾娘，更何況婚姻大事不能草率，還是晚兩年再說吧。乾娘，妳覺得呢？」

袁林氏忙跟著點頭道：「小葭說得有道理，還是再過兩年比較好。」這小葭嫁給遠山或來生她都沒意見，卻從未想過要這般匆忙地將她嫁予別人。

馮大嬸道：「小葭今年都十六了，正是該嫁人的年紀，若是再拖個兩年，恐怕都晚了。來生他娘，小葭年紀小不懂事，妳怎麼也跟著她胡鬧。即使是乾閨女，也該好好找個好人家才是。」

聽了這話，袁林氏頓時有些不喜，這話像是指責她因為小葭不是親生的，就故意苛待一般。

沈葭也跟著皺眉道：「大嬸這話是什麼意思？乾娘待我自然是如親閨女一般無二，婚姻大事乾娘願意讓我自己作主，也是希望我能和中意人在一起，日子才過得舒坦不是？」

看母女倆態度一個比一個強硬，馮大嬸自知今日是得不到什麼好結果，只得乾笑兩聲道：「也罷，今天就當我白跑這一趟，妳們且再想想吧，劉家到底是難得的好條件，可別就此錯過了，到底是鄰里鄉親的，大嬸我也不會害了小葭。」

她說完見母女倆都不接話，又假笑兩聲。「罷了，妳們忙吧，我先回去了。」

見馮大嬸走了，袁林氏嘆息一聲，轉頭看向沈葭說：「馮大嬸有句話倒是說對了，妳年紀也不小，再拖兩年終究不好，不知妳自己是什麼想法？」

聽袁林氏這麼一問，沈葭頓時有些不好意思，腦海中莫名閃現侯遠山那俊秀的面孔，一時間心跳也跟著加速。

她忙轉移話題問道：「那劉二少爺到底是個什麼樣的人？」

袁林氏嘆了一聲道：「這倒是不甚清楚，不過聽妳來生哥說那劉員外家裡亂得很，除了劉三少爺，剩下的沒一個好人，想來那劉二少爺也不會是什麼好東西，咱們就別管馮大嬸那些話，這劉家進去了搞不好就是個火坑，乾娘自是捨不得妳去跳。縱使他們家再有錢，咱們也不賣閨女的。」

沈葭聽得有些感動，一臉認真地看著袁林氏說：「乾娘，謝謝妳。」

袁林氏溫柔地對她笑道：「傻孩子，咱們現在可是一家人。」

為了劉二少爺的事，馮大嬸三不五時便往袁林氏家裡去。

這日，沈葭正和葉子在屋裡刺繡，馮大嬸又過來了，想到上次提的劉家二少爺的事，她心裡沈不住氣，便躲在乾娘的堂屋門口聽動靜。

「來生他娘啊，不是我不給妳面子，劉二少爺可是落下話來，這小葭他看上了，既然她尚未婚配，他就一定要娶回去當夫人。妳若是不答應，別忘了來生還在劉家當差呢，你們得罪二少爺，到時只怕來生日子不好過。」

袁林氏聽得怒火中燒，道：「你們拿我兒子來要脅我？」

馮大嬸笑了笑說：「話不能這麼說，妳若是讓沈葭嫁過去，不就什麼事都沒了？這男大當婚女大當嫁的，妳老留她在身邊也不是辦法啊！成了，我也不在此久留，妳再好好想想。」

馮大嬸說完出來看到沈葭，笑呵呵地開口。「小葭啊，那劉二少爺真是不錯，妳也想想吧！」

沈葭瞪她一眼便回了自己的屋子，葉子也啐了一口唾沫，跟著小葭回屋。

沈葭如今是一肚子氣，她沒想到劉家的人這麼可惡，竟然拿來生哥在劉家當差的事來要脅乾娘，這分明是在逼迫！

「小葭姊，馮大嬸的話妳別信，我大哥是劉三少爺身邊的人，劉二少爺管不到大哥的，她就是想嚇唬嚇唬我們。」葉子安慰道。

「可我聽說劉三少爺是個庶子，他真能護住來生哥嗎？」沈葭還是有些擔心。乾娘一家都對她極好，她不能因為自己連累來生哥。

葉子想了想說：「其實劉二少爺就是因為妳尚未婚配才敢這般囂張，不如妳早點成親，這樣馮大嬸就不好再過來了。」

「成親？」沈葭聽得有些怔。「這一時半會兒的，我上哪兒找能成親的人啊？」

葉子擰眉思索一會兒，突然狡黠一笑。「咱們村裡不就有個現成的嗎？」

沈葭被葉子說得愣了一會兒。「妳是說……遠山哥？」

葉子點頭說：「劉家財大業大，劉二少爺這事不好解決，最好的辦法就是趕緊把妳嫁出去。這樣他再來鬧，咱們可以直接去官府告他。」

沈葭臉頰頓時有些紅。

葉子說著，又忍不住問一句：「小葭姊，妳……喜歡遠山哥嗎？」

其實遠山哥這個人挺不錯，她滿喜歡的，如果想在這村子長住下來，嫁給遠山哥或許是最好的選擇。

「可是，不知道遠山哥肯不肯娶我啊？」沈葭有些擔心。

葉子笑著說：「妳怎會擔心這個呢？遠山哥肯定巴不得今天就把妳娶回家，不信妳去試試！」

讓她去試？沈葭雙頰紅了紅，聽葉子這口氣，難道要讓她自個兒去求親……

沈葭猶豫很久，想到那難纏的劉二少爺，再想想侯遠山這些日子對她的好，最終拿起炕桌上的茶水一口飲盡，壯著膽子去了隔壁。

她過去的時候侯遠山正在院子裡劈柴，他看到她有些意外，更多的是欣喜。「小葭，妳怎麼來了？」

「我……」沈葭看著侯遠山，突然羞紅了臉。原本是下定決心才過來的，如今見到他人，她又突然說不出口了。

侯遠山被她搞得丈二金剛摸不著頭腦。「妳怎麼了？」

沈葭閉了閉眼，心下一橫，豁出去道：「遠山哥，我嫁給你好不好？」

侯遠山腦子有些懵，只當是自己聽錯了。「妳……妳說什麼？」

他覺得自己的心快從胸口蹦出來了，就好像天上突然砸下個大餡餅一樣。

沈葭耐著性子又說一次。「我嫁給你好不好？」她的臉紅得似要滴出血來，活了兩輩子的人，她還從沒這麼主動過呢，而且一開口就要嫁給人家，怪難為情的。

見侯遠山一直呆站在那兒不答話，沈葭心裡越發緊張了。遠山哥不說話，該不會是不好意思拒絕她吧？她被葉子一慫恿就突然跑過來，會不會嚇到遠山哥？

她今日敢壯著膽子問這話，原本是覺得心裡有些底的，畢竟依遠山哥對自己的態度來看，他應該是喜歡自己的。可現在她都這麼主動，他卻猶豫著不說話，該不會是她以前會錯意了吧？

沈葭覺得自己臉紅得發燙，不敢再抬頭看他。第一次主動提親，若是直接被人拒絕，她以後也不用出來見人了。

等了半天，侯遠山仍是沒有開口說話，沈葭一顆心頓時沈下去。

遠山哥……果真是不願娶她的。

周圍的氣氛突然變得尷尬起來，話已出口，要收回來自是不可能了。

沈葭糾結一會兒，突然抬頭對侯遠山笑了笑，道：「我……隨便說說的，你如果不願意的話，就當我沒說，我先回去了……」

她說著就要往回跑。

侯遠山突然伸手拉住她，他那長滿厚繭的粗糙大掌一觸碰到她細滑柔軟的手，就像是被燙到一般趕緊收回，臉頰也脹得通紅。「我不是不願意。」

沈葭頓時心上一喜，又轉過來看向侯遠山道：「遠山哥，你的意思是……你答應了？」

侯遠山猶豫著開口道：「我……我怕自己會害了妳。」

他喜歡她，聽到她說願意嫁給他，他開心得都快飛上天了。可他命硬剋妻，若是害了小葭怎麼辦？他寧願一個人孤孤單單的，也不想讓小葭陷入危險。

沈葭愣了一下，這才明白他的意思，原來遠山哥竟是擔心那些流言。剛剛的尷尬一掃而空，沈葭反而覺得有些好笑地道：「遠山哥，那種迷信的話怎能相信呢？」

侯遠山驚訝地看著她說：「妳……妳不怕嗎？」

沈葭笑著搖搖頭。「我覺得……關於你剋親剋妻的那些傳言，說不定就是因我而起。」

「因為妳？」侯遠山不解地看著她。

沈葭理所當然地點頭道：「因為月老早就把你配給我了，我還沒出現的時候，月老怕你被別人搶走，所以故意散布那些謠言，讓所有對你有想法的人都不敢靠近你。」

看沈葭故意編故事來哄他，侯遠山越發覺得開心了。他激動地看著她道：「小葭，我……我如果娶了妳，一定會好好待妳的。」

對上侯遠山真誠的目光，沈葭頓時雙頰飛紅，羞澀地再次低下頭去，心中卻如浸了蜜般。

「那……你什麼時候和乾娘說這事？」沈葭紅著臉害羞地問他，眉宇間盡是柔情。

若能嫁給遠山哥，她這輩子也算是幸福的了。怪只怪她之前太笨，竟險些錯過眼前這個好男人。

第九章　祭拜爹娘

當天晚上，兩人便將此事告訴袁林氏。袁林氏雖有些意外，但看他們和和睦睦的樣子，又豈會不樂意？

葉子也笑呵呵地拉著沈葭的手說：「我早就算準小葭姊會嫁給遠山哥做媳婦，卻沒想到比我預期的快。那劉二少爺雖然可惡，但被他這麼一鬧，反倒成了你倆的好事。」

婉容忍不住推她一把道：「妳這丫頭，這種事哪能讓妳瞧出什麼來？」

葉子不服道：「本來就是嘛，遠山哥早就對……」

沈葭趕緊上前拉住她，人前說這些免不了讓人覺得尷尬。葉子見沈葭還沒嫁人便先護上，便咧著嘴衝她壞壞地笑。

侯遠山自是猜到葉子那未說完的話，也不太自然地笑了笑。他沈默一會兒才對袁林氏道：「我……家裡沒有父母，這種事也不太懂，還需嬸子幫忙張羅。」

袁林氏笑道：「小葭是我的乾女兒，我自然要好好幫你們操辦。咱們兩家離得近，倒也不必過於繁瑣。這兩日先去合你們的生辰八字，待臘月二十六，你請媒人來下聘，咱們把日子定下來也就成了。」

沈葭詫異地抬頭看向袁林氏道：「既然咱們自己定日子，何必再這麼麻煩地請媒人，一切從簡不就成了？」

侯遠山忙道：「要的。我名聲不好妳還願意嫁給我，我總要讓妳幸福，也要讓村裡所有人都知道，我……我會一輩子寵著妳。」侯遠山本就是有些木訥的性子，如今說出這番話來，沈葭還未怎樣，他自己就先紅了臉，兩隻手局促得不知道該往哪兒放。

眾人見他那老實憨厚的樣子，皆忍不住會心一笑。

臘月二十六，侯遠山早早便去縣城請媒人上門，帶來的聘禮也是極豐厚。聘金六兩六，聘餅一擔，公雞、母雞各一隻，豬肉五斤，酒四瓶，冰糖、桔餅、冬瓜糖、龍眼各兩斤，糯米十二斤，白糖三斤二兩，椰子一對，龍鳳白玉鐲一對……

依照村裡的規矩，大人們談親事，兒女是不能進到堂屋觀看的。葉子好奇，便拉了來喜偷偷趴在門縫瞧著。

看到那滿滿兩箱的聘禮，葉子有些目瞪口呆，遠山哥……還真有錢啊！當初二哥娶二嫂時的聘禮，可是連這些的一半都不到。

來喜還只是個孩子，哪會想到這些，只盯著那油紙包裹的糖果流口水，恨不得現在就衝進去開吃。

葉子見了，伸手拍了下他的腦袋。「小饞貓，就知道吃！」

來喜委屈地揉揉頭，對著葉子哼一聲，轉身跑走了。

這日過後，侯遠山和沈葭的婚事便定下來。成親的吉日選在過年後的三月初九，村裡一時間熱鬧起來，流言蜚語也隨之傳開，不少人私下議論，說這沈葭怕是活不過明年三月。

沈葭對於眾人迷信的言論自是不管不顧，只安安心心地待在家裡做嫁衣。

轉眼到了大年初一，天還未亮，村子裡便噼哩啪啦地放起鞭炮。

沈葭被外面的鞭炮聲驚醒，轉頭卻見旁邊的位置空著。她尋思著莫不是葉子昨晚真的守歲，一夜沒睡吧？她記得葉子的確說了要守歲，不過她撐不住，天又太冷，所以丑時左右便睡下了。

她揉了揉惺忪的睡眼，穿上襖子下炕，打開屋門卻見葉子和來喜在院子裡忙活。此時天還未大亮，院子裡升起一層薄薄的霧氣，兩人的身影也很模糊。

「你們這是在幹麼呢？」沈葭站在門口問道。

葉子聞聲轉過頭來，笑道：「小葭姊醒了，我們在擺貢品啊，待會兒要燒香、放鞭炮。」

沈葭聞聲過去幫忙，又看著他倆問：「你們該不會守了一夜吧？」

「是啊，後來天太冷，我和來喜還繞著村子跑了四圈呢。昨晚村口可熱鬧了，大人小孩都聚在那兒玩，還有人在玩躲貓貓。」葉子說著打了個哈欠，道：「不過現在覺得有點睏了，待會兒回屋補個眠去。」

這時，袁林氏從灶房探出頭來說：「小葭醒了嗎？快過來打水吧，我已經燒好熱水了。」

「好！」沈葭忙跑到灶房端水出來洗漱，又喊著葉子和來喜道：「你倆也過來洗洗吧，這樣精神些。」

三人洗了臉，將供品擺好上香，又在門口放鞭炮，便到了吃早飯的時間。

此時天已亮，霧氣也逐漸消散，但屋裡仍有些陰暗，不過這並不妨礙大家圍在桌邊吃飯。

飯桌上，袁林氏對小葭道：「待會兒吃完早飯，妳去遠山家一趟，今天是遠山娘的忌日，妳是他家未過門的媳婦，也該讓未來公婆見一見了。」

「我知道了，乾娘。」其實就算袁林氏不說，沈葭也打算要去。大年初一，家家戶戶都是熱熱熱鬧鬧的，但遠山哥一個人肯定很孤單，今日是他的生辰，卻也是他娘的忌日，他心裡定是百感交集，很難受的。

沈葭吃完早飯到侯遠山家，他正在灶房裡收拾供品放進竹籃，看樣子該是打算去祭拜他爹娘的。

「遠山哥。」沈葭在灶房門口喚一聲。

侯遠山看到她過來，漆黑的眸子亮了亮，又詫異又驚喜地道：「妳怎麼來了？」

沈葭看著籃子裡的貢品道：「遠山哥是要祭拜爹娘嗎？我跟你一起去吧。」

聽到沈葭主動這麼說，侯遠山心裡更是開心，忙道：「好。」

侯遠山爹娘的墳塚是在一起的，就在屋後兩里外的小樹林裡，名喚杏花塚，村裡所有過世的人都會埋葬在此處。

由於大年初一過世的人只有侯遠山的家人，因此小樹林裡很冷清，沈葭和侯遠山去的時候，一個人也沒有。

侯遠山帶著她在爹娘墳塚前停下來，將籃子裡的供品一一取出，這才跪下去。

沈葭見狀，也跟著雙膝跪下。

侯遠山點了香遞給沈葭，自己也點了三炷香拜了拜，這才道：「爹、娘，孩兒來看您們了。」他說著，看了看一旁的沈葭，眼裡浮現笑意。「這是小葭，再過三個月，孩兒就要和她成親，所以今日帶她來祭拜您們。爹、娘，您們放心，我一定會對小葭好，一輩子照顧她。等我們成親了，我再帶她來看您們。」

沈葭不知道該說些什麼，便只是柔順地看著身旁的男人，心中充盈著滿足和幸福。

在侯遠山爹娘墓前待了一會兒，兩人便收拾供品打算回家。走沒多遠，沈葭突然聽到左側的林子裡傳來一陣窸窣聲，隱約還有人說話的聲音。

「遠山哥，我怎麼覺得那裡面好像有人啊？」

「沒……妳聽錯了吧，時候不早了，咱們先回去吧。」

沈葭又聽了一會兒，抬頭看著侯遠山道：「是真的有動靜啊，我們去瞧瞧。」

她說著便往裡走，侯遠山伸手想要拉她，卻又不好意思觸碰她的身子，只好悻悻地收回手，硬著頭皮跟上去。

只見前面樹林裡，一男一女正緊緊相擁在一起，男人將女人抵在一棵樹幹上，手在女人身上胡亂地遊走，兩人的衣衫都有些不整，而那聲音便是從女人口中傳出來的。

男人的身軀遮擋女人的相貌，沈葭看不太清楚，但撞上這樣的事，她也委實嚇了一跳，頓時一陣臉紅，扭頭撲進侯遠山懷裡。

侯遠山沒料到她會撞上來，頓時心上一驚，下意識地後退一步，這一退剛好撞上一棵小樹，那棵樹晃動幾下，落了幾根枯枝下來。

那聲響驚醒了打得火熱的兩人，只聽見一個男人的聲音傳來。「誰？」

沈葭頓時更覺尷尬了，她迅速從侯遠山懷裡抽身出來，乾咳兩聲以掩飾窘迫。

正想解釋自己為什麼出現在這兒，沈葭在抬眸的一瞬間愣住了。

「三妞？」沈葭有些驚訝，那女人不正是袁王氏家的袁三妞嗎？

袁三妞發現有人的時候，便急忙整理衣服往林子深處躲，她跑沒兩步就聽到沈葭的聲音，雙腳頓時一僵，整個人停在那裡，臉「唰」一下地白了。

沈葭也覺得臉上有些燙。大過年的，還是光天化日之下，竟會撞上這種事，實在讓她非常尷尬。

正當沈葭不知該如何收場時，袁三妞突然跑過來，撲通一聲跪在地上抓著沈葭的衣襬乞求著。「小葭，求求妳，不要把這件事告訴我娘，否則她會打死我。」

沈葭被袁三妞突如其來的舉動嚇到，回頭看了侯遠山一眼，伸手拉她起來。「妳別跪我啊，我……」這種事她自己都難以啟齒，怎麼可能去跟別人說？

袁三妞卻死活不肯起來，只拉著沈葭的衣角哭道：「小葭，我知道是我自己不知檢點，才做出這等敗壞家風的事。我知道錯了，求求妳別說出去好不好？」

沈葭被她哭得沒法子，只得安慰道：「我當然不會告訴王大娘，妳先起來再說。」

得到想要的回答，袁三妞才一臉感激地站起來說：「小葭，謝謝妳、謝謝妳。」

那男人也感激地對沈葭千恩萬謝。

由於此時的氣氛太尷尬，沈葭也不好待下去，忙拉著侯遠山的手離開了。

走得遠些，她才嘆息一聲道：「大年初一碰上這種事，我都不知該說什麼好了。不過三妞也挺可憐，年紀這麼大了，她娘也不肯為她找個婆家。她如今偷偷摸摸地私會情郎，被我們瞧見了倒還好，若被其他人看到，不知後果會如何。也不知道剛剛那個男的對她是否真心，別回頭被騙了。」

侯遠山道：「那是隔壁村的李拐子，不是什麼壞人，去年春天到三妞家提過親，但因為家裡窮，被王大娘趕出來。」

沈葭聽了很無奈，又為三妞心疼。「遇上這麼一個跋扈自私的娘，三妞也是可憐。」

她搖搖頭道：「大年初一來上個墳，居然會碰到這樣的事，真是想不到。」以前她覺得這村子挺純樸的，人們也守規矩，不過可能只是假象吧。連三妞這樣怯懦的性子都能做出這種事，其他人她不敢想。

不過也是，這樣一個人煙稀少的小山村，哪裡都能藏人啊！

侯遠山猶豫一下，才道：「如果經常出門，會……遇到很多這樣的事。」

沈葭詫異了一下，隨即反應過來道：「我說呢，難怪你剛剛攔著不讓我去，你是不是早就知道他們在那兒了？」

侯遠山的神色有些不太自然。「我……我不知道是三妞和李拐子，還以為是其他人呢。」

沈葭眼睛瞪得老大，道：「還真不只他們倆啊？你知道是這種事怎麼也不拉住我，還非讓我撞見，真是的，我不理你了！」

沈葭說著扭頭就往前走，誰知竟被侯遠山拉住。她微微一愣，才想起自從那邊的小林子過來，一直都是她主動抓著侯遠山的手，現在侯遠山見她氣惱著要走，才趕忙握住她。

沈葭心裡一驚，似被燙到一般慌忙收回手，才剛恢復正常的臉蛋又染上一層霞色。

掌中柔嫩的觸感突然一空，侯遠山頓時有些失望，他見沈葭臉頰紅潤得好似水蜜桃一般，只覺小腹一陣燥熱難耐，忍不住開口道：「小葭，我……我可以抱抱妳嗎？」

沈葭耳根又紅又熱，她發現自己的臉皮真是愈來愈薄了，但仍羞澀地輕輕點點頭。

見她應允，侯遠山開心得像個孩子，伸手便將沈葭一把抱住。柔軟的觸感抵在他的胸膛，侯遠山只覺得心上一陣搔癢，抱著沈葭的手不由得加重力道，恨不能將她揉進體內，融為一體。

突然撞進他的懷裡，沈葭一時有些愣怔，由於整個人被他收緊，她漸漸感到有些呼吸不暢。她瞪大眼睛，伸手拍著他的後背，拚命掙扎起來。

感受到她的抗拒，侯遠山下意識地鬆手，見她面紅耳赤、大口大口喘著氣，他頓時有些懊惱道：「對不起，我……我傷著妳了……」他急得不知該怎麼彌補才好，那神情就像是做錯事的孩子。

沈葭原本還有些生氣，見他這樣子頓時生不起氣來。她停頓一下，主動伸手環住他的腰，將臉貼在他的胸前。

侯遠山看起來很強壯，肌肉也極為精實，是那種寬肩窄腰、高大有力的類型，再配上那張俊俏剛毅的面孔，沈葭突然覺得，在這樣的小山村裡能嫁給這樣的男人是她賺到了，唇角不由得勾起一絲甜甜的笑意。

侯遠山沒料到沈葭會突然抱住自己，整個身子僵硬一下，隨即臉上浮現喜悅的神色，也主動抱住跟前的人兒。這一次，他沒敢再用力，只靜靜感受著她給予的那份幸福與美好。

第十章　師妹木珂

過年這幾日，家家戶戶都比較清閒，大夥兒沒什麼事便聚在一起聊聊天，這對農村的人來說是再好不過的日子。

這日，沈葭正在房裡做繡活，葉子急急忙忙跑來說：「小葭姊，不好了，官府的人來抓遠山哥了！」

沈葭一驚，手裡的繡花針險些刺到手指，她面露急色問道：「怎麼回事？」

葉子道：「好像是劉二少爺因為你們的婚事來找碴，結果被遠山哥打傷了，劉二少爺懷恨在心，就一狀把遠山哥告上官府。」

沈葭一聽臉色大變，扔掉手裡的繡活便急急跑向隔壁。

到了門口，侯遠山已經被人銬上枷鎖。沈葭驚得喊了一聲：「遠山哥！」

帶頭的捕快攔著沈葭不讓她靠近。「侯遠山被人告了，縣老爺要押他去縣衙審問，不可妨礙我等辦差！」

「分明是那劉二少爺自己過來鬧事，他吃了虧就反咬我們一口，天底下哪有這樣的事？」沈葭愈想愈生氣，他們劉家有權有勢，道理便全讓他們占去不成？

捕快凶神惡煞地呵斥道：「我們縣老爺自有明斷，還輪不到妳來指手畫腳！妳若不服，便去牢裡先受受苦！」

去就去！難道她還怕了不成？

沈葭的話還未出口，就被侯遠山攔下來。「小葭，妳放心，我會回來的，妳只管在家等我。」

「可是……」沈葭面露憂色。這種事怎能不擔心呢？她突然痛恨自己只是個絲毫不被重視的王府庶女，若是嫡女，想救遠山哥還不容易嗎？

葉子和袁林氏也跑出來，但衙役們明顯不願再耗費時間，哪容得她們站在這裡說個沒完，便直接下令將侯遠山帶回縣衙。

「遠山哥！」沈葭在後面大喊一聲。侯遠山停下來回頭看她，報以一個安心的笑容，便轉身跟著衙役們離開了。

望著那漸行漸遠的背影，沈葭只覺得一顆心沈下去，她口中默默唸著：「遠山哥，你一定要回來！」

葉子上前挽著她的胳膊安慰道：「小葭姊，妳別著急，遠山哥這麼好的人一定會逢凶化吉的，何況薛老爺也不是那種不辨真假、胡亂判案之輩，若他查出遠山哥是無辜的，一定會馬上放了他。」

袁林氏也上前道：「葉子說得對，莫要過於擔心了。」

沈葭對二人勉強笑了笑，沒說什麼話。

那劉員外一家是出了名的地頭蛇，縱使縣老爺再明察秋毫，得罪劉家之事怕也不會隨便去做。劉二少爺既然敢帶人來鬧事，自然不怕將事情鬧大。

回到家裡，沈葭做什麼都有些心不在焉。葉子和袁林氏雖有心安慰幾句，卻也明白此時說什麼都沒有用，只能一臉心疼地看著她。

到了晚上，侯遠山仍未回家。沈葭覺得胸前一股氣悶，似被什麼堵住一般，壓抑得很是難受。

遠山哥這麼晚還沒回家，定是被縣老爺關進大牢了。那地方她雖沒去過，但也知道環境肯定極差。

她在炕上翻了幾下，突然坐起來準備下炕。

葉子見了也跟著坐起來問道：「小葭姊，這麼晚了妳要去哪兒？」

「睡不著，出去走走。」沈葭一邊回話，一邊穿著外裳。

葉子知道她心情肯定很不好，也跟著披衣下炕，道：「那我陪妳出去走走吧，反正我也睡不著。」

臨近元宵佳節，月色也比平日迷人許多。溶溶的月光傾灑下來，恍若為這寧靜祥和的山村披了一層夢幻的輕紗。

夜色雖美，沈葭卻無心靜賞，她踏著月光緩緩走動著，地上的影子也極有節奏地輕輕搖擺。

此時天仍是寒冷，偶爾吹來一陣風更是讓人想要打寒顫。她雙手環抱搓了搓胳膊，口中吐出一聲輕嘆。

抬頭望著蒼穹之上繁星環繞著的一輪滿月，她的目光變得深沈。「也不知遠山哥這時可曾睡得下……」

一直陪在她旁邊的葉子勸慰道：「小葭姊不必過於悲觀，沒準兒明日遠山哥就回來了呢？」遠山哥也真可憐，好不容易訂親，卻又遇上這樣的事，也算是婚途不順吧……

第二日一大早，沈葭一起床便拉著葉子去高里正家，畢竟他家的人脈到底比起一般人要廣些。

高家是這方圓幾個村子裡數一數二有錢的富戶，家裡全是新砌的青磚大瓦房，圍在一起成了一個四合院，與周圍的土坯房一比顯得格外氣派。

沈葭和葉子到了高家，見朱紅色大門敞開著便直接進去。

裡面收拾得乾乾淨淨，南面的山牆邊拴了一條大黑狗，見到生人頓時毛髮直豎，張著嘴汪汪大叫。

沈葭和葉子被突如其來的叫聲嚇得不輕，不由自主地退回到大門口。

這時，一個嬌軟的聲音自屋內響起。「阿黑！」

隨著話音落下，一姿態蹁躚的妙齡少女自西屋內走出來。那女子十五、六歲的模樣，皮膚白皙、五官精巧，穿著一襲湖青色長裙，舉手投足間有股小家碧玉的氣質。

沈葭是第一次見到這女子，不過根據村裡的傳言，想來便是人人口中稱讚不已的浣姊兒吧。

高浣看到沈葭也是微微一愣，她很少出家門，雖聽人說村裡來了位貌如天仙的美嬌娘，卻也未放在心上，如今乍一瞧見，還真如傳聞中那般出挑，普普通通的粗布麻衣穿在她身上，都掩不住那股與生俱來的清雅之氣。

「請問里正在家嗎？」沈葭開口問道。

高浣搖頭。「妳們來得不巧，我爹剛出去了，家裡只有我和小妹，若妳們有什麼事，可以先告訴我，等我爹回來，我再幫妳們傳達。」

「多謝姑娘，我們隔壁的遠山哥昨日被縣衙的人帶走了，特來找里正老爺瞧瞧可有法子救他出來。」

高浣想了想，道：「妳們說的可是姓侯的那個獵戶？」

沈葭連連點頭道：「正是，還請姑娘幫忙傳個話。」

高浣笑道：「好，我知道了。妳們且先回去再想想別的法子，等我爹回來，我定會第一時間告訴他。」

沈葭和葉子出了高家，想著剛剛高浣的氣質，不由嘆道：「那浣姊兒倒是個妙人兒，還有股書卷氣，高家養出這麼一個女兒還真難得。」

葉子道：「浣姊兒出生時身子弱，在家裡很得嬌寵。他們家境好，人丁也旺盛，自然不需她一個女兒家做什麼，便一直好生養著。浣姊兒也是個乖巧溫婉的人，又愛看書，久而久之談吐便和村裡其他女兒家不同了。」

說到這裡，葉子又神神秘秘道：「其實我二哥以前傾心浣姊兒，還偷偷為她寫過不少詩呢。不過那時家裡實在太窮，人家看不上我們，再加上浣姊兒年齡還小，便沒認真提過這事。後來高家看我二哥中了舉人，主動想結姻親，可惜晚了一步，二哥已經和秦家訂親，不過二嫂人挺好的，嫁過來後和我二哥感情也不錯。」

兩人說著話出了高家的胡同口，便見李大娘家門口幾個婦人坐在一起納鞋底。看到沈葭和葉子，李大娘主動道：「葉子、小葭，遠山回來了妳們知道嗎？」

沈葭面上一喜，急忙跑過去問：「大娘，妳說的可是真的？」

「自然是真的，我們幾個剛看到他從這裡走過去，不過他是跟位姑娘一起的，那姑娘模樣不錯，和遠山看起來很親近，就不知是什麼人。」

李大娘說著看了眼沈葭，才發現自己失言了，忙閉上嘴。

沈葭聽說是位姑娘送侯遠山回來，只有些詫異，倒沒有多想。她見李大娘臉色微變，只是笑了笑，道：「多謝大娘了。」

不管怎樣，遠山哥回來就好。

沈葭快步跑到侯遠山家，一進門便瞠住了。

一名紅衣女子正在院中幫侯遠山曬被子，那女子的頭髮用一支玉釵隨意盤在頭頂，一縷青絲垂落在鬢間，在微風下隱隱飄動。柳眉鳳目、朱唇皓齒，一身俐落的窄袖紅衣，左側腰間佩了一把劍，很有俠女之風。

沈葭剛要邁進去的步子又收回來，猶豫了一下，決定還是先回家。

這時，卻聽到侯遠山的聲音傳來。「小葭！」

沈葭回頭，見紅衣女子也看向她，便有些彆扭地笑了笑。「遠山哥，我聽說你回來了，所以過來看看。」

侯遠山笑著迎上前來道：「我正準備去妳家告訴妳一聲，免得妳擔心呢。」

紅衣女子看著二人，忍不住笑道：「師兄，你不跟我介紹一下嗎？」她還是第一次看到師兄在女人面前露出這種表情呢，傻傻的，竟有些可愛。

侯遠山這才想起來，撓了撓後腦，笑道：「瞧我，都忘了介紹。這是我的未婚妻，小葭。小葭，這是我師妹，木珂。」

木珂雙手環抱、饒富興味地在侯遠山臉上掃視。「我說嘛，師兄你看到人家姑娘，眼珠子都要掉下來了，也不怕嚇著人家。不過，成親是件大好事情，到時候可別忘了叫我來喝杯喜酒。」

侯遠山笑了笑。「那是一定的。」

木珂主動走上前去對沈葭道：「我師兄這人老實，性子也憨厚，姑娘嫁給他可是掉進福窩裡了。」

她說完，單手捣了嘴大笑。

沈葭第一次看到這麼自來熟、一來就開玩笑的人，她微微驚愣一下，隨即紅了臉。

木珂見她臉皮薄，便也不多說了，轉而對侯遠山道：「師兄，那我就先回去了，過些時日再來看你。」

侯遠山聽了問道：「妳不吃頓飯再走嗎？」

木珂好笑地看了眼沈葭，伸出拳頭在侯遠山左胸捶了一下。「得了吧，你現在想跟我吃飯才怪。好了，我不打擾你們了，衙門裡還有好多事要處理呢。」

「那……劉二少爺的事……」

「師兄放心吧，這事就這麼過去了，有我呢，你別擔心。」木珂說著笑看向沈葭道：「我在城裡的縣衙當差，姑娘什麼時候有空，可以去那裡坐坐。」

沈葭一聽忙笑著搖頭道：「還是算了吧，誰閒著沒事會去那裡坐啊？」木珂這人看上去率性得很，沈葭便也放鬆許多，開起玩笑來連自己都沒意識到。

木珂眉頭一挑，衝沈葭笑了笑。「妳真是個有意思的嫂子，我喜歡！好了，我真的要走了，等你們成親記得告知我。」

她說完對著二人揮揮手便走了。

沈葭因為她的一聲「嫂子」心裡波濤洶湧，耳根也有些發熱。

侯遠山見她一臉嬌羞的模樣，恨不能現在就將她攬入懷裡，但又怕嚇著她，只能解釋道：「木珂就是這樣的性子，妳別……別介意。」

沈葭不想繼續這個話題，便抬頭問他：「遠山哥，你在牢裡有沒有受什麼苦？或者……他們有沒有打你板子？」她說著，就拉著侯遠山想要檢查。

侯遠山趕緊退開一些，忙道：「沒……我沒事，不過是在牢房裡睡了一夜，今早遇上木珂就被放出來了。」

沈葭愣了一下。「你師妹在縣衙當差，你不會不知道吧？」這真的是師兄妹嗎？

侯遠山道：「兩年前發生了一些事，我們所有師兄妹都失散了，各自去了何處也不知道。」

聽侯遠山說起以前，沈葭心裡的好奇越發重了。「遠山哥，你以前到底是做什麼的？」

侯遠山神色黯了黯，沈默一會兒才道：「都是過去的事了。」

見侯遠山不願意提起，沈葭也不好多問，只笑了笑不再說什麼。

過了年，天氣日漸暖和，鶯飛草長，綠意盎然，沈葭和侯遠山的好日子也不知不覺近了。

袁林氏也開始籌備二人的婚事，只盼到時能把兩人婚禮辦得體體面面的。

這日，沈葭正在院子裡掃地，一個高大消瘦的男人從外面走進來。他肩上揹著一個行囊，走路一瘸一拐的，似是受傷的樣子。

男人五官清秀，眉眼之間有些似曾相識。沈葭盯著他看了一會兒，確定以前沒有見過此人，不由得面露疑惑。

男人看到沈葭也有些意外，轉頭掃了掃周圍的建築與擺設，直懷疑自己是不是走錯家門。

家還是原來的家，看起來沒有什麼不同，怎麼無端多出個陌生女子來？袁來生一時摸不著頭腦。

「你……」

「妳……」

袁來生和沈葭同時開口，卻又雙雙頓住，一時間氣氛有些奇怪。

這時，葉子剛好洗了碗從灶房裡出來，見沈葭和袁來生兩個人站在門口大眼瞪小眼，突然驚喜地奔過去。「大哥，你怎麼回來了？」

袁來生看到撲過來的葉子，寵溺地揉了揉她的腦袋，問道：「想哥哥了嗎？」

「想，我都想死你了！」葉子挽著袁來生的臂膀，將側臉貼著他胳膊撒嬌。

沈葭這時才反應過來，怪不得她覺得此人眼熟，原來他便是在劉員外家當差的袁來生，葉子的大哥。

袁來生又看向沈葭，面露疑惑地問：「這姑娘是……」

葉子笑道：「這是小葭姊，娘年前認的乾女兒，也是遠山哥的未婚妻。」

說完又對沈葭說：「小葭姊，這就是我大哥，上次我們去送靴子給他卻沒見著人的那個。」

第一次見袁來生，沈葭自然有些放不開，只靦覥地笑了笑，道：「大哥安好。」

沈葭長得好看，袁來生一直沒敢正眼看她，只不好意思地笑笑說：「好，都好。」

屋裡的袁林氏聽到動靜走出來，看到袁來生，臉上一陣欣喜地道：「來生怎麼這時候回來了？」說完看他一直用手扶著後腰，又問：「你這是怎麼了？是不是受傷了？」

袁來生搖搖頭道：「不礙事的，娘，妳別擔心，不過是被打了幾個板子而已。」

袁林氏又是一驚，問道：「你被打了？好端端的怎麼會挨板子？可是出了什麼事？」

「娘，咱們進屋再說吧。」袁來生道。

「好好好，快先進屋說。」袁林氏說著親自扶兒子進屋，沈葭見此忙上前接過袁來生肩上的行囊，跟著往屋裡去。

沈葭跟在後面，看袁來生因為受傷走路一瘸一拐的模樣，不禁心中暗想。「來生哥這時候挨了打回來，該不會是因為我的事惹惱了劉二少爺，這才被連累吧？若是這樣，我可真是罪過大了。」

第十一章 洞房花燭

進了堂屋，袁林氏問起事情的原委。

袁來旺回家的原因，果真如沈葭擔心的一樣。

劉二少爺在縣衙裡吃了虧，有氣沒地方出，便將目標放在府裡的袁來生身上，處處找他麻煩。後來索性尋了他的錯處，讓人打了幾板，從府裡攆出來。

袁來生原本在劉三少爺身邊做事，但劉三少爺是個不受寵的庶子，哪敢和劉二少爺作對，也只能聽之任之。

他這下算是丟了差事，再不能在劉府辦差了。

沈葭聽了，頓時覺得心中內疚。「大哥，都是我連累了你……」

如果不是她，來生哥不會受傷，也還能好好在三少爺身邊待著。

「這不能全怪妳，也是我前日辦事不力，才讓劉二少爺抓到把柄，怎能都怨在妳頭上？何況，給人家辦差終究沒有在家裡自在，現在這樣也好，我在家還能幫忙做些農活。娘說妳做繡活為家裡進帳不少，這個冬天能好好過個年，都是妳的功勞呢。若說起來，非但不能怪妳，還該謝謝妳才是。」

袁來生聽說沈葭是袁林氏認的乾女兒，便也真心拿她當妹妹看，所以說這些話時一臉真誠，話語中透著對她的欣賞。

葉子也道：「就是，小葭姊別自責，這都是劉二少爺的錯，不能怪妳。大哥說得對，妳過年做的那些繡品在錦繡閣換了不少銀子，要不是妳，我們還要苦惱來喜上私塾的束脩。妳可是我們家的大功臣。」

「是啊，小葭別胡思亂想，妳哥哥不會怪妳的。」袁林氏也拉著沈葭的手勸慰道。

沈葭頓時鼻子一酸，感動地看著屋裡的人。她覺得自己真的很幸運，落到這僻壤的小山村，卻有這一家人真誠待她。

「小葭和遠山成親的日子是三月初九，現二月都過了大半，嫁衣繡得怎麼樣了？」袁林氏又問。

提起這個，沈葭臉色一紅，輕輕道：「已經繡好了。」

袁林氏鬆了口氣，道：「那便好，現在妳來生哥回來了，剛好能幫著操辦妳和遠山的婚事。按照這裡的習俗，新娘子出嫁時要讓兄長揹著上轎子，也正是用妳來生哥的時候。」

葉子看沈葭不好意思，忍不住笑道：「娘，快別提這個，否則小葭姊要羞死了，姑娘家臉皮薄啊。」

沈葭見葉子小大人似地調侃她，頓時羞惱地瞪她一眼，轉頭往外面跑了。

葉子卻還在後面喊著：「小葭姊，妳跑哪兒去，可是去找遠山哥告狀？」

說完看沈葭捂著耳朵往自個兒屋裡跑的樣子，笑得越發樂了。

袁林氏有些無奈地看著女兒道：「妳呀，真是不知羞，還未許人的女兒家哪能這樣跟姊姊開玩笑？」

葉子吐了吐舌頭，只笑著不說話。

三月初九，袁林氏早早便請了喜娘過來為沈葭梳頭、換嫁衣，且又不厭其煩地同她講著成親的流程，以及今後過日子需注意的事。雖說這些昨晚已經交代過，但沈葭年輕，袁林氏怕她沒放在心上，便多絮叨了幾次。

乾娘的心意沈葭明白，便也不覺嘮叨，認認真真地用心記下來。

到晌午時分，外面噼哩啪啦一陣鞭炮聲響起，新郎迎親的隊伍來了。

因為兩家離得近，所以迎娶的花轎接了新娘後，便往相反方向在村裡吹吹打打地繞上一圈，最後回到袁林氏家裡拜堂。

這也是袁林氏的意思，侯遠山家裡院子不小，房屋卻不多。並排兩間瓦房由北向南依次是臥房和雜貨屋，現在臥房佈置成兩人的洞房，自然沒有在雜貨屋拜堂的道理。

侯遠山沒有爹娘，沈葭既是她的乾女兒，婚事又是由她操辦，受他們一拜自是合情合理。

侯遠山知道袁林氏家裡沒錢，便將前些日子打獵換來的銀錢給了她不少，所以沈葭的嫁妝自是格外氣派，棉被、新衣、妝奩和一切洗漱及日常用品，但凡能想到的都準備得妥妥當當。

袁林氏家境如何大家都知道，瞧見這嫁妝自然清楚是侯遠山出的銀錢。

迎親隊伍吹吹打打地走在山間小路上，路邊有不少鄉親圍著看熱鬧。大家看到那豐厚嫁妝，再看沈葭至今仍活得好好的，不少人心中感到後悔不已。

侯遠山的相貌在村裡本就算極好的，且為人踏實能幹，日子也比一般人寬裕，若非那些流言，誰不想嫁給這樣的男人？

只可惜，到最後竟是便宜了一個外鄉人。

轎子回到袁家，夫妻倆在袁二牛和袁林氏跟前拜了天地，侯遠山便用彩球綢帶引著沈葭入洞房。因為新郎要陪客人們喝酒，沈葭便自己在房中坐著，她聽著外面男人們喝酒時的傳唱，不禁羞紅臉。

「第一杯酒賀新郎，有啥閒話被裡講，恐怕人家要聽房；第二杯酒賀新郎，房裡事體暗商量，謹防別人要來張；第三杯酒賀新郎，祝願夫妻同到老，早生貴子狀元郎……」

沈葭身為一個還算開放的現代人，聽到第一句還是忍不住臉紅。她聽葉子說洞房花燭夜會有小孩子趴在牆角或門前聽房，這是村裡的習俗，希望裡面的動靜愈大愈好。

聽到外面唱的歌謠，她不由暗想，今晚若真有人來聽房，她可要羞死了。

夜色更濃重了，院子裡的喧鬧聲漸漸歇下來。沒多久，房門被推開，隨之便有濃濃酒氣撲鼻而來。

沈葭看到侯遠山便起身迎上去，道：「遠山哥，你怎麼喝了這麼多酒啊？」

侯遠山對沈葭笑了笑說：「我喝得不算多，高耀他們都已經趴下了，娘子……我酒量是不是很好？」侯遠山似乎是藉酒壯膽，和沈葭說話的態度和以往有些不太一樣，目光中更是不加掩飾地展現他的癡迷。

沈葭被他盯得有些不好意思，上前關了房門，便要扶他去床上坐著，誰知剛一碰到他的手臂，整個人便被他攔腰抱起來。

腳下突然一空，沈葭嚇得趕緊伸手環上他的脖子，嘴裡發出一聲驚呼。洞房裡鴛鴦紅帳、鳳燭搖曳，襯得沈葭本就極美的臉蛋越發嬌俏，似有一股勾魂攝魄的嫵媚。

侯遠山看著懷裡的小嬌娘，目光變得有些迷離，臉上掛著滿足的笑意道：「小葭，我終於娶到妳了。」

這時，聽到門口一陣窸窣的聲響，想到之前外面傳唱的那些話，沈葭一陣羞惱，忙道：「遠山哥，門口好像有人，你去把他們趕走好不好？」

侯遠山抱著沈葭往床上走。「這是村裡的習俗，新婚之夜都會有人來聽房，趕走了不好。」

侯遠山將沈葭平放在床上，隨即就要去解自己的新郎袍。

沈葭想到今晚的一切都會被人關注，便覺渾身不自在，她猶豫一下，還是開了口。「遠山哥，我……你把門外的人趕走好不好？我又不是你們村的人，不用守你們的規矩吧？」
她說完，見侯遠山似在猶豫，隨即坐起來，整個人縮在床內側，將自己環抱起來。「我不管，你若是不依，今晚……今晚你就別上床睡覺。」沈葭逼不得已，只好出言威脅。
侯遠山聽了這話，哪敢不從？忙道：「妳別生氣，我這就去把他們都趕走。」
他說著走出門去，只聽對外面的人嚷嚷幾聲，接著便是一些人的調笑，最後興許是懼於侯遠山高大強健的身軀，大家沒敢再逗留，紛紛散去。
侯遠山關上房門，沈葭已經規規矩矩地坐在床沿。
侯遠山走上前，一把將她抱在懷裡，淡淡的體香讓他心神迷亂，呼吸也急促起來。他忍不住在她粉嫩馨香的臉蛋上吻了一口，又輾轉去吻她的脖子。
沈葭感覺他已經有些迫不及待，突然紅著臉伸手推他。「遠山哥……」
「怎麼了？」侯遠山努力壓下小腹傳來的異樣，溫柔地看著她，但那深沈複雜的眸子，已經暴露他的內心。
沈葭只當沒看到，羞紅著臉低聲提醒。「合巹酒還沒喝呢。」
侯遠山這才驚覺，他竟然把這麼重要的事情忘了。
「妳等等。」他起身走至八仙桌倒了兩杯酒，轉身將其中一杯遞給沈葭。
兩人雙臂相交喝下杯中酒，沈葭不甚能飲酒，這杯辛辣烈酒下肚，原本粉嫩的臉色越發紅潤起來，嬌滴滴的模樣讓人忍不住想要一親芳澤。

侯遠山有些期待地看著她道：「小葭，我們現在……」

「等等，」沈葭又一次制止他，看他滿含期待的目光閃過失落，她也有些不忍心，忙解釋道：「我是想說，你把喜燭放遠一些吧，我……」

她不想赤裸裸地展現在他面前，雖是夫妻了，但畢竟是第一次，她臉皮又薄……不過新婚之夜的喜燭不能滅，只能放遠一些。

侯遠山似乎能夠理解她的顧慮，便將喜燭擱在八仙桌邊上，桌上供品擋住蠟燭散發的光芒，床上隨之黯淡下來。

侯遠山再次摸索過來的時候，沈葭沒再拒絕，任由他將自己壓倒在床上，帶著急促的呼吸解開自己的衣裙……

第二日侯遠山醒來時，沈葭還在睡夢中。此時天還未大亮，屋子裡也有些黯淡，不過這並不妨礙他欣賞自家娘子那姣好的容顏。

他單手支頤一眨不眨地看著她，想到昨晚他因為太緊張，費盡千辛萬苦才總算與她親密交融的情景，臉上顯現出微微的汗顏。

他彎了彎唇角，腦海中閃過昨晚她嬌俏撩人的模樣，以及那讓他沈迷的嬌聲低吟和淺淺哭泣，思及此，他只覺得心上一陣柔軟，癢癢的，恍若被一股暖暖的光芒包圍。

那些曾經讓他每日清晨醒來都倍感失落的美妙夢境，如今竟真真切切地實現了。這樣的幸福讓他歡喜之餘又有著一絲恐慌，生怕自己一朝不慎便會弄丟。

他娶妻了，終於有娘子了，且還是他朝思暮想的姑娘。

小葭沒事，如今安安穩穩地躺在自己懷裡，那些流言也不是真的！

侯遠山覺得整個世界都亮起來，對今後的生活也充滿嚮往。

他還記得昨晚她窩在他的懷裡，道出自己的身世。「遠山哥，其實我不是什麼大戶人家的丫鬟，我的父親是當今楚王，我的生母是個不受寵的姨娘，她原是楚王妃身邊的丫頭，後來被王妃賜給楚王……」

侯遠山其實早就對她的身分有所懷疑，論樣貌、論氣質，她怎麼看都不像曾經是做丫鬟的，原來她是當今楚王爺的庶出女兒，為了逃婚才輾轉流落此處。

想到她年紀輕輕就吃了這麼多苦，他覺得一陣心疼，只暗暗發誓，以後的日子他定要竭盡全力給她幸福！

沈葭睜開眼時，侯遠山正對著她笑。但他眼睛雖看著她，卻似沒什麼焦點，像是在想事情一般。

她動了動身子，只覺得下面脹痛得厲害，頓時柳眉微蹙，嘴裡倒抽一口氣。

侯遠山見了很擔心地問：「還很疼嗎？」

其實昨晚因為她疼得厲害，他並未太過折騰……卻沒想到還是弄傷了她。侯遠山頓時覺得有些自責。

沈葭羞紅了臉，搖頭道：「沒關係，休息休息就好了。」她知道第一次很疼，卻沒想到這麼嚴重。不過，女人成親總要經過這一遭的，無可避免。

侯遠山低頭在她臉頰上親了親，道：「那妳這幾日多休息，我不碰妳了，等妳身子好了再……」

見他這麼體貼，沈葭心中一暖，挪了挪身子，伸手抱住他，將臉貼在他的胸前道：「遠山哥，你真好。」

兩人此時都未著衣，沈葭伸手拂過他胸前的肌膚，面色微變，隨即抬眼看了看他周身，眸中帶著心疼與不可置信。

昨晚喜燭放遠，因此她未瞧見侯遠山的身子，再加上緊張便什麼都沒留意，現在看到這大大小小的疤痕，她的唇不由得白了幾分。

侯遠山身上的疤痕很多，有些已隨歲月淡去，有些卻格外駭人，且這些疤痕各不相同，有的似是被利器所傷，而有些……則像是鞭傷。

沈葭看著看著，眼角不知不覺變得濕潤，那些傷痕也漸漸模糊起來。

遠山哥在外面這些年，到底經歷了什麼？

侯遠山本沒有在意這些，待看到沈葭的反應時身體頓時一僵，下意識地拿被子遮掩，神色有些不甚自在地問：「我……我嚇到妳了吧？」

沈葭盯著那些傷痕看了片刻，吸了吸鼻子抬頭看他，眼眶泛著圈圈紅色道：「這些傷，一定很疼吧？」

侯遠山面色微滯，驚訝地望著她。他原以為她會問這些傷是怎麼來的，或是問他以前的事，卻沒料到會是這樣一句話。

簡簡單單的幾個字，卻徹底擊中侯遠山隱藏在內心深處的那抹柔軟與複雜，心裡也頓時百感交集。

沈默許久，他才對她笑著搖頭道：「不疼，都過去了。」

是啊，都過去了。沈葭閉了閉眼，將快要奪眶而出的淚水逼回去。她不知道遠山哥以前是做什麼的，不過看他的表情應該是一段痛苦的過往，他不願提起，她也不想緊抓著不放。

每個人，都可以有隱藏在內心不願讓人知曉的秘密。就像她是穿越而來這件事，也只能爛在肚子裡，跟誰都不能說。

她很好奇，卻也願意給他尊重。他們是夫妻，是要相伴一生之人，更該如此才是。

待情緒緩和，她才抬頭對他微微一笑，道：「我們今日還要去向乾爹、乾娘敬茶，是不是該起床了？」

見她沒有再追問，侯遠山頓覺鬆了一口氣。有些事不是他不說，而是不能說。那段不堪回首的過往，他不願再去回憶，更不願她知道真相後整日為他懸著一顆心，提心弔膽、夜不能眠。

侯遠山點點頭，溫聲道：「我先起來幫妳打水。」他說著便起身穿了衣服走出去。

當他燒了熱水回來時，沈葭已經坐在新買的妝奩前梳頭了。

烏黑柔順的長髮披散在背後，泛著淡淡的光澤，侯遠山看著忍不住想要伸手撫弄一番，心想手感定是極好，如她那嬌嫩的肌膚一般。

他將手裡的熱水放在桃花木洗臉架上，才信步走向沈葭道：「我幫妳梳頭吧。」他說著已握住沈葭拿梳子的手。

沈葭轉頭看向他，臉上掛著笑意，問道：「遠山哥會嗎？」

第十二章　新婚日常

侯遠山沒有說話，只是拿著梳子極盡輕柔地幫她梳理長長的墨髮，最後在鬢後兩側綰了兩個蝴蝶髻，額前掛上一條寶石紅海棠花眉心墜，又在髻上各貼了兩個紅色花鈿，看起來格外喜氣，倒也符合沈葭今日新媳婦的身分。

看著鏡中一絲不苟的髮髻，沈葭不由得有些愣怔，難以置信地問道：「遠山哥怎麼會梳女子的髮髻？」

雖說這個時代的男子也是留長髮，可畢竟髮式簡單，哪裡會像女子那般花心思。遠山哥剛為她綰髮時手法熟練，分明不是個新手。

想到這裡，沈葭心裡微微有些失落，垂下蝶翅般的眼簾沒有看他。「遠山哥……以前是不是為別的女子綰過髮？」她忍不住心想，遠山哥的過去會不會曾有過一個女人呢？

侯遠山握著梳子的手陡然一頓，眸中隱現一絲看不透的複雜，隨即蔓延出哀痛之色，長長嘆了一口氣道：「我曾有過一個小師妹，幫她梳過幾年。」

小師妹……

沈葭沈默了一會兒。看遠山哥的神色似乎與那位小師妹關係很好？

「那她……」沈葭張口，卻不知該問什麼。只覺得新婚之日從夫君口中聽到另一個女人的事情，心裡有些難受。

「她死了。」

沈葭突然不知道該怎麼接話了。正想著該怎麼繞過這個話題時，侯遠山握住她的手說：「妳瞎想了？在我心裡她只是個孩子，她也視我為兄長，並非如妳想的那般。」

沈葭臉上微紅，低著頭沒看他。「你又怎知我瞎想了，是你自己要解釋的。」雖這般說，但心裡到底是鬆了口氣，幸好不是她想的那樣，否則……她真不知道該如何自處。

侯遠山笑了笑，說：「水我已經打好了，妳先洗吧，我去把鍋裡剩下的熱水也倒出來。」

他說著轉身出去，沈葭抬頭看著他的背影，心裡突然多了些許困惑。人都是有好奇心的，雖然侯遠山說什麼她都願意相信，但有時也會胡思亂想。不過，他既然不說，她也不會開口問他。

不管怎樣，有一點她可以肯定——遠山哥一定不是壞人！

既然如此，對她來說就足夠了。不管曾經如何，只要今後他們兩個好好的，就是最大的幸福了。

沈葭和侯遠山洗漱完畢，時間拿捏得剛剛好，去到隔壁袁林氏家裡，大夥兒已經在堂屋等著了。

婉容見他倆過來，便從灶房端了雞蛋茶進堂屋。

沈葭和侯遠山兩人雙雙跪地，分別向袁林氏和袁二牛敬茶，平日不苟言笑的袁二牛難得露出一絲笑意，雖說不太明顯，但沈葭瞧著已是十分高興。

敬完茶，領了紅封，便到開飯的時間。沈葭和侯遠山兩人的狀況比較特殊，便也不照尋常人家的習俗，而是直接在袁林氏家一起用了早飯。

袁家向來沒太多規矩，大家都是一起圍在桌前用飯。來生和侯遠山在飯桌上偶爾談論兩句，葉子咬著筷子不時對沈葭曖昧地笑，被一旁的婉容悄悄拉著衣角拽回去。一頓飯吃下來，倒也十分融洽。

隔壁傳來袁大牛和袁王氏夫妻二人的爭吵，以及袁大牛追打袁來旺的聲音。沈葭突然感慨，像乾娘這樣和和睦睦的一家子，也是很難得的。

吃完早飯，沈葭便被葉子纏上，非要拉著她回自己屋裡去。

袁林氏見了不免數落她兩句，最後只好悻悻地放沈葭和侯遠山回家。

見人走了，袁林氏無奈地點點女兒的額頭。「妳這丫頭，小葭和遠山正值新婚，妳在那兒湊什麼熱鬧。」

葉子吐吐舌頭道：「他倆都成親了，天天都有時間在一起，還差這一時半會兒的嗎？」

她說完似又想到什麼，轉而看向一旁的婉容道：「對了，二嫂，當初妳和二哥成親時，娘說新人前三日不能幹活，所以你倆都在屋裡待著，那時都在幹什麼啊？」

葉子年輕不知事，問起這個時一雙大眼眨啊眨的，格外純淨。可這一問讓婉容頓時臉紅起來，忙站起身道：「我……我去洗碗。」

袁林氏看她挺個大肚子，忙道：「去屋裡歇著吧，還有兩個月就要生了，可得當心點。」

「是。」婉容說著便出了堂屋。

見二嫂逃難般的模樣，葉子越發困惑，她看向還坐在桌前的袁來生問道：「大哥，二嫂怎麼了？我剛剛……問錯話了嗎？」

袁來生表情一僵，隨即瞪她一眼道：「小女兒家的，怎麼什麼都問。」

他說著站起身，對著一旁的來喜道：「喜兒，去收拾東西，大哥送你去學堂。」

「喔。」來喜應聲跑了。

袁來生看了妹妹一眼，也出去了。

這下葉子心裡難受了，滿腹委屈地跑去灶房找袁林氏道：「娘，大哥跟二嫂怎麼了？一個個像躲瘟神一樣地躲我，我也沒說什麼呀。」

袁林氏有些無奈，她到底是個未經事的女兒家，有些話現在說還不到時候。她笑了笑，道：「等妳嫁人，自然就知道了。好了，把鍋裡的熱水倒進泔水桶裡，再混些玉米麩子，去把豬餵了。」

葉子有些不太情願，但也只能應下來。

其實，大家都避著她，她已經隱隱猜到一些影兒，不過實際是如何還不太清楚，只是想滿足一下好奇心。

或許是什麼難以啟齒的事情吧。方才吃飯時她看到小葭姊脖子上有紅痕，原本想問問娘是怎麼回事，現在想想還是算了。

左右……遠山哥這麼好的人，兩人剛剛又情意綿綿、你儂我儂的，那紅痕肯定不是遠山哥欺負的。

沈葭和侯遠山夫妻倆回了家，沈葭身子還有些不太舒服，便直接歪在床上，侯遠山也無甚要事，便摟著她陪她說話。

「村裡人家都用炕，遠山哥睡床上，冬天不會冷嗎？」沈葭早就想問這個問題了。

侯遠山聞著她頭上的髮香道：「我自幼習武，習慣了。」

沈葭隨意玩弄著垂落胸前的一縷髮絲，想了想道：「咱們也砌個炕頭吧，這樣冬日裡也暖和些。」

「這樣也不會冷的。」侯遠山說著將沈葭裹進自己懷裡。

待領會到他話中的意思，再想到昨晚他那灼燙的身軀，沈葭頓時臉上微微泛紅。

畢竟是成了親的人，除了早上去袁林氏那兒用早飯以外，其他幾餐還是得要他倆自己打點。白天沒幹什麼活，向來習慣直接吃中飯的侯遠山也不覺得餓，所以直到黃昏時分太陽落下了，沈葭才開始燒火做飯。

她在灶房裡舀了玉米麵和紅薯麵，因為侯遠山屋後種了芝麻，倒是不缺此味，便又撒了些芝麻進去攪拌均勻後做成麵條；侯遠山則是剝了野蒜和一些野菜葉子放在罐裡，加上些鹽巴搗碎了調成蒜汁。

鍋裡的麵條撈到碗裡時，沈葭轉頭看著他問道：「遠山哥，你能吃辣嗎？」

「能。」侯遠山答道。

沈葭笑了笑，說：「我也喜歡，咱們再烹個香辣調味汁吧。」

她說著，轉身拿了一顆野蒜苗和幾根紅豔豔的乾辣椒，將兩者洗乾淨切碎，又在鍋裡倒了油，待油熱了往裡面一放，便聽得一陣「嗞嗞」聲，隨之傳來陣陣香味，伴著辣椒的嗆鼻感，讓她忍不住連打兩個噴嚏。

侯遠山見狀，上前拿過她手裡的鍋鏟，道：「我來吧。」

沈葭沒有反對，便讓侯遠山拿了鏟子翻炒，自己則是用手捏了些鹽放進去，轉頭又舀了一勺醬油並兩滴米醋，如此翻炒幾下便讓侯遠山舀出來，均勻地澆在麵條上。

看著香噴噴的麵條，沈葭饞得口水直冒。

看來嫁個獵戶也挺好的，每天都有肉吃不說，日子過得也寬裕，做飯時不用計算食材，也不必擔心今天吃完明日便會餓肚子。這種感覺很滿足，也很開心。

兩人又澆了侯遠山剛剛調的蒜汁，才捧著碗到屋裡一起用飯。

沈葭烹的辣椒是很辣的野山椒，又用油炒出辣味，那口感自是格外……爽！她才吃幾口便覺渾身出汗，忍不住張了嘴輕輕吐氣。「原來這辣椒這麼辣啊。」沈葭以為自己挺能吃辣的，沒想到這味兒比自己想像的還要重。

侯遠山倒是沒什麼感覺的樣子，只有臉上微微泛紅，看上去神色倒是正常。

「妳若吃不慣，不如把這碗給我，再重新煮一碗。」侯遠山說著倒杯水給她。

沈葭一口飲盡，吐吐舌頭，擺手道：「不用，這樣才過癮，也幸好現在是春天，若夏日吃這個，可真是沒法忍受了。不過這樣的辣椒以後可以留著冬天吃，暖胃祛寒。」

其實沈葭覺得今晚這麵做得很好吃。麵條有勁道，裡面摻了芝麻口感也很好，再配上辣椒真是美味。都說辣椒會讓人食慾大增，果不其然，沈葭吃完還覺不夠，又去做了一碗，和侯遠山分著吃。

侯遠山見了有些擔心，他知道她平日的食量，今天一下吃這麼多，也不知會不會太撐。果不其然，沈葭剛吃完便覺得過飽了，不僅肚子撐得難受，胃裡還一陣火辣辣的，整個人因為出汗有些黏黏的不舒服。

侯遠山見了便主動收拾碗筷去洗碗，並幫她燒了熱水洗澡。

兩人成親的時候，侯遠山特地買了個大浴桶，沈葭身子嬌小，整個人坐在裡面還覺得十分寬敞。

她悠閒地洗了個澡，出來時整個人舒爽許多。

天色已暗，沈葭便隨意穿了件素淨的碎花長裙，濕漉漉的頭髮垂落在胸前，推門出來時，侯遠山一見便愣在當場。

侯遠山一直覺得，沈葭穿什麼衣服都比尋常女子要美些，現在剛洗了澡出來更如出水芙蓉，讓人眼睛一亮。

束身的長裙襯托出窈窕婀娜的身姿，肌膚白皙如雪，長長的墨髮帶著濕意隨意垂落下來，水珠順著臉頰滑落在頸間，也將侯遠山的視線吸引至此。

他不由嚥了嚥口水，身體漸漸有了反應。沈葭被他看得有些不好意思，只得低下頭去，問道：「遠山哥一直盯著我做什麼？」

侯遠山上前攬過她的腰，眸中帶著癡迷與溫柔。「小葭，妳真好看。」他覺得自己真是太幸運，才能娶到這麼一個天仙娘子回來，恨不能日日捧在手心，一刻也不分開。

沈葭被誇得心裡一喜，抿唇笑了笑沒有說話。

「頭髮這麼濕，我來幫妳擦擦吧。」侯遠山道。

沈葭黑白分明的眸子亮了亮，開心道：「好啊。」

春日裡微風和煦，兩人一起坐在屋前，沈葭將頭枕在他的膝上，侯遠山則溫柔地幫她擦頭髮。

今日是難得的好天氣，天上布滿閃亮的星子，不時還有流星滑落，將黑夜點綴得恍若夢幻之境。

沈葭就這樣倚在侯遠山懷裡，閉著眼睛任由微風吹拂耳畔，滿足地彎了彎唇角。

這樣的感覺，真好。

沈葭晚飯吃得太飽，直到深夜仍撐得難受。

見她捂著肚子眉頭緊蹙的模樣，侯遠山不由有些心疼。早知道當初就該阻止她的，他的一時心軟反而讓她這般不舒服。

今日初十，月亮雖說不是很圓，卻十分明亮。

侯遠山見那滿院的金光，轉頭對著倚在床上難受的沈葭說：「我陪妳出去走走吧，這樣躺著如何能消化？」

沈葭想了想，便從床上直起身道：「也好，活動活動或許消化得快些。」她覺得自己也是奇葩，嫁給遠山哥的第一頓飯便撐成這樣，幸好遠山哥不是個善於言詞的人，否則鐵定要笑話她了。

晝夜溫差大，外面已有涼意，侯遠山貼心地幫沈葭拿了件外衣披在她身上，才關上房門一起去外面踩月光。

此時家家戶戶都已經睡了，整個村子靜悄悄的，只偶爾聽得幾聲犬吠，一直走到村口都沒遇到什麼人。

出來走動走動果真是有好處的，待走到村口的溪水邊時，沈葭已感覺自己好多了，肚子不再脹得難受，心情也跟著好了不少。

「早知道這般管用，吃完就該出來走走，若早點這麼做，這會兒只怕都已經睡下了。」沈葭摸著肚子一陣咕噥。

侯遠山笑了笑，說：「沒事，我們家偏南，又沒多少戶人家，明日只管多睡會兒也無大礙。」

侯遠山這話說得倒是不錯，他家位於村子最南面，只連著袁林氏和袁王氏兩家，除此之外再無鄰近之戶，平時沒什麼要事，村人自是不會過來，倒也不怕哪日起晚了惹人笑話。

苛待媳婦的惡毒婆婆比比皆是，像袁林氏那般對待婉容的本就不多見，能如沈葭這般的，也算很幸運了。

不過這些話沈葭不好當著侯遠山的面說，畢竟說出來就像在慶幸自己沒有婆婆一般，到底無甚好聽。

第十三章　生子大關

兩人又走了一會兒，隱隱聽到後面一陣急促的腳步聲。夜晚本就安靜，這時突然出現個人，腳下踩著石子的聲音格外響亮。

聽到聲音的沈葭愣了一下，心中暗想，誰會在這個時候不睡覺跑出來呢？

還在思索的當下，那人已經趕到兩人跟前，那人朝他倆這兒瞧了瞧，驚訝道：「遠山哥，你們這麼晚怎麼會在這兒？」

說話的是高耀，侯遠山聽了解釋道：「睡不著，出來走走。你這是要去哪兒？」

侯遠山沒有提到沈葭吃太撐的事，這讓沈葭心裡鬆了一口氣，若是說出來，她可要尷尬死了。

高耀急道：「我媳婦要生了，我得去隔壁村請個穩婆來。這會兒碰到你們正好，月季她一人在家我不放心，能否請你家娘子過去陪陪她，讓她不要那麼驚慌。」

聽到這話哪有不幫的？沈葭忙開口答應下來。高耀才鬆了一口氣，又急匆匆地往前走了。

侯遠山和沈葭趕到高耀家時，屋裡正傳來陣陣呼痛聲。

此時侯遠山不好進去，只能在院子裡站著，讓沈葭一人進屋。

屋裡，月季正躺在炕上大汗淋漓，她看到沈葭愣了一下，一會兒才回過神來，忍著疼痛問道：「妳是……遠山嫂子？」月季自有了身孕便不曾出過家門，所以這是第一次見到沈葭，不過高耀與她提過幾次，再加上沈葭相貌出眾，月季倒是不難猜出她的身分。

沈葭笑了笑，道：「是我。剛剛在村口碰到妳家相公說妳要生了，他說妳一個人在家他不放心，讓我過來陪陪妳。」

她說著上前在炕頭坐下來，握住月季的手道：「放輕鬆些，別緊張，會沒事的。」

月季眼裡含著淚，臉色因疼痛慘白似雪。「嫂子，我害怕……大家都說生孩子是個大坎兒，一不慎就會……我真的好怕……」

沈葭聽了不由嘆氣，古代的醫療設施不完善，婦人家生個孩子都是拿命去搏，也的確是極危險的事。

沈葭想了想，安慰道：「別害怕，想想以後的事，妳若生了孩子，你們的日子會更好的。對了，妳希望肚裡懷的是兒子還是女兒？」沈葭努力地轉移她的注意力。她年紀比月季小，又沒生過孩子，也實在想不出什麼好法子來。

月季眸中閃過一絲盼望，隨即道：「自然是兒子，我和相公都想要個兒子，連名字都想好了呢。」

「是嗎，是什麼名字？」

「叫高興。」她說著彎了彎唇角，臉上有了笑意。這時，腹中一陣難忍的疼痛襲來，她又疼得大叫一聲。

沈葭輕輕拍著她的肩膀，笑道：「高興好啊，等孩子生下來，一輩子都高高興興的，多好。」

兩人就這樣有一搭沒一搭地說著話，不過為了避免耗費月季太多體力，大部分時間都是沈葭說，月季聽。

過沒多久，高耀便領著穩婆和一個幫忙的婦人急急忙忙回來了。

沈葭正值新婚，產房這種生死交關的地方自是不好多待，便直接被穩婆趕出來，高耀也隨之出來。

屋裡月季呼痛的聲音愈來愈大，聽在高耀耳中只覺得陣陣心驚，攥著拳頭的手心也不由得出汗。

侯遠山上前安慰他。「別擔心，弟妹和孩子都會平安的。」

高耀跟著點頭。「是，月季會好好的，孩子也會好好的。」

這時，裡頭幫忙的婦人急匆匆地跑出來，面上帶著為難道：「高屠戶，你家娘子難產，你心中可得做好準備啊，萬一大人孩子只能保一個……還得你先拿個主意。」

高耀身子一震，整個人後退幾步，神情大變。他腦子一陣嗡嗡作響，只覺得今後的一切便如同這黑暗的夜色一般，突然沒了希望。

他愣了片刻，突然上前抓住婦人的胳膊求道：「秦嫂子，妳和秦大娘可得幫忙救救他們啊！」

秦嫂子被他拽得有些不好意思，但知道他此刻心裡著急，便也沒多計較。她忙抽了手，道：「若能救，我們自當保他們母子平安，可如今……就怕你家娘子撐不住，眼看力氣快用盡了，能不能平安誰也不好說。我婆婆要我來跟你傳個話，讓你心中有個準備。瞧你家娘子的肚子，裡頭懷的興許是個男丁，若出了意外，你可得拿捏好要保哪個。」

「保大人，自然是先保大人啊！」高耀幾乎是不假思索地回答。沒了孩子可以再生，可他的月季若是沒了，他這輩子還有什麼指望？

秦嫂子也是女人，聽到這話不禁心生感慨。在這幾個村子裡，如高屠戶對他家娘子這般捧在手心的，當真是不多見。

當初他執意要娶一個青樓裡的打雜丫頭，甚至為那丫頭與家人鬧翻，那時村裡村外沒少說閒話。卻沒想到，高耀如此重情重義，那丫頭的命也算是極好的了。

得了答案，秦嫂子沒多逗留，又急急忙忙進了臥房。

高耀頹然地倚在門口的牆上。月季的叫聲愈來愈虛弱，甚至帶著一絲沙啞，他心裡的緊張也隨之加深。

侯遠山和沈葭一時間也不知該如何安慰才好。這時不管說什麼只怕他都聽不進去，只能祈求月季和孩子都能平平安安。

屋裡忙碌了一夜，待一陣孩子的哭聲響起，月季便昏厥過去。

聽到秦嫂子說母子平安，高耀緊繃的一顆心才鬆懈下來，整個人頹然地坐到地上，隨即又急忙爬起來去看屋裡的妻兒。

沈葭原本也想去瞧瞧，卻被秦嫂子攔下來。「那高屠戶家的娘子暈過去了，一時半會兒也醒不來。你倆正值新婚，莫要進去了，待孩子足月了再過來看。」

秦嫂子是婉容的娘家嫂子，之前去過袁林氏家，自然認得沈葭和侯遠山。

聽了這話，兩人也不好進去，心想此時高耀定無心招呼他們，便和秦大娘、秦嫂子道別，回自己家裡。

直到躺在床上，侯遠山仍覺得心有餘悸，一直沈默著不說話。

被他攬在懷裡的沈葭瞧了覺得奇怪，不由得問道：「遠山哥怎麼了？」

侯遠山摟著她，突然道：「小葭，我們以後……不要孩子了吧。」

剛剛親眼看到月季生孩子的危險經過，以及高耀心裡的掙扎，他突然覺得好怕。不要孩子，他的小葭便會一直好好的，可若是生孩子……未來的事誰又預料得到？何況，他娘也是因為生他才去世的。

猜想到侯遠山此時的心情，沈葭伸手抱住他，將臉埋在他的臂彎裡，沒有說話。

月季的經歷的確嚇到她了，方才她也心生這樣的念頭，然而由侯遠山先提出來，她不由覺得有些感動。

遠山哥這般為她著想，她反倒不覺得害怕了。縱然生孩子危險，她也想要試一試。

畢竟，有了孩子，這個家才會更完整。

高耀當初因為不顧高老爺的阻止，堅決娶映月樓裡的打雜丫頭月季為妻，從那時起便和高家斷了來往。

這會兒月季生了個男嬰，本是高家血脈，然而高老爺心裡仍憋著一股氣，看都不曾去看一眼。至於高浣的娘高李氏，她本就是高耀的繼母，自然不會掏心掏肺對待高耀，她見高老爺沒表示，便索性也裝作不知道，對高耀和月季夫妻倆生子的事不聞不問。

如此一來，伺候月季坐月子的差事，便全落在高耀身上。

但高耀畢竟是個男人家，對女人生孩子的事知之甚少，有時逼不得已只好跑到侯遠山家裡問沈葭。

沈葭對此有些無言。她沒生過孩子，更談不上經驗。如今丟了這麼一個大問題過來，還真是把她難倒了。

但見他們小倆口這般困難，她又不忍拒絕，只好整日到隔壁請教乾娘，自己順便記在心上，並寬慰自己權當是為了將來生孩子累積經驗。

女人月子期間忌諱較多，能吃的食物也是極少。尤其前半個月，不能吃大補之物，也沾不得某些寒涼的蔬菜、水果。沈葭按照乾娘的囑咐，將一些食物列成單子，讓高耀做給月季吃。

有時擔心月季吃膩，她便在家裡變些花樣，帶去給月季換換口味。如此一來二去的，她和月季也漸漸熟起來。

月季看沈葭很喜歡小孩子，不由道：「妳和遠山哥成了親，也抓緊時間生一個，到時候還能給我家興兒作個伴。」

沈葭正將自己的小指往高興手裡塞，聽到這話微微一愣，隨即紅了臉道：「這哪是說生就能生的？再說我們才剛成親，即使想生恐怕也不會那麼快。」

「怎麼不會，我嫁給阿耀第三個月便診出喜脈，算算日子是第一個月就懷上的。雖說這事要靠緣分，但也要你倆努力才行。」

沈葭驚詫地看著她，道：「第一個月就懷上了？那你倆也太厲害了，我原本覺得最快也要三、五個月呢。」她覺得這事一定有運氣的成分，要不然，縱使夜夜折騰也未必會這麼快。

月季瞧她一眼，神神秘秘一笑道：「這種事，除了看天意，還需要那麼一丁點技巧。」她說著用大拇指和食指對在一起比劃一下。

「技巧？」沈葭有些不明白。

月季往沈葭邊上挪了挪，附耳道：「你倆今後可以這樣……」

沈葭聽得一陣呆愣，好半晌才眨眨眼，面色微紅道：「這樣……能成嗎？」

「妳回去試試不就行了，即便不成也不會有什麼影響。」月季想了想，又道：「按妳上次來月事的時日推算，現在差不多就是受孕的最佳時機，你們這幾日就可以試試。」

沈葭被她說得臉頰一陣發燙，她突然覺得月季這大大方方的態度，比她還像穿越過來的人物。

興許，是她在映月樓那兒待久的緣故吧，沈葭這般安慰自己。她才不會承認自己一想到晚上和遠山哥做那種事就會忍不住臉紅。

雖然沈葭當著月季的面沒說什麼，但月季教她的法子，她卻暗暗記在心上。

這日夜裡，沈葭睡得比平日早了許多。侯遠山覺得她反常，便在床沿坐下，關心地摸了摸她的額頭，問道：「妳今天吃晚飯時便有些心不在焉，可是哪裡不舒服？」

他說著，臉色變了變，道：「妳的臉怎這麼燙？莫不是這幾日照顧月季太過勞累吧？不行，我帶妳去找大夫瞧瞧。」

侯遠山說著便立刻將沈葭打橫抱起，準備帶她去看病。

沈葭哪有什麼病，她只是想到今晚要自己主動……禁不住有些害羞、臉頰發燙而已。

她看侯遠山這般著急，忙道：「遠山哥，你別慌，我……我就是覺得有些熱而已，沒什麼大礙。」

侯遠山仍有些不太放心地蹙眉，道：「當真無礙？」

沈葭趕緊點頭說：「自然是無礙，我又何必騙你？」

見她如此，侯遠山才稍稍安心一些。今日天氣著實有些乾燥，興許真是熱壞了。

侯遠山思索一下，又將沈葭平穩地放回床上，道：「既然不舒服，妳便早些歇息。」

沈葭見他沒有要睡的打算，忍不住道：「外面天色已晚，遠山哥還不打算睡覺？」

侯遠山道：「我去外面洗個澡，一會兒就回來。」

村頭有個地方十分隱密，天不冷時，不少男人會去那裡洗澡，侯遠山素來也是。

沈葭想起月季交代懷孕前要注意清潔，便也跟著道：「我也要洗。」

侯遠山想了想，道：「好，剛好家裡有浴桶，我去灶房燒點熱水，待會兒再裝些乾淨的溪水回來。雖說天不冷，但女兒家還是用溫水沐浴比較好。」

見他如此體貼，沈葭心上一甜，乖乖點頭。

待侯遠山出門，沈葭才鬆了一口氣，躺在床上想著月季說的那些話。隨即又暗想，她和遠山哥才成親半個多月就急著生孩子……會不會太早？要是遠山哥覺得她太猴急怎麼辦？

可是她真的好喜歡小孩子，這幾日天天去看月季家的高興，她想生孩子的念頭也跟著越發強烈。

上一世，她最大的心願就是做一名幼教老師，成為一幫猴子的猴大王。

可惜心願還沒達成，就穿越到這裡。

現在幼教老師做不成，但她還能早早給遠山哥生孩子。

或許，成了親的女人都是如她這般的心思吧。

侯遠山洗澡的速度很快，沒多久便提兩木桶的水回來。

雜貨屋的後面有個小隔間，裡面放著浴桶和一些用具，侯遠山將水溫調好，準備妥當了，才去屋裡喚沈葭來洗。

沈葭害羞，不願洗澡時有侯遠山在，便將他推出去。在他出去前，又忍不住喚他。「遠山哥！」

侯遠山不解地回頭望她。沈葭有些欲言又止，臉上的笑容不甚自在。「沒什麼，你……你先別睡，我……我待會兒有話要與你說。」遠山哥若是睡了，她方才計劃那麼久可就白費了。

第十四章　玩火引焚

沈葭洗完澡，只披了件薄薄的水綠色長裙便回到房裡。侯遠山正坐在八仙桌前擦拭一壺箭矢。

她一邊擦著濕髮，一邊走到侯遠山旁邊坐下來。「遠山哥怎麼這時候想起擦箭了？」

侯遠山溫柔地看她一眼，將手裡的箭放在八仙桌上，接過她手裡的巾帕，幫她輕輕擦著頭髮。「再過些時日要上山打獵，現在先收拾一下。」

沈葭手上得了空，便拿起桌上一支箭矢仔細看著，她突然眼睛一亮，說道：「遠山哥，這上面有字耶！」

「玦……」她盯著上面的小字默默唸出聲，想到他的師妹木珂，便轉頭問他：「莫非你們師兄妹的名字是從木從玉，遠山哥是……木玦？」她記得很多人取名字都是這般規則的。比如她是沈葭，她的嫡姊是沈菀，皆從草頭。

侯遠山幫她擦頭髮的手微微頓了頓，好半晌才輕輕「嗯」一聲。

沈葭本想藉此機會問問他以前的事，但看他這般便知是問不出什麼了，索性不再開口。左右是以前的事，即使不知道也無妨。

更何況，她今晚還有正事要辦。

她方才並未洗頭，所以頭髮只是有些濕，擦沒多久便快乾了。

她看看外面的天色，摀嘴打了個哈欠道：「遠山哥，我有些睏了，咱們去睡吧。」

侯遠山想到她之前躺在床上臉頰發燙，好像渾身不舒服一樣，又伸手在她額頭探了探，似乎還有些熱，忍不住再次蹙眉問道：「妳當真無事？」他擔心她是因為著涼才這麼熱，剛剛果真不該讓她洗澡。

沈葭忙不迭搖頭，笑道：「我自己的身子豈會不清楚，遠山哥只管放心就是。何況，女人家的體溫本就忽冷忽熱的，這是正常反應。」

侯遠山聽她這麼說才放心。「既然如此，便早些休息吧。」

兩人躺下後，侯遠山只伸手將沈葭扯入懷裡，再無其他動作。

這讓沈葭有些失落，雖說遠山哥表面上有些不擅言詞，但這幾日相處，哪個晚上不是他自己主動。今晚她做好準備了，他反倒莫名安分起來……

沈葭將身子往他懷裡縮了縮，喚了聲：「遠山哥……」

「怎麼了？」

「睡不著……」

侯遠山低頭吻了吻她的額頭，問道：「有什麼心事嗎？那我陪妳說說話？」

沈葭想了想，道：「月季家的高興愈來愈可愛了，這幾日眼睛睜得圓滾滾的，好像看什麼都很新鮮。」

侯遠山笑了笑，道：「是嗎？小孩子還未足月都這樣，每日吃吃睡睡，偶爾瞪瞪眼珠子。」

沈葭：「……」遠山哥，我想說的不是這個啊，喂！

沈葭不安分地伸手探進他的衣襟，在他寬闊的胸膛上亂摸一通，面上卻好似不經意地道：「我聽月季說，她和高耀成親第一個月就懷上孩子，你說是不是好快啊？」

侯遠山想了想，道：「高耀好像這麼說過。」

沈葭：「……」遠山哥，你拍著胸脯跟我保證你真的不是故意裝聽不懂！

她繼續在他衣襟裡放肆，原本停留在上半身的手也開始往下遊走。誰知剛探進他的腰間，就被他突然抓住手腕，隨之翻了個身，將她整個人壓在身下。

「本以為妳身子不舒服，所以今晚打算放過妳，現在妳可是在玩火……」侯遠山的聲音明顯有些粗重。

見自己輕輕鬆鬆挑起他的興致，沈葭心裡有一絲小得意，表面卻裝作嬌羞的模樣，紅著臉別過頭去說：「有……有嗎？」

「沒有嗎？」侯遠山略一挑眉，伸手將她的腦袋扳正，強迫她與自己對視。「妳一口一個月季家的高興，莫非也急著給我生個孩子？」

「遠山哥，我發現你愈來愈壞了。」明明就知道她什麼意思，還非吊她胃口。

我那老實憨厚沒心眼的遠山哥呢……

「我說妳今天臉頰怎麼這般燙，想來是壞事想多的緣故，只是，我真沒料到小葭的性子竟比我還急。」侯遠山見身下的姑娘害羞了，忍不住起了逗弄的心思。

沈葭被他說得無顏見天地，羞得想找個地洞鑽進去，她伸出粉拳捶打他的胸膛道：「才不是你想的那樣，你胡說，我才不會比你著急！」

她果真不適合主動，弄到最後反被將了一軍，一點都不歡喜了。她沒了拿月季的話做實驗的心思，只推著他道：「你快躺下，我、我要睡覺了。」

「妳確定要這時候睡覺？」侯遠山凝眉看她。小丫頭方才還在挑戰自己的意志力，現在反倒害羞起來，這性子真是愈來愈可愛了。不過，想讓他如此輕易放過她……自然是不太可能的！

沈葭面色紅得滴血，只咬著唇不答話。她知道自己現在說什麼都沒有用，誰讓是她自找的呢……

侯遠山見她不答話，索性不再逗她，只問道：「前些日子月季生產那般驚險，妳不害怕？怎麼還急著要孩子？」

「遠山哥不想嗎？」沈葭硬著頭皮反問。

侯遠山愣了一下，隨即沈默下來。

其實生孩子這事，侯遠山原本也挺急的。不過那是以前，他怕自己一輩子娶不到媳婦，讓侯家絕後。可現在當真娶了妻，他反倒不想這個問題了。

他唯一想的，便是他的小娘子能夠平平安安的。

見他不說話，沈葭又道：「遠山哥，我很喜歡孩子，咱們也生一個吧……」

見她清亮澄澈的眼中透露著期待，侯遠山一時間有些恍惚，隨之眸中浸滿柔情道：

「好……」

轉眼入了四月，天氣漸暖，也到了動物繁衍生息的時候，不適合去山上打獵。

侯遠山只偶爾打幾隻野雞或鴿子來吃，換換口味，平時則大多待在家裡編竹籃。他有一門編竹籃、竹筐的手藝，編多了拿到縣城去賣，還能換些銀錢；再加上沈葭也繼續做些繡品，她的繡工好，做的荷包、繡帕拿到錦繡閣也能賣個不錯的價錢。

也因此，和那些種田的人家比起來，他們夫妻倆的生活算是過得很寬裕。

這日，侯遠山編好竹筐進屋時，沈葭正坐在床前繡著一個繡枕。

這幾日都是陰天，屋子裡沒點油燈，感覺有些陰暗。

侯遠山見沈葭那般認真地刺繡，忽然有些心疼。他上前拿起她做了一半的繡活，擱置在一邊道：「今日天氣不好，莫要傷了眼睛。」

侯遠山其實不希望沈葭這般拚命，他倆的日子比起村裡大多數人家已是寬裕許多，他一個人打獵、編竹籃已經足矣，她若再這般辛苦，他會心疼的。

畢竟，他娶她回來就是打算一直嬌寵著，就像高耀對他家娘子那般……

沈葭知道他關心自己，便笑道：「我何時如此嬌貴了？刺繡對我來說已是家常便飯，不礙事的。」

侯遠山卻一本正經道：「正因妳做得多，才更需要休息。這樣的天氣最傷眼，妳還年輕，莫要損了身子。何況，就咱倆過日子，哪需要這般拚命？只我一人便養得起妳。」

沈葭聽得心裡暖暖的，她伸手環住他的腰，將臉埋在他的胸前道：「遠山哥，我知道你對我好，不過，因為娶我，已花費你不少銀錢，我也該想辦法盡些心意。」

他們二人成親，遠山哥能給的統統都給了，那麼隆重氣派的婚禮，縱使他以前打獵賺得再多，怕也要把家底掀了。

侯遠山聞著她髮上傳來的淡淡馨香，心裡很安穩。「這些妳不必操心，待過些時日我再去山上打幾次獵物，說不定碰上個什麼好東西，以前花的銀錢便回來了。」

「可是打獵很危險的。」沈葭抬起頭看著他，想到自己遇上狼的事一陣驚懼，又道：「遠山哥，山上不時會有野獸出沒，你整日往山上跑，我會擔心的，雖說你有些功夫，可人哪會是豺狼虎豹的對手呢？」

沈葭說著，見侯遠山斂眉似在沈思，又挽了他的胳膊撒嬌道：「遠山哥，咱倆努力賺錢在縣城開個鋪子好不好？就像錦繡閣那樣。這樣你就不用涉險賺錢了。」

「可是這樣妳會很辛苦的。」侯遠山似乎不太贊成，畢竟刺繡這事他不在行。

沈葭笑著搖頭道：「不辛苦的，怎麼會辛苦呢？我們只需找個可靠的人來管事，定期查帳就是了。以前楚王妃教沈菀管中饋時我偷偷學過一些，關於打理鋪子，我雖說不精，但也略懂皮毛，若能請個人來教導，我應該學得很快的。」

沈葭愈說愈起勁，好似這鋪子明日便能開起來一般。

侯遠山沈默著，眼底的那抹深沈也越發明顯。屋子裡突然變得很安靜。

不知過了多久，他才好似故作輕鬆地道：「這些都還早，再等等吧。咱們先努力掙錢，畢竟開鋪子也不是一朝一夕的事。」

沈葭笑了笑，道：「我也是這麼想，畢竟在縣城熱鬧的地方租一間鋪子需要不少銀錢。」

不知為何，她覺得遠山哥好似對開鋪子一事不甚樂意，他的眼底似乎藏著什麼她看不透的東西，心事重重的。

他這副模樣讓她隱隱有些不安。

「天色不早了，遠山哥一定餓了吧，我去做飯給你吃。」沈葭強迫自己忽視心底的那絲不安，對侯遠山說了一句便要起身出去。

她剛一起身，就被侯遠山一扯右臂，整個人順勢跌在床上，還未來得及反應，他偉岸的身軀便壓上來。

侯遠山神色複雜地望著身下的沈葭，卻遲遲沒有別的動作。

他突然覺得自己當初娶她是有些沖昏頭了，若哪日害了她……他一定不會原諒自己！

「遠……遠山哥，你怎麼了？」沈葭心中的不安越發強烈。

她不過是想開間鋪子罷了，他若不願意，直接告訴她便好，可這樣的反應是什麼意思？

遠山哥看她的眼神讓她覺得有些害怕，就好像……他下一刻就會消失不見一樣。

下意識地，她伸手環上他的脖子吻上他的唇，好像唯有如此，她心裡的不安才會消散。

侯遠山微微一愣，隨之扣住她的後腦，主動回應她的熱情。

他的吻不似以往那般溫柔，而是宛若夏日的疾風驟雨，瘋狂而又熱烈。兩人緊緊擁在一起，他的大掌環在她的腰際，力道不自覺地加重，似乎想要將她整個人揉碎一般。

沈葭被他壓得有些喘不過氣，急得伸手推拒他。

侯遠山突然回過神，見她面紅耳赤，眸中隱隱含著淚花，頓時有些自責。「我、我弄疼妳了……」

沈葭心中縈繞萬千疑問，但見他不言，便只能默默裝作什麼事都沒有。「遠山哥，我餓了。」

侯遠山溫柔地吻了吻她的唇，寵溺地說：「今天妳休息，我做飯給妳吃可好？」

「好。」她微微啟唇，聲音帶了些嘶啞。

侯遠山笑著撫了撫她的臉頰，從床上起身，正欲離開又被沈葭握住手臂。「遠山哥！」

侯遠山步子微頓，轉頭看她。

沈葭定定地望著他，猶豫一會兒才道：「我方才說想開鋪子的事，是不是惹你不高興？

你若不喜歡，咱們不開就是了。咱們倆就這樣平平淡淡過日子，好不好？」

就這樣好好的，永遠不要分開。

見沈葭眼底透著恐慌，侯遠山頓時一陣心疼，痛恨自己剛剛太過放縱自己的情緒，反惹得她胡思亂想。

他伸手將她扯進懷裡，下巴抵在她的額頭，目光透過牆上半掩的窗子望向外面，迷離複雜的眼神中夾雜著堅定，道：「小葭，從前的事……我以後會告訴妳的，只是現在還不是時候。相信我，我會一輩子對妳好，只對妳一個人好。」

只要他活著，他一定會好好待她、寵她、憐她。

只要他活著……他一定會努力活著！

聽他提起以前的事，沈葭終於感受到自己在遠山哥心裡的確是與眾不同的……雖然什麼都沒說，但只這麼幾句真心話，對她來說已經足夠。

她從來不是什麼貪心之人。

沈葭倚在侯遠山懷裡，輕輕點頭道：「好，那我等著你願意告訴我的那一天。」

「咕嚕——」

沈葭尷尬地羞紅臉，捂著肚子不敢看他。「我真的餓了。」她的五臟六腑都已經在抗議了。

侯遠山的眸中湧起一抹笑意，寵溺道：「那妳乖乖在這兒等著，我去做飯給妳吃。」

沈葭甜甜地笑了笑，說：「那我想吃玉米麵雞蛋餅，上面撒些芝麻，捲上幾片青菜，再抹點豆瓣辣椒醬。」

沈葭說著不由得舔舔唇，肚子再一次咕嚕出聲。

她面色一窘，又趕忙捂住肚子，臉頰憋得通紅。

侯遠山見她餓成這樣，連忙說：「先在這兒坐一會兒，馬上就好。」

見他說完急急出去，生怕再晚一些就會把自己餓壞的模樣，沈葭噗哧一笑，眸中漾起幸福的漣漪。

雖然遠山哥還不願告訴她以前的事，但對她當真是好得沒話說。想想村裡那些動不動被丈夫數落的婦人，沈葭便覺得自己格外幸運。

她真希望能和遠山哥一直這樣生活下去，然後和遠山哥生一群小猴子。等孩子大一點時，她坐在院子裡教女兒刺繡，遠山哥教兒子練武。

這樣的畫面，真美。

第十五章　王室風雨

侯遠山在灶房門口停下腳步，回頭望了望屋子的方向，隨之無奈地嘆息一聲。

「侯遠山啊侯遠山，小葭既然嫁給你，你拚了命也是要保護她的，到底在這兒患得患失什麼？」

「何況已經兩年過去，他若不願放過你，早就派人來殺你了，又何苦拖延至今？」

思及前塵往事，他隨即搖搖頭，決定先不要想那麼多，和小葭好好過日子比較重要。

至於將來如何，總會有辦法的！

想到小葭還餓著，他趕忙回過神，急匆匆地走進灶房烙餅去了。

又到了縣城月裡逢十的集會，夫妻倆商議著要拿這些日子做的手藝活到縣城換銀子。於是，一大早侯遠山便拉著板車和沈葭上路。

侯遠山將沈葭送至錦繡閣門口，自己便到集市賣竹籃。

沈葭走進錦繡閣時，掌櫃剛好送走一位客人，他看到沈葭眼睛都亮了，歡歡喜喜地迎上來道：「侯家娘子，妳總算過來了，我可盼了妳許久。」

沈葭繡的東西精緻漂亮，花樣也多，受到不少千金、夫人的喜愛，甚至鄰縣的人也專程來此買繡品，錦繡閣一時聲名大噪，客人也源源不斷地來。

前些日子沈葭繡的東西已經賣完，掌櫃早就眼巴巴地盼著她來。現在看到沈葭過來，自是如祖宗一般地供著。

他第一次見沈葭時便覺她不是個簡單人物，如今再看果真沒錯，此女分明就是他這店裡的活財神。

沈葭對於掌櫃的態度並不意外，奶娘的手藝本就是繡中翹楚，自己又得了奶娘的真傳，莫說這麼一個小縣城，就是在京城那時，她的繡品也是被那些貴族圈的人當作攀比的體面東西呢。

也因此，在外流浪的那半年她也算衣食無憂，唯一不好的便是孤獨一些，畢竟只有自己一個人。

沈葭笑著將手裡的包裹遞上去，道：「這些已經做好了，掌櫃的先瞧瞧如何，再幫我拿新的絲線過來。」

掌櫃笑道：「娘子的手藝哪需要再瞧瞧？」

他說著接過那些繡品交給一旁的小廝，又讓小廝去取了銀錢和新的絲線過來。沈葭則是坐在一旁的圈椅上喝茶，她突然發現自己每次來這裡，都被掌櫃當祖宗一般供著呢。

不過仔細想想倒也無可厚非，她可是幫店裡賺了不少銀子。

這時，一個嬌柔悅耳的女聲自門口傳來。「掌櫃的，我上次瞧上的那只香囊可有貨了？」

沈葭不經意地往門口一瞥，發現那人竟是高浣，此時高浣也往這邊看來，兩人剛好四目相對。

高浣對沈葭微微頷首，便走向櫃檯。

掌櫃笑逐顏開地回道：「有，這會兒剛剛送到，還有比上次那香囊更好的呢，姑娘可以再挑挑看。」

沈葭沒來之前，高浣的手藝在這縣城是最好的，所以掌櫃的沒少和她打交道，再加上她性子溫婉，討人喜歡，掌櫃對她素來也是和和氣氣的。

上次高浣做好了繡品送過來，一眼便瞧上貨架旁掛著的一只香囊，那香囊上的圖案花卉繡得極好，是她遠遠不及的，本想買回去研究研究，誰知被一個客人搶先一步買走，這事她一直惦記著，今日更是專程跑來買。

掌櫃將剛剛沈葭拿來的包裹攤在櫃檯上，道：「這些都是出自同一人之手，只是還未來得及放到貨架上，姑娘不妨先挑挑看。」

高浣看著那些繡品有些愣怔。香囊、荷包、繡帕、枕套……每一件都花樣各異，就連針法都各有巧妙，饒是高浣這種對繡活自視甚高之人，瞧見了也不由驚嘆連連。

「掌櫃的，我早就聽聞錦繡閣來了位神秘的繡娘，這些繡品可皆出自她之手？卻不知為何人，小女可否一見？」

掌櫃的笑著捋了捋鬍鬚，目光看向正從小廝手裡接過絲線的沈葭。「想必，妳們二人也是認得的吧？」

高浣順著他的目光看過去，眸中閃著亮光道：「竟真是遠山嫂子嗎？我倒是糊塗了，這些繡品不就是遠山嫂子來了我們村子才出現的嗎？」

話還沒說完，高浣已經走到沈葭面前。「我一直想找這刺繡之人討教一二，今天可算是見著本人了。」

兩人難得在繡藝上有了共同話題，倒也相談甚歡。沈葭這才發現，原來高浣的刺繡手藝也是極為出色的，聊了聊，竟有種相知恨晚的感覺。

沈葭一時忘了時辰，直到侯遠山賣完竹籃找上門來，沈葭才與高浣道別，隨著侯遠山離開。

沈葭一出錦繡閣，便樂呵呵地將手裡的三兩銀子在侯遠山眼前晃了晃，道：「遠山哥，你看我們又多了這麼多銀子。」

三兩銀子雖然不多，但在這個包子一文錢的時代，可說是一筆不小的進項了。

當然，這和侯遠山打下一頭野豬比起來還是遠遠不及，不過能有這樣的收入，她已經很開心了。

侯遠山溫柔地看著她道：「餓了嗎？今日晌午帶妳吃些東西再回去。」

「好啊！」沈葭一聽更是心花怒放。剛剛和高浣聊了許久，她早就有些餓了，這下聽到吃的便格外興奮。

侯遠山帶她去了自己經常送獵物的一家酒樓——「五味居」。那裡的店小二和侯遠山也算是老相識，見他過來只當是送獵物來，但又見他兩手空空，身旁還站著一位美若天仙的女子，頓時有些愣怔。直到聽侯遠山說要吃飯，才反應過來，忙殷勤地跑過來擦桌子。

「遠山哥想吃點什麼只管告訴我，待會兒我跟掌櫃說算你優惠一些。」

侯遠山轉頭看向沈葭，問道：「有沒有什麼特別想吃的？」

沈葭想了想，搖頭道：「還是遠山哥幫我點吧。」

來到這裡，她肚裡的饞蟲早就蠢蠢欲動，想到以前那些愛吃的菜，忍不住想流口水，卻終是忍住了。她不點菜是害怕自己一開口便停不下來。

侯遠山將她的表情看在眼裡，沒說什麼，只對店小二道：「要一份紅燒魚骨、糖醋里肌、紅燒干貝、辣子雞丁、梅菜扣肉，再幫我打包一份桂花糕。」

店小二應聲走了。沈葭聽著剛剛那些菜名舔舔舌頭，只覺得肚子更餓了。雖說她跟著侯遠山沒少沾葷腥，但到底和人家專業做的不同，自來到杏花村，她好久沒吃過這些菜了。

她又想到方才侯遠山報菜名時幾乎是脫口而出，便越發覺得他以前在外的身分是個謎了。

這時，突然聽見旁邊幾個男人對一些朝堂之事高談闊論。

「如今殷王回了京城，聖上自然恩寵有加，這下子曾經鬥得火熱的越王和晉王只怕沒戲唱了，原以為晉王會得到江山，這下看來……」

「咱們聖上是個多情種，對汐貴妃是情根深種，殷王殿下乃汐貴妃的兒子，在聖上心中的地位自然與另兩位王爺不同。殷王九年前被發配清歌城邊塞之地，大家都覺得他沒機會了，誰知一道聖旨就將他召回京師。」

「越王雖是皇后嫡子，卻因自幼體弱多病，一生下來就注定與皇位無緣，這些年若非皇后和攝政王把持朝政，哪還有他的地位？至於晉王，他的母親洛妃縱然得寵，只怕比起汐貴妃在聖上心中的地位，也是遠遠不及的。」

「聽你這話，咱們聖上倒成了癡情男兒，汐貴妃原為正室王妃，聖上一朝登基卻貶其為妾，可見帝王薄倖。說起咱們聖上，誰不知道是個狠辣角色，想當初登基之前那場政變，親兄弟都被趕盡殺絕，若非楚王是個草包，只怕也活不到今日。」

一旁的男子趕緊拉住他，低聲道：「你是酒喝多了吧，什麼話都敢在外面說，公然污衊聖上可是殺頭之罪！」

那人擺擺手道：「天高皇帝遠的，我在這裡說話還能讓他聽到不成？咱們呀，也不過是閒來無事尋個話題，哪還真能怎麼著了？」

聽著那幾個人的議論，沈葭默默捧著茶盅吃茶，茶水的煙霧撲在眼上，染上一層薄薄的水氣。

他們說的朝堂政事她並不關心，但有一句話卻是聽進去了。「若非楚王是個草包，只怕也活不到今日。」

原以為逃婚會為楚王府帶來災難，她還曾為此事愧疚過一段時日，如今看來……楚王府還真不是那麼容易就倒下去的。大家都說她的父王是個草包，誰又知道他是本性如此，還是為了活命刻意偽裝呢？

不過，這些對她來說都不重要了，那個冰冷無情的王府與她無關，她只想過好眼下，和遠山哥平淡度日。

於她來說，這便是幸福了。

想到這裡，她不由得抬頭望向對面坐著的男人，卻見他目光深沈，似在想什麼心事。

遠山哥武藝精湛，她曾懷疑他是武林人士，現在看他似是對朝堂也有所關注。她一時間摸不清情況，心中的困惑也越發加深起來。

遠山哥究竟什麼時候會告訴她所有事情的來龍去脈呢？

自從在酒樓聽到那些人的議論，侯遠山的神情便一直不大對勁，沈葭看出他心裡有事，以至於飯也吃得不太盡興。

兩人出了酒樓，侯遠山仍是面色陰沈、默不作聲，沈葭幾次想要問個究竟，又不知該如何開口，最後也只能默默陪在他身邊。

就在這時，身後突然傳來一聲。「師兄！」

兩人聞聲頓下步子，還未轉頭，木珂已疾步來到二人跟前。「師兄，我正要去找你，沒想到在此遇到你，倒省得我跑一趟了。」

「有事嗎？」侯遠山不溫不火地問道。

木珂看了沈葭一眼，頓了頓方道：「木瑤師姊來信了，不知師兄可曾收到？」

「不曾。」侯遠山幾乎是不假思索地回答，眸中微微黯淡下來。「我還有要事，咱們改日再聊。」

他說著握上沈葭的手，繞過有些呆愣的木珂就往前走。

侯遠山的步子有些快，沈葭幾乎要小跑步才能跟上他。當侯遠山意識到這一點時，馬上刻意地放慢步伐，直到沈葭坐上板車，回家的路上他都沒說什麼話。

侯遠山一直是個老實人，心裡有事也不會藏著掖著，都寫在臉上。也因此沈葭更覺今日的他反常得有些詭異，還有他早些和木珂那簡短的對話，怕是有什麼更大的隱情。

沈葭甚至覺得，侯遠山之所以不願和木珂多說，就是不想讓她知道那些事，或許是為了她好，可這種感覺仍是讓她心裡不甚舒服，也隱隱感到不安。

回到家裡，侯遠山的臉色才稍微和緩些，他將一個絳紫色的荷包遞給沈葭，道：「這是今日賣竹籃的錢，加上之前打獵換來的所有積蓄，都給妳攢著吧。前兩日妳說想要存錢開個鋪子，這些銀錢雖然不多，不過只要再努力一些，一定可以實現妳的願望。」

沈葭接過侯遠山遞來的荷包，裡面的銀兩還頗有分量，定是他這些年所有的積蓄。莫名的，她心裡那份不安越發強烈，遠山哥突然給她這些銀錢到底是什麼意思？

她握著荷包的手緊了緊，十指微微發白，黑白分明的眼眸此時透著恐慌，聲音有些顫抖。「遠山哥……是要離開我了嗎？」

沈葭一直都很敏感，自從奶娘去世後，她在這世上算是舉目無親了，如今嫁了侯遠山，自是把他當作後半生的依靠，如果他真的離開自己，她不敢想像今後的日子會變成什麼樣。

想到這裡，她鼻子微微有些酸澀，眼眶也跟著紅了。

侯遠山沒想到沈葭會是這般反應，一時間有些急了，他連忙安撫道：「妳怎會這麼想？我們是夫妻，自是不會離開妳的。」

「那你怎麼突然把所有銀子都給我了？我前兩日說想開鋪子你明明不贊成，現在又莫名其妙說要支持我，還有在酒樓聽到那些話以後，你一直黑著臉不跟我說話，從縣城回來的路上，你是不是就盤算著把所有積蓄都給我，然後一走了之？」她一股腦兒地把心中的話全倒出來。

想到他有可能會走，沈葭心裡越發害怕起來，他們才剛剛成親啊！

她說話時情緒有些激動，一時也把侯遠山嚇著了。離開她？他從來沒這麼想過。

「小……小葭，我只是想著上次反對妳開鋪子惹妳不開心，所以才……我真的沒有要離開妳的意思，我發誓！」他說著舉起右手，信誓旦旦地保證。

聽他這麼說，沈葭稍微安心了些，她伸手拭去眼角的濕潤，抬頭看著他道：「你沒騙我？」

「我不會騙妳的，我會跟妳好好過日子。」

沈葭心裡的不安終於消散，但想到酒樓的事仍然覺得困惑。遠山哥比她一個王府庶女更關心朝堂政事，他到底是什麼人呢？

「遠山哥……以前在朝中是做官的嗎？」沈葭思來想去也只有這麼一個可能，她自幼在楚王府很少外出，若遠山哥做過官，她不知道也是正常。

侯遠山搖頭道：「沒有。」

他說完停頓片刻，見沈葭面露困惑，又道：「我以前做的營生……不是什麼好事，說出來怕嚇著妳，不提也罷。但我向妳保證，一定不會離開妳的。」

他說完怕沈葭不信，又補了一句：「如果我今日騙了妳，便讓我五雷轟……」

沈葭嚇得摀住他的嘴，臉上微漾薄怒道：「你發那等毒誓做什麼，我又沒說不信你。」

侯遠山握住沈葭的手，親了親她的手心，不好意思地笑道：「我就是……怕妳胡思亂想。」

沈葭睇了他一眼，但看他這模樣又不忍責怪，只是嘆息一聲。

遠山哥沒有做過官，那他是做什麼的呢？不好的營生又會是什麼？他既有一身武藝，莫非真的是盜匪流寇？又或者是……殺手！

沈葭被自己的想法驚得渾身哆嗦一下，隨即搖搖頭。她真是糊塗了，遠山哥明顯是那種老老實實、心地善良之人，怎麼可能做那樣的事呢？

更何況，她印象中的殺手都是面癱臉，一副冷酷無情的模樣，遠山哥……絕不可能！

不過，既然遠山哥說不會離開她，以前的事又有什麼要緊呢？只要他倆以後的日子幸福，便足夠了。

想到這些，沈葭鬆了一口氣，不再繼續這個話題。

第十六章　兄妹情深

沈葭看著手裡的荷包，眉頭微微蹙起，為難道：「在縣城裡要租一間鋪子不容易，若想找個和錦繡閣一樣好的地段更難，怕是要花不少銀子，也不知道什麼時候才能攢夠。」

侯遠山道：「不用急，過段日子我就去打獵，要是遇上些好東西，很快就能攢夠的。」

沈葭道：「也不用那麼拚命，能打些野豬、野羊就很好了，別往深山裡去，裡面那麼多猛獸很危險的。」

見沈葭關心自己，侯遠山心裡很開心，應道：「我曉得，定不會讓妳擔心。」

沈葭這才放心地點點頭，又開始想著怎樣規劃兩人的小日子了。

她走到門口，望著院裡的一大片空地，突然轉頭對侯遠山道：「遠山哥，等我們有錢了，把院子好好整理整理，你說好不好？」

侯遠山家的院子和隔壁袁林氏家的大小差不多，但大都是閒置的空地。除了臥房、雜貨屋和院子北邊用木棚搭的一間小灶房外，其他地方都是空蕩蕩的，沈葭覺得如果不善加利用就太浪費了。

侯遠山對此原本沒什麼想法，只覺得夠住就行，不過看沈葭如此上心，他也寵溺地揉揉她的頭髮道：「好，妳想怎麼做都聽妳的。」

沈葭聽得心裡一甜，彎了彎唇角，眸中閃耀著光芒。

她看著空蕩蕩的院子，腦海中漸漸浮現出一個嚮往的畫面。她笑著伸手指著院子南邊那塊空地道：「將來在那裡搭一個棚子，裡面可以養一頭驢，這樣以後去縣城就可以讓驢馱著我們走，你就不用費力氣拉我了，而且有驢幫我們磨磨，也省了不少力氣；然後我們再養一頭乳牛，如此每天都可以喝到牛奶，還可以做各式各樣的糕點，說不定還能拿去縣城賣呢。」

她說完又指了指北邊的灶房道：「灶房後面那塊地方再擴大一些，一半種菜、一半種花。菜種得夠我們和乾娘家吃就可以了，剩下的全部種花，最好能讓咱們院子一年四季都漂漂漂亮亮的。」

沈葭說著似又想到什麼，不好意思地笑了笑，道：「對了，花要那種好養活的，因為我不太會照顧，沒顧好死了就可惜了。」

言畢，她滿臉期待地看著侯遠山道：「遠山哥，你覺得這樣好不好？」

剛問出口，她就發覺自己的要求太多，不說別的，光一頭驢加一頭乳牛就不知道要多少銀子，何況她還要籌錢開鋪子呢。

見侯遠山面容緊繃著不說話，沈葭更認定他是被自己剛剛的要求嚇著了。她一開口就要這要那的，肯定讓遠山哥覺得很有壓力吧……

「那個……我就是先想一想，這些都等咱們開了鋪子再說，到時候多了鋪子的生意，錢應該會賺得快些，等個十年八載的也不急，反正咱們的日子還長嘛。」

見她這般緊張，侯遠山便知她是誤會了。他剛剛不說話不是覺得壓力大，只是從來沒想過日子可以這樣過，有一種很溫馨、很幸福的感覺，再想想自己過去的生活，一時間便出了神。

看沈葭生怕他會不高興的樣子，侯遠山頓時有些愧疚。他趕忙笑道：「我覺得這些想法很好，咱們一起努力，一定會實現的。」

沈葭見他沒有不高興，才鬆了一口氣，忙點頭道：「嗯，我刺繡你打獵，一定能賺夠的！」

想到兩人以後的美好生活，沈葭覺得日子愈來愈有意義了。

到了四月中旬，天氣一日日炎熱起來，讓人口乾舌燥，只有不斷喝水才能補充排汗流失的水分。

火辣辣的太陽毫不間歇地曬到五月，仍絲毫沒有要下雨的跡象，田裡的莊稼被毒辣的太陽照得沒了生氣，地面也崩裂出一條條蜿蜒曲折的大縫。

天氣大旱，村民們都開始擔心田裡的莊稼會乾死，早在半個月前就等著用水車灌溉作物了。

水車是附近幾個村子共用的，這幾個村子加起來有上百戶人家，即使水車已經日夜運作，還是有不少人的田裡乾旱著。這時，誰家與誰家關係親近、誰家又與誰家有過節也更淋漓盡致地展現出來。

侯遠山和沈葭兩人沒有田，自是不用為水車的事擔憂。反觀隔壁袁林氏一家，卻是為此事愁苦著，深怕水車還沒用上，莊稼便都枯死了。

袁林氏家窮，往年去麥場碾麥子、用水車灌溉這種需要按戶排隊的事情，總是輪到最後那幾日。直到後來來春中了舉人，才得到些許便利。

即將輪到袁林氏家的前一個夜晚，袁家人樂得整夜睡不著覺。袁林氏和袁來生在田裡候了一夜，就等著上一戶人家趕快澆完輪到他們。

天剛矇矇亮時，袁林氏見那戶人家快要結束，頓時高興得顧不得什麼形象，快跑回家通知葉子。「葉子，輪到咱們家了，妳趕快拿了傢伙去田裡幫幫妳大哥！」

葉子正掛念著田裡的莊稼，昨晚也沒怎麼睡，現在一聽到消息立刻來了精神，到雜貨屋裡拿了工具便跑出去。

她剛到門口就被侯遠山喚住。「葉子，把東西給我吧，我去。」

「這……」葉子猶豫了一下，轉頭看向院子裡的袁林氏。

沈葭恰好也從隔壁出來，便對葉子笑道：「葉子，聽妳遠山哥的吧，兩個大男人總比咱們女人家力氣大些，幹起活來也更快。」

袁林氏道：「那成，遠山也跟著去吧，葉子和我去旁邊幫些忙，讓妳嫂子在家裡做飯。」

葉子應了聲，把工具遞過去，開心道：「有你們在可真好。」

袁林氏和葉子走後，沈葭便去灶房裡幫婉容。婉容正挺著大肚子做飯，見沈葭過來便笑著喚一聲。

沈葭忙走進去拉住她說：「快別這麼累了，妳馬上就要生了，哪受得了這些油煙？別回頭熏出個好歹來。」

婉容笑道：「大家都是這麼長大的，哪有這麼矜貴。不礙事的，現在讓寶寶受點苦，將來生出來才好帶。」

「哪有這樣說的？來春哥不在，妳可得對孩子多上心。成了，妳去屋裡歇著，這裡有我就行了。」沈葭說著便扶婉容出去。

婉容無奈，只好笑道：「那好，我回屋歇著便是，這裡就交給妳了。」

沈葭扶她出了灶房才鬆手道：「嫂子放心吧。」

見婉容回了房，她才鬆口氣，轉身走回灶房。

袁林氏家的良田不多，到黃昏時分，所有的地就都澆完水。

一眾人回來時，個個曬得臉頰紅通通的，汗水打濕衣襟，一臉疲憊的樣子。但只要想到終於不用再擔心那些莊稼，大家心裡就是開心的，便也忽視了一日的勞累。

這日晚飯，仍是沈葭來做，大家一起在袁林氏家吃。

待回到自己家，侯遠山洗了澡便直接躺在床上。

沈葭在床沿坐著，關切地看著他道：「遠山哥一定累壞了吧？」

侯遠山搖搖頭說：「不累。」這些活對他來說根本不算什麼。

沈葭卻不信，她看來生哥累得不輕，遠山哥定然是怕她擔心才這麼說的。她想了想，便脫了鞋子爬到床裡側，道：「我幫你捏一捏吧，這樣舒服點。」

她說著，已經挽了袖子在侯遠山的肩膀和胳膊上揉按。

她力氣小，根本使不上力道，反倒讓侯遠山覺得有些癢癢的。侯遠山心想自己沒什麼感覺反倒累壞了她，索性拉住她的手，親親她的手心道：「我真的不累，妳躺下來陪我說說話吧。」

沈葭有些不太高興地說：「是我揉得不好嗎？」她突然覺得心裡一陣低落，懊惱自己連這個都做不好。

侯遠山頓時有些心疼，忙從床上坐起來道：「我……我不是這個意思，我真的不累。」

「真的？」沈葭雖是在問，臉上的表情卻明明白白寫著不相信。

侯遠山一時有些無奈，思緒一轉，突然將她推倒在床上，整個人欺身壓上去。「妳若不信，那我證明給妳看。」

見他一本正經的樣子，再想想他話中之意，沈葭的臉突然紅了。

她忙伸手推他道：「好了，我信你就是。你好好躺著，咱們說說話。」這個時候，她仍怕他只是在寬慰她，哪裡肯做那件事。

侯遠山這才躺下去抱住她，聞著她身上的清香，感到一陣滿足，這樣的日子真好，如果可以，他希望永遠都不要被打破。

第二日，沈葭收拾侯遠山昨日澆地的衣裳打算去溪邊洗，路過隔壁時原本想把他們家的一起拿去洗，畢竟昨日大家都累壞了，葉子卻怎麼都不肯，非要和沈葭一起去，沈葭看她堅持便不再說什麼。

兩人一邊走一邊閒聊。沈葭轉頭看葉子臉上掛著疲憊，忍不住問：「昨天很累吧？」

葉子搖搖頭說：「其實我還好，也沒做什麼體力活，倒是遠山哥出最多力，只怕是累壞了，他沒事吧？」

沈葭想到昨晚一直攔著仍是被他折騰兩回的事，臉上浮起一抹紅雲，隨即搖搖頭道：「還……還好。」

左右她是沒看出遠山哥有多累，一見著她就生龍活虎得讓人匪夷所思，明明只是抱在一起說說話，誰知他竟起了反應，然後就是好一番磨人。

沈葭和葉子洗完衣裳後正欲回家，經過通往高家的胡同口時，一轉頭恰好看到往這邊走來的高浣。

與此同時，高浣也看到沈葭和葉子，便笑著喚了聲：「遠山嫂子。」

高浣快步走近道：「我正想去瞧瞧遠山嫂子那裡可有什麼好看的花樣子，沒承想竟在這兒遇上妳們，可算是巧了。」高浣繡工本是不錯，但自從見了沈葭的手藝便格外欽佩，這幾日恰巧不知該繡什麼新花樣，索性去找沈葭討些靈感，兩人也可以討論一下何種繡法繡出來的花樣能更靈秀逼真、栩栩如生。

沈葭笑了笑，道：「我那裡倒還真有幾張，是我前些日子新畫的，浣姊兒若有興趣，便跟我去瞧瞧吧。」

高浣聽罷欣喜道：「如此自然是最好了。」

高浣隨著沈葭回家，恰巧看見高耀和侯遠山在院子裡說話，便上前打個招呼道：「原來大哥也在，倒是巧了。」

高耀一看是高浣，真誠地笑問道：「浣姊兒何時與侯家娘子熟起來了？」

「我來向遠山嫂子討幾幅花樣子。」

高耀彎彎唇角，半開玩笑地道：「我們浣姊兒何時對自己的繡藝這般沒信心，倒是學會請教別人了。」

這浣姊兒雖說平時被高老爺和高李氏嬌寵著，性子卻是極好，心地也善良，月季坐月子期間，她沒少背著爹娘送些好東西過去，一心一意把高耀當作親大哥來看。高家的人，高耀也只對這個異母妹妹還有些親情。

高浣被他說得有些不好意思。「大哥慣愛取笑我，我那點三腳貓功夫和遠山嫂子比起來，可稱得上班門弄斧了。」

兩人寒暄兩句，沈葭便帶著高浣進屋去了。

沈葭從床頭櫃上取下一個做工精緻的小竹籃，從裡面找出一疊宣紙遞過去，道：「這些花樣子是我前些日子閒來無事，自己琢磨著畫出來的，妳且瞧瞧合不合心意？」

高浣瞧著那花樣子，眼睛一亮道：「嫂子的花樣子可真美，哪像我，只會些花草蝶雀，別的可是再做不來。」

她說著，目光落在其中一幅畫上，瞧了半晌，抬頭看向沈葭問道：「這是什麼？一幅畫上這麼多美貌佳人，倒是別出心裁。」

沈葭笑道：「這是大唐仕女圖。」

「大唐仕女圖……」高浣複述一遍，又問：「大唐是什麼？」

沈葭微微一愣，隨即笑道：「據說是個繁榮昌盛、以胖為美的國度，在哪裡我便不甚清楚了。我早些年在京城時，無意間在街上看到這麼一幅畫，覺得很巧妙，心想若是繡在團扇上想必不錯，因而便買下來臨摹。當初學畫這個，也是花費不少工夫呢。」

高浣聽了極好奇，說道：「以胖為美？那個國家的人倒是很有意思，若果真如此，我們到了那裡，豈不都成了奇醜無比之人？」高浣愈想愈覺得好玩，若有機會去那裡長長見識，該有多好。

沈葭不由得笑她。「妳這可是拐著彎說自己腰細腿長、身段窈窕嘍？不過說是以胖為美，想來應無那般誇張，不過是……豐滿罷了。」

她說著在高浣胸前望兩眼，掩嘴一笑道：「不過我瞧妳這身形，沒準兒那裡的人也會喜歡呢！」她和高浣接觸得多了，知道她的為人秉性，說起話來倒是沒了以前的顧忌。

高浣被她說得一陣臉紅，低聲道：「嫂子怎麼拿我打趣了。」

沈葭見她臉皮薄，也不好再逗她，只道：「好了，我不鬧妳了。這花樣子妳若是喜歡便拿去試試，若有哪裡不懂，隨時過來問我便是。」

「嫂子可真好。」高浣臉上洋溢著欣喜之色。「妳的畫技堪比那些以此為生的畫師了，這仕女圖如此別出心裁，可真叫人眼前一亮。」

「畫師們畫的都是自己的心思，我這不過是臨摹別人的畫，何值一提？」沈葭被她誇得有些不自在，若非她是穿越而來，哪裡會有這樣的點子？這裡的人不認得大唐仕女圖，現代人怕是大多都認得的。

有些事解釋起來太麻煩，她索性也不再提。

這時，高耀在外面跟高浣打了聲招呼，說要回去了。高浣和沈葭到門口與他寒暄幾句，待他走了，兩人才又在屋裡的八仙桌前坐下。

「妳和妳大哥的關係倒是挺好的，和妳家人不同。」沈葭不由感慨道。

高浣嘆息一聲說：「大哥和大嫂也不容易，是我爹太固執，我娘又……我們到底是自家兄妹，何苦鬧成這般給人看笑話呢？」

「妳倒是個明白人。」

高浣對沈葭笑道：「說出來不怕嫂子笑話，我倒覺得大嫂挺幸運的，有一個可以為她拋下一切的夫君，這樣的好男人世上能有幾個呢？當初大哥被我爹逐出家門時，什麼也沒分到，一個人靠著雙手走到今天這一步，他和大嫂的安穩日子得來不易，想來他們也倍感珍惜。」

聽了這話，沈葭不禁對眼前的姑娘另眼相待。

兩人又聊了一會兒，高浣便要起身回去。

出了侯遠山家門，剛走到袁王氏家門口，便看見袁來旺從家門裡走出來。他看到高浣頓時眼睛一亮，忙快步走上來道：「呦，浣姊兒怎麼來了，莫不是來找我的？」

自沈葭嫁給侯遠山，袁來旺畏懼侯遠山身上的功夫，再不敢招惹沈葭。只是這麼一來，他便又將目光落在高浣身上。

高浣生得膚白貌美、溫柔婉約，也是難得的美人，所以袁來旺認為得不到沈葭，退而求其次也是不錯的。

高浣的穿著向來很講究，與村裡那些整日做粗活的姑娘不同，今日她著了件月白色綴粉嫩桃花薄衫，柔順的髮絲一半綰在頭頂，一半自然地垂落下來，婷婷玉立、婀娜多姿，袁來旺一瞧見便覺得心花怒放。

瞧著她，袁來旺好似看到新的獵物，越發想將這個嬌俏美嬌娘抱回家了。

第十七章　來生親事

高涜平時去縣城也被他攔過幾次，好在此人不算太壞，每次都是找藉口同她說說話、獻殷勤，倒也不曾真的輕薄她。因而今天看到他，高涜只微微面露不悅，並不覺得害怕。

「涜姊兒怎麼不說話？我娘說了，再過些日子就去妳家提親，妳很快就是我的媳婦了，總不好每次見著我都板著一張臉吧？」

高涜聽罷心中越發不悅，卻懶得理他，打算逕自離開。

高涜平日不常出門，袁來旺難得見到她，哪肯就此罷休？一見她要走，忙上前拉住她道：「涜姊兒別走啊，妳還沒回答我的話呢，我娘幫我去提親，妳到底是願不願意啊？」

這人平時不過是耍耍嘴皮子，這會兒竟伸手拉扯她，高涜急得掙扎道：「你放開我，快放開！」

她還是個未許人的女兒家，這時若被人看到她被這般戲弄，聲譽怕是也要完了。

高涜百般推拒，袁來旺卻依舊緊抓不放，她的手腕被他握得生疼，頓時急得快哭出來。

就在此時，她發覺自己手上一鬆，便聽得袁來旺一聲呼痛，定睛看去，只見他整個人已經跌在地上。

「涜姊兒，妳沒事吧？」袁來生看著驚魂未定的高涜，急切地問道。

高浣聞聲望過去，只見一個高大消瘦、五官端正的男人正焦急地看著她，深切的目光似是能灼燙人心一般。

沒來由的，她尚未平復的心又顫了顫，耳根子一熱，抿了唇沒說話。

高浣不常出門，村裡的男人有些她聽過名字，但和臉對不上，再加上袁來生一直在劉員外家當差，她自是不認得。不過看了看後方的葉子家，便也猜出大概。

畢竟對方是個陌生男子，她一時間不知該說什麼才好，又覺得人家救了自己，若此時轉頭跑開似乎不太妥當，因而猶豫著僵在那裡。

高浣不認得袁來生，袁來生卻認得高浣。正確來說，憑著高浣的名聲和相貌，村裡沒有哪個男人不知道她的。

袁來生也只曾遠遠地瞧過她幾眼，那時家裡太窮，來春也還在唸書，他自覺和這樣一個貌若天仙的姑娘沒有可能，便不曾有過什麼心思。

現在這麼一個水靈靈的妙人兒站在自己面前，因為方才急出眼淚，長長的睫毛上還沾染一抹水霧，看上去分外楚楚可憐，讓他心上一蕩，心跳也跟著快了幾分。

見她不說話，袁來生一時局促起來，不由握緊了手，說話也有些結巴。「妳……妳若是沒什麼事，就、就趕快回家去吧，免得讓妳爹娘擔心。」

見他如此說了，高浣才抬眸瞧他一眼，然後就紅著臉急急忙忙轉身跑了。

嬌俏的身影愈來愈遠，袁來生仍有些恍惚，定定地站在那裡，目光隨著那抹身影變得朦矓而複雜。

袁來旺捂著剛剛被他打了一拳的肚子站起來，氣呼呼道：「袁來生，我告訴你，浣姊兒可是我的未婚妻，你休想打她主意。否則，老子一定……」

袁來旺話還未說完，袁來生又一個拳頭揮過來。他再不敢說什麼，趕忙抱著頭往家裡跑了。

袁來生雖說不是像侯遠山那樣的練家子，但到底是天天幹活的人，力氣自然不小；袁來旺整日無所事事、遊手好閒，身板自然及不上他，現下也只能好漢不吃眼前虧，逃了再說！

袁家當初因為要供來春唸書，日子過得比旁人家拮据許多，是出了名的窮苦人家，但自去年秋闈來春中舉，袁家在這十里八村便有了好聲譽。

所謂一人得道、雞犬升天，來春中舉，袁家飛上枝頭變鳳凰也是指日可待的事，也因此村人的態度也跟著轉變不少。

袁來春鄉試前便娶了婉容，如此一來縱使有人家想要高攀也是沒了機會，於是便有不少人把主意打到來春的大哥來生身上。

這一日，縣城裡的劉婆子又來到家裡，很親熱地同袁林氏一番說長道短，待劉婆子走後，袁林氏便將她的意思轉告袁來生，誰知袁來生一聽，想都沒想便拒絕了。

之前有人來說媒，但凡是來生不願意的，她這當娘的也不會勉強，可眼看著來生都二十了還未成家，她心裡便覺得萬分愧疚。

她這大兒子這些年沒少受苦，供完了來春，又拚命供來喜唸書，把自己的婚姻大事都耽誤了。

袁林氏愈想心裡愈覺得難受，一時拿不定主意。袁二牛是個倔脾氣，跟他商量不來，索性便找了沈葭和婉容一起幫她想想辦法。

「劉婆子說的是泰安堂楊大夫家的二女兒楊柳，妳們也都見過，那姑娘心地純善、模樣清秀，我瞧著若嫁給來生倒也適合。只是方才與他商議，他卻死活不願，也不知他究竟是什麼意思，如今便想問問妳們怎麼看。」袁林氏說完，一臉憂愁地嘆息一聲。

婉容道：「那楊柳的確是個好姑娘，大哥可曾說過為何不願答應這門婚事？」

「他若是願意說便罷了，就是什麼都不說才叫人著急。我看他呀，是存心想要跟我作對，讓我一個人乾著急。」袁林氏說著眼圈都有些紅了。

婉容見了，忙拉著她的手哄著。

沈葭凝眉想了一會兒，才緩緩開口。「興許……我知道大哥因何不願意。」

袁林氏和婉容皆是一愣，隨即滿懷期待地望過來。

沈葭道：「乾娘、嫂子，我這幾日正琢磨著，來生哥好似對高家的浣姊兒上了心。」

前些日子沈葭便發現來生哥有些不太對勁，只要高浣去她家請教刺繡的事，來生哥便會尋各種理由跑來借東西，一會兒是家裡劈柴的斧頭找不到，一會兒又說鋤頭、鐮刀不見。

起初沈葭對這事沒怎麼往心裡去，但次數多了，藉口都用爛了，沈葭才察覺他的異常。

原來，來生哥是對浣姊兒上了心。

袁林氏聽罷微微一愣，隨即皺了皺眉頭道：「小葭莫不是唬我的吧，來生何時竟瞧上了高家的姑娘？雖說那姑娘乖巧懂事、招人喜歡，但高家的門檻到底太高，哪裡會看得上咱們？」

沈葭笑著搖搖頭，道：「乾娘別忘了，咱們家可是和以往不同了。若說高家瞧不上隔壁的袁來旺我倒還信，但我們家……不會的。」

來春哥如今已經是個舉人，將來若再入前三甲，前途必定無可限量。袁家現在的條件，哪會比不上村裡區區一個里正呢？沈葭發現村民鄰里對於來春哥中舉一事，雖不乏羨慕眼紅和阿諛奉承之輩，但反應還不夠強烈，興許是沒出去見過大世面的緣故吧。

聽沈葭這麼一分析，袁林氏恍若吃了一顆定心丸。的確，今時不同於往日，若來生當真瞧上浣姊兒，差媒人去高家試試又何妨呢？

第二日，任誰也沒有想到，袁林氏還未去請媒人，高家倒是自己差媒人上門。

高家的女兒不愁嫁，加上浣姊兒是那樣一個水靈靈的姑娘，如今主動過來提親，袁林氏和袁來生二人自是高興得手足無措。

兩家的婚事你情我願，自是歡歡喜喜地答應下來。

黃昏時分，侯遠山從縣城回來了。

晚飯後，侯遠山將一個荷包遞給沈葭，道：「這是今日賣竹籃的錢，還有妳前些日子做的刺繡換得的銀兩，一併交給妳保管。」

沈葭笑著伸手接過，掂了掂還挺有分量，一張臉笑得越發燦爛。

她跑去床尾的衣櫃裡翻出一個外表陳舊、做工粗糙的黑色小木盒，將其放在紅漆木八仙桌上，又拔下頭上的髮釵開鎖，將裡面用線穿起來的銅板一串串數了數，歡喜得像個孩子般道：「遠山哥，你看我們已經攢了這麼多錢，若換成銀錠足足有六兩呢。」

六兩銀子，已經不是小數目了。

侯遠山寵溺地將她鬢間的髮絲拂到耳後。「明日我去縣城買些花回來，現在天熱了，正是百花競豔之時，咱們先圈出一塊花圃，妳之前說的那些願望，很快都會一個個實現的。」

沈葭笑著倒在他的懷裡道：「遠山哥，謝謝你，其實不用那麼著急，以後的日子還長著呢，咱們可以慢慢來。」她明顯感受到這段日子遠山哥做事更勤奮了，不但三天兩頭就上山打獵，竹籃子也編了不少。

其實，她覺得這些事情慢慢來就好，並不希望他這麼拚命，現在這樣子，倒好像他怕自己以後會離開，所以想儘快幫她建造一個美好的家似的。

沈葭不喜歡這種感覺。

侯遠山輕撫著她的背脊道：「只要能讓妳開心，我就滿足了，所以這不是辛苦，是快樂。」

沈葭聽得心尖一顫，突然抬頭在他臉頰上親了一下。

侯遠山頓時呼吸粗重起來，一把將她整個人扯坐在自己的大腿上，沈聲道：「小葭，天色不早，咱們該休息了。」

沈葭面色有些灼燙，目光躲閃著不去看他。「可是，我剛剛吃得太撐，現在睡覺會積食的……」

「沒關係，一會兒妳動一動就好了。」他很認真地說著，又附在她耳畔補了一句：「我躺下來，妳自己動。」

沈葭耳根一熱，羞得捣住臉，用腦袋抵著他的胸膛以示不滿。

遠山哥，你以前不是這個樣子的……

清晨，微紅的日光透過薄薄的窗紙投射進來，雖未及正午，卻已經讓人覺得有些熱了。

侯遠山原本正倚在床上盯著沈葭熟睡的容顏發呆，見她長長的睫毛顫動幾下睜開眼眸，他寵溺地低頭親親她的臉頰道：「醒了？」

沈葭揉揉眼睛，看了看周圍透亮的屋子，驚詫道：「我怎麼睡到這個時辰了？」

侯遠山道：「不算太晚，是今天較之前熱得早。」

沈葭在侯遠山懷裡拱了拱，問道：「那你今日何時去縣城？」

侯遠山依戀地將她摟在懷裡，親親她的嘴唇道：「晚點吧，這個不趕時間，待會兒吃完早飯，我先將灶房旁的那塊地翻一下，然後去李花匠家，前些日子遇見他時我提過這事，他那裡剛好有新進的花，據說很漂亮，我待會兒去看看。」

沈葭點點頭說：「李花匠家的花兒種類多，咱們不用太多，選兩樣不常見的就成；月季家有一片粉色的月季花，剪下兩枝插進土裡就能活；浣姊兒家有一串紅和秋菊，等種子成熟了討些回來。花圃不過是讓院子好看罷了，不需要在上面花太多銀錢。」

「娘子這般精打細算，我哪敢不從？便如妳所說的做吧。」

沈葭瞋他一眼道：「你現在是愈來愈會拿我尋開心了，咱們快起床吧，等會兒我去做飯，你來翻地。」

侯遠山做事效率很高，半日不到便將灶房山牆邊的一塊地整得有模有樣。

下午，燥熱的天氣難得有了些許和風，雖依舊很熱，但吹在身上感覺舒爽了不少。

二人午睡過後，侯遠山去了縣城西面的李花匠家裡，沈葭則是收拾侯遠山上午幹活的汗衣到溪邊洗。

到那裡時，月季和隔壁崔家的二媳婦崔李氏也在。沈葭笑著走過去道：「我還想著待會兒去妳家剪兩枝月季花呢，現在倒先遇到妳了。」

月季聞聲抬頭，看到沈葭不由笑道：「那東西我院子裡多得是，隨便妳剪多少都可以。」

沈葭蹲下，取了一件衣服攤在水裡浸了浸，再拿了棒槌敲打。她想了想，問月季道：「今兒個怎麼是妳出來，高興呢？」

月季道：「他睡了，阿耀在家看著呢，我抽空出來把小傢伙的尿布洗一洗。」

婦人家圍在一起，難免說些閒話。

崔李氏道：「對了，咱們村子西邊劉大爺家的兒子劉勇回來了妳們知道嗎？據說他在十四歲那年被抓去徵兵，十年的時間已經熬成大將軍，現在辭官歸隱、衣錦還鄉，很大的排場呢！今天還是咱們縣老爺親自帶人迎回來的。」

「劉勇？」沈葭皺了皺眉頭，對這事一無所知。

月季倒是聽到一些風聲，她道：「晌午聽我男人說了，那劉勇一回來就給家裡置辦不少東西，有些東西咱們這輩子怕也沒那個福氣用一用。聽說他以前在殷王身邊做事，如今朝中三王奪嫡，各種陰謀詭計、勾心鬥角都使出來了，他不想參與其中，這才回來了。」

說到這裡，崔李氏又想起什麼似地抬頭問沈葭。「對了，妳乾娘家的來春會試可有消息了？今兒個我男人提起這件事時還說，如今官場複雜，來春若真考中了，可別急著選邊站，畢竟若投錯了主子可是攸關性命的大事。」

沈葭搖頭道：「還沒有，興許要再等些時日吧？」

她當真沒想到，才離開不過一年時間，朝堂竟已變成這般模樣。

崔李氏凝眉道：「不應該啊，我娘家莊子裡已經有個送書信的回來了，說是沒考中。來春怎會一直沒消息？」

沈葭搖搖頭，沒有回答。其實這幾日乾娘和婉容沒少跟她問這事，她也在納悶，按道理這時候會試早已結束，來春哥不該無聲無息才是。

現下沒消息不知是喜還是悲……

三人正聊著，沈葭聽到身後葉子急切的聲音傳來。「小葭姊，遠山哥和剛從京城回來的劉勇打起來了，兩人好似有什麼深仇大恨似的，這下打紅了眼，也沒人敢去勸架，妳快回家瞧瞧吧！」

沈葭一聽，也顧不得還未洗完的衣裳，急急地往自家院裡奔去……

第十八章　鐘樓殺手

侯遠山家的院子裡，兩個男人正打得難分難解。兩人皆是身手矯捷、武藝非凡，且雙雙打紅了眼、招招致命，似是要置對方於死地。

此時兩人身上都已帶了些輕傷，卻絲毫沒有要停手的打算。原本還有些鄉親們圍過來勸架，但看他們二人的架勢又不敢近身，還怕傷了自己，最後便也四下散了。

直至聽到沈葭呼喚的聲音，侯遠山殘存的最後一絲理智才被喚醒，他以極快速度推了劉勇一掌，緊接著收回招式。

劉勇見侯遠山突然收手，憤怒地道：「不要以為你不出手我便不會殺你，今日既來找你，就是要取你首級，為我死去的兄弟報仇！」

侯遠山神色淡淡、目光清明無波地道：「我本不想與你為難，你我既已不涉足朝堂之事，自此斷了往來才是最好。至於馬忠，並非我所殺！」

「他非你所殺，卻是因你而死！縱使不提此事，我是官、你是賊，誅殺你們乃是為國盡忠、替天行道！」劉勇說著拱拱手，以示對朝廷的尊敬。

侯遠山卻突然冷笑道：「你我不過是各為其主罷了。我們若是叛黨逆賊，當今聖上瞬元帝薄情寡義，也不見得是什麼好君主。若說他為天下社稷做過什麼好事，也不過是生了殷王這個賢明在外的王爺。」

二人爭論一陣，又再次陷入打鬥中，任沈葭再怎麼喊都沒用。

原本還有幾個大膽的村民跟著沈葭來湊熱鬧，見二人又打起來，頓時退避三舍，急忙逃離侯遠山的家門。

沈葭一陣著急，卻是一點法子都沒有。

就在此時，兩道敏捷的身影突然自沈葭耳邊掠過，吹起她鬢間的碎髮。在她反應過來時，那兩人已經加入打鬥中。

沈葭定睛看去，原來揮著鞭子的紅衣女子正是遠山哥的師妹木珂，而另一位手執長劍的女子，身著橘黃色束身長裙，目光清冷，卻是沈葭不曾見過的。

因為這兩人的加入，侯遠山頓時占上風，孤身一人的劉勇沒多久便被打倒在地，橘衣女子手中的長劍也順勢朝他頸間刺過去。

「師姊！」侯遠山大叫一聲，出手握住那劍柄。

橘衣女子神色微變，定定地看著他道：「你不殺他，他卻要殺你，你何時變得如此心慈手軟？」

侯遠山神色認真道：「師姊當知道，自我離開那日便已發誓，今生今世再不殺人。」

橘衣女子似是想到以前的事，眸中閃過一抹複雜神色，隨即收回長劍，目光淡淡地看著地上的劉勇道：「你既已退隱鄉里，今日我不殺你，你走吧！」

劉勇起身看向侯遠山道：「今日你饒我一命，我自當記在心上，但我兄弟的死，我也必不敢忘！」

他說完對侯遠山拱拱手，大步離開了。

院子裡恢復平靜，木珂正欲開口說話，卻見侯遠山直接忽視她們二人，逕自去了沈葭身邊，握住她的手道：「我是不是嚇到妳了？」

沈葭原本還有些呆愣，聽到這話時才回神與他對視。她輕輕搖搖頭，嚇倒是稱不上，畢竟已經有了心理準備。只是……有些意外罷了。

沈默良久，她笑著握上他的手道：「我只知道，遠山哥永遠都不會傷害我。」

侯遠山寵溺地將她的柔荑握在手心，牽她去兩位師姊妹身邊，指著橘衣女子介紹道：「這是我師姊木瑤。」

木瑤是個貌美的女子，但目光清冷，看著沈葭時眼中透著一絲打量與防備，倒讓沈葭覺得自己好似是她的獵物一般。她沒來由地身子一顫。

似乎感受到沈葭的害怕，侯遠山握住她的手將她護在身後，神色認真地看向木瑤道：「師姊，她是我的妻子。」

見他如此護著，木瑤勾唇笑了笑，目光又落在沈葭身上。「我只是覺得你家娘子和我認識的某人有幾分相似。」

當今朝中有兩位公主，一個是汐貴妃所出，當今殷王殿下的胞妹明玉公主；還有一個乃是洛妃所出，晉王殿下的胞妹明月公主。沈葭也是王室血脈，姊妹之間難免會有相似之處。他淡淡地說：「不過是相似而已，師姊又何須如此較真？」語畢，轉身看向沈葭道：「我和師姊還有些話要說，妳先去屋裡等著，有些事我回頭再慢慢與妳細說。」

沈葭見他神色凝重，便乖乖點頭，轉身回屋。

關上房門，沈葭仍是有些坐立難安。她煩躁地坐在床上，本想做些繡活打發時間，卻又難以靜下心來。

這個木瑤師姊千里迢迢趕來是為了何事呢？現今朝堂爭鬥越發激烈，莫不是……要將遠山哥帶走？

遠山哥曾答應她絕不會離開，可如今……他會不會真的被木瑤師姊說動，然後將她一個人撇在此地？

沈葭愈想愈覺得心亂如麻，索性扔掉手裡的繡活，躺在床上，用被子蓋上腦袋閉目沈思。

侯遠山帶著木瑤和木珂去了雜貨屋，三人沒說幾句話便起了爭執。

「師姊此話何意？莫非認為我們如今這般是貪生怕死不成？是，我是貪生怕死，師父為了一己之私將我們所有師兄妹視作他復仇的棋子，他對我們可曾有過一絲一毫的慈父之心？師姊可別忘了，木瓚師妹是被師父一掌打死的，她有什麼錯？不過是愛上一個不該愛的人罷了。我們敬他如父，但在他心裡，除了復仇還剩下什麼？」木珂望著木瑤，神色憤憤道。

木瑤聞言冷笑道：「妳可別忘了，當初師父栽培我們時便已言明要絕情棄愛，妳以為我們是做什麼的？我們是殺手，能做的只有服從！木璿為了一個男人公然違背師父，難道不該死嗎？妳要知道，因為她的兒女私情，師父安插在殷王身邊的眼線全都暴露了。」

「絕情棄愛？」木珂不禁一陣苦笑，眸中閃爍著點點淚光，卻倔強地不肯流下眼淚。「師姊當真這麼想嗎？木璿是我們最疼愛的妹妹，師姊對她的死當真沒有痛心過嗎？如果師姊真的絕情棄愛，三年前我任務失敗，妳就不會拚了命救我，險些把自己的命給搭進去；如果師姊真的絕情棄愛，當初我和師兄背叛師門，師姊就不會冒著被師父懲罰的危險助我們逃脫了。」

見木瑤抿唇不言，木珂又繼續道：「師姊，師父是什麼樣的人妳自己心裡也清楚不是嗎？他把我們所有人當作他復仇的工具，只想利用我們顛覆江山、擾亂朝堂，他的心裡從來沒有我們！可我們卻因為他的養育之恩，一直像對待親生父親一般對待他，為他提劍殺人，為他出生入死，可到頭來呢，師姊敢保證我們不會落得和木璿師妹一樣的下場？」

木瑤瞥向一直緘口不言的侯遠山問道：「師弟也如木珂一般的想法嗎？」

侯遠山道：「我已娶妻，自不會再踏入那條路。倒是師姊又何苦為難自己？妳待師父真情實意，日後未必有什麼好下場。當初若非師姊相救，他會容我活著嗎？」

木瑤神色變了變，道：「我和你們不一樣。我從記事起就被師父養在身邊，若不是師父，我恐怕早已餓死街頭，在我心裡，他就是我的天，是我可以為之付出生命的主人。何況，本就是因為那個冷心無情的瞬元帝，才將師父變成如今這般不是嗎？他也只是個可憐人罷了……既然我們道不同，我自不會強求，就當我只是回來看望你們吧，現今朝中局勢不穩，我也不能在此久留，也該回去了。」

頓了頓，她語重心長地對他們二人說道：「或許，我的確不該來此一趟。既然你們決定歸隱，就好好過日子吧，那些我想做卻一輩子都不可能做的事，希望你們可以幫我體會。」

「師姊……」木珂有些動容，拉住木瑤的手道：「如果師姊改變主意了，我和師兄隨時歡迎，咱們一起過平平淡淡的生活。」

木瑤笑著拍拍她的肩膀，沒有回話。

送木瑤和木珂離開後，侯遠山便去房裡找沈葭。到了這個時候，有些事，也該讓她知道了。

侯遠山推門進屋時，見沈葭躺在床上用被子將自己裹得密不透風。他快步上前，將她身上的被子扯下來，急道：「大熱天的，怎麼蓋這麼嚴實？看妳這一身的汗。」

他說著，拿起床頭的巾帕溫柔地幫她擦拭額頭和脖子上的汗珠。

沈葭卻顧不得這些，突然抓住他為自己擦汗的右手，順勢從床上坐起來，一雙黑溜溜的大眼睛一眨不眨地望著他。

沈默良久，她才惴惴不安地說出自己心中的懷疑。「遠山哥，你是鐘樓的人嗎？」

她以前曾認真看過這個時代的一些史書，書中記載鐘樓本是江湖上的殺手組織，背後的力量不容小覷，且好幾代參與朝堂政事，自古至今都是朝廷的一大隱患。

家裡的隔音效果不是很好，剛剛遠山哥和木瑤、木珂的談話她聽到了一些，後來又憶起劉勇說「我是官、你是賊」這句話，再想到遠山哥那一身的疤痕，她突然腦袋像被敲了一記，若遠山哥是鐘樓的人，那這一切便說得通了。

侯遠山原本就不打算再隱瞞，見她已猜出大概，便點頭承認道：「村人都說我命硬剋親，十四歲那年我被迫離開村子，四處漂泊。在飢寒交迫之際得一人相救，他收我為徒，授我武藝，並為我取名木玦。」

「那遠山哥這身武藝便都是向他學的？」沈葭靠在他的懷裡輕聲問著。

侯遠山並未答話，抱著沈葭的手一點點收緊，呼吸中帶著粗重的鼻息。

沈葭發覺他有些不太對勁，忙從他懷中抽離，抬頭看他，問道：「遠山哥，你怎麼了？是不是……後來又發生了什麼事？」

侯遠山低頭凝視她，目光中帶著一絲看不透的陰鷙。「小葭，我的確是鐘樓的人，那個救我之人便是鐘樓樓主高繼。小葭，為了活命，我曾經殺過人，很多人……」

沈葭身子一顫，整張臉頓時慘白如紙，雙唇顫抖著說不出話來。他果然是鐘樓的人……即使她早有了心理準備，可從他口中聽到這樣的回答，仍感到有些不真實。遠山哥，真的是殺手……

屋裡突然安靜得連根針掉在地上都可以聽得見。

良久，沈葭才稍稍回神，她定了定情緒，抬頭道：「我曾見一本書上說，鐘樓之所以屹立數百年不倒，也與他們的行事作風有關。他們雖是殺手，卻有自己的原則，只殺最窮凶惡極之人。所以，遠山哥縱然是個殺手，也定然不會是個惡人。」

不是惡人？侯遠山自嘲一笑。

師父當初也曾告訴他，他們只殺窮凶惡極、罪無可赦之人。

若非木璿師妹的死，他該一輩子都這麼認為的吧……

鐘樓除了拿人錢財、為人取命之外，還善於打探各種情報，是沈國最大的情報組織。

三年前，木璿被鐘樓樓主高繼派去殷王的軍營打探軍情，與大將軍劉勇身邊的馬忠生了情愫，企圖私奔。

高繼得知此事後，派侯遠山前去拿下他們二人，最終追至懸崖陡峭之地，木璿以死相逼，始終不肯回去。侯遠山無奈地勸道：「璿兒，跟師兄回去吧，師父素來待我們寬厚，妳若向他求情，興許他會成全你們。」

木璿苦笑道：「師父仁慈寬厚？師兄莫非至今還被蒙在鼓裡？你當真以為我們殺的都是壞人嗎？你當真以為……師父一直對我們有情有義嗎？」

木璿一直是個乖巧聽話的女孩子，侯遠山第一次見她這樣，隱隱感到不安。「璿兒，妳在說什麼？」

「師兄，你別傻了，我們曾經殺過的那些人，什麼姦淫婦女的採花大盜，什麼狠心毒辣的吃人狂魔，什麼弒父褻母的不肖之徒，這一切的一切都是師父編出來騙我們的！以前的鐘樓的確只殺惡人，這是第一代掌門人定下的樓規，可自從師父做了樓主，他為了得到足夠的金錢，什麼生意都接，又怕我們知道他壞了先人的規矩，所以一直將我們蒙在鼓裡。師兄知道他為什麼需要那麼多錢嗎？因為他在培植自己的勢力，等待有朝一日顛覆朝堂，殺了瞬元帝，為他心愛的女人報仇！」

「妳在說什麼？」侯遠山大感驚詫，師父怎麼會和瞬元帝有仇呢？

木璿道：「他與汐貴妃本是青梅竹馬，後來汐貴妃嫁給當時還是王爺的瞬元帝。瞬元帝當年為了爭奪帝位，將汐貴妃貶妻為妾，另娶手握重兵的萬氏為正妃。登基後萬氏憑藉娘家的勢力母儀天下，背地裡卻處處壓制汐貴妃，使得汐貴妃鬱鬱而終。」

侯遠山驚得半晌說不出話來。師父怎麼會是這樣的人？怎麼可能……

見侯遠山面露震驚，木璿勾了勾唇，道：「師兄不信嗎？那日師父受重傷昏迷時，我親耳聽他說的，又怎會是假？他所做的一切都是為了報仇，而我們也不過是他復仇路上的工具罷了……啊！」

隨著木璿的尖叫聲，侯遠山眼前兩道身影瞬間跌落懸崖，再沒了蹤跡。

「璿兒！」侯遠山追過去大喊，而那萬丈深淵裡，卻什麼也看不到了。

他轉過身來，難以置信地看著不知何時立在自己身後的男人，眸中閃著沈痛，喚了聲：

「師父！」

第十九章　詐死歸隱

高繼面無表情地看著他道：「師父此生最恨的便是背叛，她在執行任務期間動了兒女私情，又企圖挑撥你我師徒關係，這樣的孽徒本就不該留著！現在給她個痛快已是為師的仁慈了。」

侯遠山從沒見過這樣的師父，這麼多年來，師父在他心裡一直像個父親一般，他從來不知道，原來他們這些徒兒的生死對他來說不過爾爾。

「敢問師父，木璿師妹方才所說，可是真的？」侯遠山直直地看著眼前的男人，眸中帶著一絲期盼。如果木璿說的都是假的，那該有多好。

七年了，這七年來所有的一切都是謊言嗎？

高繼依舊面無表情，負手而立，目光清冷地看著他道：「是與不是重要嗎？你既拜我為師、入我鐘樓，就該以為師的命令是從，莫非……你也想同木璿那個叛徒一樣吃裡扒外，毀了為師籌謀多年的大計嗎？」

說到最後，高繼的話語變得凌厲，似帶了不小的內力一般，引得周圍的樹木隨之顫動。

「那我這些年殺的那些人呢？他們可真如師父所說那般窮凶惡極？」侯遠山不由握緊拳頭。

「你既已殺了人，殺的是好人還是壞人，又有何分別？說到底，不過是想讓自己良心上過得去罷了。」高繼冷笑道。

「自然有分別！」侯遠山爭辯道：「敢問師父，一個人燒殺劫掠、喪盡天良，那這個人該不該殺？若一個人本性純良、心思清明，那這個人……又該不該殺？」

侯遠山一連反問兩句，高繼臉色頓時陰沈下來，他卻絲毫不覺畏懼，繼續道：「師父為了一己之私，罔顧鐘樓數百年規矩，做出此等悖逆先祖之事，師父百年之後，又如何面對鐘樓的列位先人？」

高繼聞言頓時惱羞成怒，忽地一掌揮過來，侯遠山原本可以躲過，卻生生受了他一掌，整個人後退好幾步，痛苦地摀住胸口。他感覺喉頭一陣腥鹹，卻強迫自己吞回去。

他上前幾步跪下去，忍痛道：「徒兒的命乃師父所救，如今不願同師父一起為了錢財去殺害無辜之人，但憑師父處置。」

高繼凝聚著掌上的力道，眸中湧出一抹殺機道：「你當真以為，為師不敢殺你？」

侯遠山閉上眼睛道：「徒兒也曾嘗過親人離世之痛，卻不知這些年親手毀了多少原本幸福和樂的家庭。現下，徒兒只有以死謝罪，以慰他們在天之靈。」

他說著，舉起右手，凝聚力量朝自己頸間命脈擊去。

然而，一道突來的力量將其攔了回去。侯遠山抬頭，詫異地看著不知何時已立在眼前的高繼，墨色袍襬飛揚，清冷的面容上是他捉摸不透的複雜。

「師父……」

高繼居高臨下看著跪在自己腳下的徒兒，良久才道：「木玦，為師知道你是個善良的孩子，既然有些事情非你所願，為師也不逼你。三日後，會有一個很重要的任務交託與你，只要你幫為師完成，今後去留但憑你選擇。」

侯遠山講到這裡突然停下來。他的情緒越發不對勁起來，臉色深沈，渾身透著一股肅殺之氣。

沈葭心裡微微一顫，壯著膽子問：「後來呢，遠山哥完成了任務，然後被你師父放了嗎？」她隱隱覺得此事不會如此簡單，畢竟鐘樓絕不是可以任人隨意進出的地方。

侯遠山勾唇冷笑，一道冷冽之光從他眼眸中閃過。「放了？他哪是要放我。師父為了錢財殺人太多，也結下仇家無數，而我的最後一個任務便是幫他殺光那些仇家。除了我，他沒有再派任何一個人，擺明了是要借刀殺人。我違背他的意願，他又如何能讓我安然活著？那個任務，不過是送我離開的一把利刃而已。」

沈葭不由攥住他的衣袖，唇瓣顫動著問道：「那遠山哥……是怎麼逃出來的？」

「師父的仇家眾多，我一個人哪裡敵得過，後來被圍困在山下，眼看便要丟了性命，我也以為自己已是死路一條，可就在危急關頭，木瑤師姊竟帶了師兄妹們前去救我。他們帶我逃往山上，憑著對地形的熟悉避開仇人的追殺，又製造我慘死的假象瞞過師父的眼睛，我才得以逃脫。

「那次為了救我，木琰師兄中了敵人淬有劇毒的暗器，最終因為沒有尋到解藥而丟了性命。當初離開鐘樓，我本不願活著，可想到木琰師兄為我送命，我又哪裡有臉尋死？這才回到杏花村，避開江湖朝堂紛爭，苟活於世間，過一日算一日。」

沈葭聞言驚得說不出話來，白皙的臉蛋上滿是不敢置信，黑白分明的雙目也布滿霧氣，盈盈氳氳，泛著點點紅絲。

沒想到，遠山哥的過去這般驚心。後面的事他只是輕描淡寫帶過，或許是不想說得太詳細嚇到她吧？但她知道，能夠在人多勢眾的情況下死裡逃生，定是驚險萬分的。

那時的場面一定比她想像的還要混亂許多。

侯遠山的情緒似乎尚未平復，整張臉繃得死緊，冷冽的目光讓人有些不寒而慄。他握著沈葭腕部的手背上青筋暴起，引得沈葭一陣疼痛，但沈葭只是強自蹙眉忍著，並未提醒他。

比起遠山哥當初的經歷，她手腕上這點痛根本不算什麼。

被自己最信任、尊重，甚至一直視若父親的人欺騙、謀害，是多麼殘忍的事？

都道鐘樓是個有原則的殺手組織，可若是遇上遠山哥師父那樣的人，誰又有什麼法子？

朝代一直更替，鐘樓跨越了多少個王朝，一直屹立於武林之巔。多少新的王朝依靠他們建立，多少喪盡天良的險惡之徒被他們悄悄整治，他們在百姓中的聲譽甚至超越明君賢臣。

可如今呢？鐘樓在短短數年殺了多少無辜之人，又毀了多少清白之人的夢？

鐘樓出了高繼這種自私自利、罔顧祖制的奸邪之輩，其素來的美名又能撐到幾時？當年差點讓遠山哥喪命的尋仇隊伍，不就是鐘樓正一點點走向沒落的證明嗎？

或許有一天，鐘樓這個神秘而又受世人推崇的組織，便會永遠躺在史書裡，成為一個過往。

自從那日侯遠山同沈葭講了關於自己過去的那些事，沈葭突然感覺他們的關係又更近了一步。兩人的感情中似乎多了一些她說不出來的東西，讓她莫名覺得心安。

對於侯遠山和劉勇打架一事，村子裡近日有不少人詢問沈葭。但這種事怎麼好說，她便每每都搪塞過去。

就連葉子拉著她想要問個究竟，她也未曾透露，只道他們興許只是切磋武藝。

那日兩人都打紅了眼，怎麼可能只是切磋武藝，沈葭的推託之詞顯然沒有什麼說服力。可看她不太想說的樣子，葉子雖然好奇，終究也沒多問。

後來，沈葭聽村子裡有人傳言，說劉勇親口承認自己和侯遠山在外面打過些交道，上次兩人原本只是切磋武藝，只是一打就上癮，才讓大家有所誤會。

原本這樣的說詞也沒什麼可信度，但因為是劉勇親口說出來的，自然大家都沒再提出質疑，只暗自猜想，莫非獵戶侯遠山以前在外面也是個將軍？

因為這些臆測，一時間大家看到侯遠山都較之前熱情許多，有時隔得老遠還要上前幾步去打個招呼。

相較於大家的熱情，侯遠山的回應便顯得淡漠許多。大家見劉勇較好說話，又紛紛討好，雖說不求當下能得什麼好處，也盼著若是將來家裡出什麼事，能夠得個照應。

五月的天氣越發炎熱，風也愈來愈少了。

初六這日，火辣辣的太陽掛在頭頂，人們身上的汗整日沒有消停，都為這難熬的天氣抱怨著，做事也懶散沒力氣。

這一日，袁林氏一家人卻無心顧及天氣，而是期盼又緊張地等候在婉容屋門前。

已經兩個時辰了，孩子還未落地，婉容痛苦地聲聲喚著「二郎」——來春的小名。

袁林氏站在婉容屋子的窗前，雙手合十默默叨念著，心裡著實感到難安。

不過想到在裡面接生的是婉容的親生母親，她心裡才稍稍定了定。婉容是穩婆秦大娘的女兒，親家母必然會盡全力保她們母子平安的。

葉子和沈葭立在袁林氏身旁也是一臉著急，聽著裡面婉容一陣陣呼痛，葉子心疼得直跺腳道：「二哥也真是的，到這會兒了還沒個消息，當初走時算準他能回來的，現在在外面究竟發生何事，可真是讓人不放心。」

袁林氏望了望京城的方向，嘆道：「妳哥哥走時也惦記著他們母子呢，這時怕也是坐立難安，他獨自一人在外已是辛苦，莫要再責怪他。」

葉子撇撇嘴，她並沒有要責怪二哥的意思，不過是見二嫂這般，讓她心中著急罷了。

這時，屋裡突然傳來一陣孩兒啼哭聲，外面一眾人心裡的大石頓時落了地。

「生了！生了！」袁林氏激動地向各路神明千恩萬謝。

誰知才剛歡喜一陣，裡面的呼痛聲又傳來了。

袁林氏心頭一揪，莫不是真被親家母說中，婉容的肚子裡有兩個娃兒？

她好不容易放下的心又再次懸起來。

原本還一臉興奮的一眾人臉色也隨之拉下來，心裡越發慌亂。

在這個時代，生一個孩子已是九死一生，婉容懷了兩個，在眾人眼中是不吉利之事。畢竟，生一個便幾乎耗盡所有體力，另外一個八成只能隨母親死在腹中。

去年隔壁村的李家娘子便是懷了雙生子，最後拚盡力氣只生下一個，另一個硬是沒生出來，就那樣母子二人都去了。

沈葭想想便覺得一陣揪心，再聽裡面婉容的聲音愈來愈弱，她下意識地攥緊衣角，心裡的恐慌比起方才更甚。

若說剛才婉容順利產子的機率只有五成，這第二個……能有一成都是菩薩保佑了。

袁林氏急得都要哭了。「怎麼會這樣，老天竟讓婉容遭這樣的罪，這若是出了什麼事，來春回來我們要如何與他交代？」

就在家人焦急之時，門口突然來了個六、七歲的小女孩，穿著打扮乾淨得體。

「袁嬸子！」女娃娃喚了一聲。

袁林氏聞聲望過去，不由面色微詫道：「湘姊兒怎麼過來了？」來者不是旁人，正是浣姊兒的妹妹高湘。

高湘快步跑過來，將一個做工精緻的戧漆海棠花紋盒子遞過去，道：「這裡是半株西洋參，本是前些日子二哥送我姊姊補身的，姊姊聽聞今日來春嫂子生產，怕是用得著，便讓我為你們送過來了。據說京城裡的貴人們生產時都會把這個含在嘴裡，好像很有用，不妨讓來春嫂子試試吧。」

西洋參最是滋補，卻也極貴重，袁林氏一家聽都沒聽過，下意識覺得是仙丹一般的稀罕東西，一時不敢去接。「這東西來得珍貴，我們怎好……」

「嬸子快別說這麼多了，還是救婉容的命要緊。」門口傳來高浣嬌柔溫婉的嗓音，宛若枝頭黃鶯初啼。

高浣是怕袁林氏不肯收這東西，才親自過來，她顧不得解釋這些，又道：「嬸子先別管這東西貴不貴重，如今婉容命懸一線，若能保他們母子平安，才真的算是好東西。」

沈葭也勸道：「乾娘先別顧慮這麼多，浣姊兒說得對，這東西救得了二嫂的命才算珍貴之物。」

她說完轉頭對葉子道：「快去灶房拿刀切一片，給二嫂含在嘴裡。」

葉子忙接過西洋參急急地去了。

這時，屋裡的秦嫂子急急忙忙趕出來道：「來生呢？」

來生本在正門前的門檻上坐著，聞聲馬上起身走過來道：「我在這兒呢！」

秦嫂子道：「快，你去縣城把最有名的黃婆子請來，黃婆子早年接生過龍鳳胎，她比較有經驗，速度要快，再晚只怕婉容撐不住。」

來生一聽慌忙應下來，撒腿向外面跑了。

第二十章　雙生之喜

因為黃婆子的幫忙，再加上高浣送來的西洋參，直到午後婉容才順利生下第二個孩子，但自己也耗盡體力昏厥過去。

婉容身子虛，秦大娘說讓她多睡會兒，莫要驚擾，於是大家看看孩子便散去。婉容順利產下龍鳳胎，除了黃婆子技術一流之外，高浣送來的西洋參也有功勞，袁家人免不了對二人千恩萬謝。

送走了黃婆子，袁林氏本打算向沈葭借錢給高浣，算是買她的參，但高浣死活不肯收，袁林氏只好作罷。

她知道那西洋參肯定不便宜，給浣姊兒的錢怕是連零頭都不夠，便也不再堅持，訕訕地將遞過去的銀子收回來。

高湘見高浣親自過來時已經跑回家，所以現在只剩高浣在這兒。她瞧瞧外面的天色，笑道：「時候不早，我也該回去了，嬸子請留步吧。」

袁林氏忙道：「天這麼晚了，浣姊兒便在這裡用晚飯吧，待會兒讓來生送妳回去。」比起外面，村裡沒那麼注重禮節，自然也沒有訂親後不能見面的規矩，反而覺得這種情況下男方親自送回才算禮貌。

高浣聽了這話卻不由得紅了臉，道：「不用了，我自己回去便可，何況家裡怕是會留飯給我，嬸子不必顧慮我了。」

她說著辭了眾人要走，袁來生趕緊快步跟上去道：「我還是送送妳吧，天色晚了，妳若遇上袁來旺，怕那痞子又欺負妳。」

高浣聽了後面的話才同意，她耳根微紅，只能任由袁來生跟在身側。

兩人一路上沒怎麼說話，卻很有默契地走得不快，使得原本不遠的路卻走了許久。

高浣一直低垂著頭，袁來生幾次想要尋個話題，又不知說些什麼，想了想，其實這般不言不語地走著也是挺好的。

兩人到了高家的胡同口，高浣停下來，頭仍未抬起，她低聲道：「來生哥就送到這裡吧，我……我自己回去便可。」

「好。」來生心中有些不太情願。他覺得兩人還是走得太快，怎麼沒多久便到了，頓時心裡一陣失落。

「今日……多謝妳出手相助。」袁來生總算找了個還能與她聊上兩句的話題。

「不過是舉手之勞罷了，來生哥不必介懷。」高浣很慶幸今晚的月色並不明亮，否則定要被他瞧見自己臉紅的模樣。

在這簡短的對話後，兩人又沈默下來。過了一會兒高浣道：「來生哥快回去吧，我也該回家了。」

「好。」來生應著，卻絲毫沒有要動的樣子。

高浣這才知道，他應是在等自己先走。

「那……我先回去了。」她說著緩緩轉身，朝胡同裡面走去。

興許是因為背後那灼熱的目光，高浣走路時不由心跳加快，腳下的路也跟著看不清了。她剛走幾步就踩到一樣軟綿綿的東西，頓時臉色一變叫出聲來，身子也顫顫巍巍地往後退。而被她踩到腳掌的夜貓也發出一聲慘叫，飛快地逃竄了。

袁來生忙上前扶住她道：「浣妹妹，妳怎麼樣了？」

許是已經默默唸了許多遍的緣故，來生這聲妹妹喚得格外順口。高浣只覺心口一顫，脖子也跟著紅了。

鼻間濃烈的男子氣息使她周身血液都在沸騰，驚嚇之餘忙抽身離開。「我……我沒事。」

她說完，再不肯與他多待，急急忙忙地轉身跑了。

袁來生懷中一空，不自覺地握了握拳，想記著剛剛接觸她柔軟身軀時的那份美好。望著漸漸遠去的背影，他不由得傻笑起來。

直到看高浣進了家門，他才安心地轉身準備回去，腦海裡卻都是剛剛抱在懷裡的曼妙身軀以及清新的髮香。

他不由嘆了一聲，輕輕搖頭。只怕今晚又要一夜無眠了。

高家想多留女兒一些時日，他和高浣的婚期定在明年三月。袁來生突然覺得日子好長，也不知如何才能熬到那時候……

夜裡，沈葭窩在侯遠山懷裡，同他講述婉容生孩子驚心動魄的過程。說完了，又不忘感嘆一番。「遠山哥，你說這是不是很驚險，當初月季生高興時都沒有這麼嚇人。」

侯遠山伸手摩挲著她光潔的後背，眉頭略微挑了挑，道：「小葭害怕了？」

沈葭搖搖頭說：「原本是害怕的，不過看婉容順利產下一兒一女，又不覺得害怕了。」如果這麼危險的情況婉容都能熬過去，她便不覺得有多嚇人。不過，生孩子挺花力氣的，她恐怕還得多鍛鍊鍛鍊才行。

她正想得出神，侯遠山一個用力便將她翻了個身，整個人趴坐在他肚子上。

侯遠山道：「那我們是不是還要多努力些？」其實侯遠山現在並不急著要孩子，有他的娘子陪他已經足夠，但見她如此，還是忍不住想要逗弄幾下。

沈葭無奈地瞋他一眼，感覺到有「東西」抵住她……她面上一紅作勢要翻身下來，誰知竟被他牢牢扣住後臀，根本下不來。

沈葭有些不樂意，佯怒道：「你快放我下來，我不要在上面。」雖然現在穿著衣服，可還是覺得有些尷尬。

「是現在不要在上面還是待會兒不要？」侯遠山面對沈葭越發沒了之前的正經模樣，不禁讓沈葭懷疑他以前都是裝出來哄她的。

她哼哼鼻子轉過臉去不看他。「都不要！」

侯遠山勾唇。「那咱們站著可好？」

沈葭：「……」

站……站著？她莫名覺得兩條腿有些軟，但還未來得及細想，整個人已被侯遠山拖下床……

翌日，得了滋潤的沈葭氣色明顯好了，膚色水嫩、目含秋波，眼角眉梢都透著一股嫵媚的氣息。

因為惦記著婉容，沈葭沒來得及做早飯便先去了隔壁袁林氏家。

婉容已經醒來，只是仍有些虛乏無力，便躺在炕上一直沒動。

因為婉容順利產下一男一女，袁家個個喜上眉梢，就連平日足不出戶、存在感極低的袁二牛也難得地讓人搬了圈椅，坐在婉容屋前聽她們在裡面說話，偶爾聽到孩子的啼哭也會忍不住皺皺眉頭，很心疼的樣子。

沈葭同袁二牛簡單打了聲招呼，便進了婉容的房裡，葉子和袁林氏都在，一人抱了個小傢伙哄著。

一旁的來喜看得心癢癢，也很想抱抱自己的姪兒姪女，但娘和姊姊嫌他年幼，怕他傷了孩子，不肯給他抱。他只好可憐巴巴地伸長脖子，瞪著兩個眼珠子瞧著，期盼姪兒姪女趕快長大，這樣他就可以帶他們去河裡摸魚、去坡上摘果子了。

屋裡的畫面實在太美，倒讓沈葭有些不忍心打破。她站了好一會兒才走進去道：「兩個小傢伙倒是醒得早，一大早在我那院裡便聽到哇哇哭聲，這是姊弟倆在比誰聲音大嗎？」

袁林氏看到沈葭笑了笑，低頭對孫子道：「阿瑋可聽見了，你乾姑姑可是拐著彎數落咱鬧騰，攪了她的美夢嘍。」

孩子的名字是按照來春走時的交代取的，大的是個丫頭，喚作袁琦；小的是個男孩，喚作袁瑋。

袁林氏如今孫兒、孫女都有了，整個人看起來年輕不少，說話都帶著玩笑的意味，引得大家一陣笑鬧。

袁林氏和葉子一人抱一個不肯放手，沈葭無奈之餘只能坐在炕邊同婉容說話。「嫂子可下奶了？」

袁林氏道：「哪會那麼快，起碼也要三天。昨晚親家母送來烏骨雞湯，還說待會兒過來幫婉容按摩一下，希望奶水下得快些，現在兩個孩子都先吃屠戶家娘子的奶水。」

袁林氏口中的屠戶家娘子便是月季，她家高興吃得不多，奶水正愁沒法處置，袁琦和袁瑋算是趕上時候。

正說著，便聽到秦大娘在外面與袁二牛打招呼的聲音。

袁林氏面上一喜，道：「瞧瞧，這剛說著人就來了。」

沈葭跟著笑道：「到底是親閨女，能不惦記著嗎？」

說話間，秦大娘已經掀開竹簾子進屋。「我一到門口便聽到妳們在說我，可是嫌我來得晚了？」

沈葭柳眉一挑，道：「大娘可真會聽，我們明明在誇妳上心呢，到妳耳朵裡這話怎麼就反了？」

秦大娘笑著指了指沈葭道：「就妳這丫頭會說話。得了，我看這屋裡就妳閒著，我剛帶了豬腳湯放在灶房，妳幫忙倒進碗裡端過來給妳二嫂喝。」

「好！」

沈葭端了豬腳湯進來時，秦大娘正在幫婉容按摩。豬腳湯還有些燙，她吹了幾口便放在一旁的床頭櫃上，自己則跑到葉子身旁看看小姪女。

婉容躺在床上看著兩個孩子，突然心裡有些難過，不由喃喃道：「也不知二郎在京城可曾想起過我們母子。」

袁林氏知道她這是想念來春，便道：「自然會的，妳的產期與他走時算的日子差不多，沒準兒他正想著妳給他生的是兒子還是女兒呢。」

袁林氏本是安慰的話，婉容聽著聽著卻突然紅了眼。「我昨晚作了個夢，夢到我抱著孩子去京城找他，結果卻看見他跟別人成親，他看到我和孩子，連眼皮都不抬一下就拉著新婚妻子走了。我喊他，他也不理我……」

婉容說完話，眼淚便撲簌簌落下來，屋裡大夥兒個個臉色微變，都沈默不語。

還是袁林氏最先說話。「剛生完孩子的人最容易胡思亂想，來春一定不會是這樣的人。再說，夢都是反的，興許過些日子他便回來了呢？妳拚上大半條命才給我們家添了一男一女，是我們家的大功臣，退一萬步說，若那混帳真敢做什麼對不起你們母子的事，我第一個不會饒他的。」

秦大娘也拍著她的肩膀輕聲安慰道：「瞧妳這丫頭，一個夢也能傷心成這樣？妳在坐月子，可是萬萬哭不得，莫要亂想。何況妳婆婆不也向著妳？來春定然不敢亂來。」

袁林氏和秦大娘輪流好一番勸，婉容才止了淚，不再提此事。

待婉容喝完豬腳湯，恰好秦嫂子來喚秦大娘回去，袁林氏便親自送二人離開。

出了袁家，秦大娘對兒媳吩咐道：「趕明兒讓大郎去買條鯽魚，燉了魚湯給婉容送過來。親家母家裡艱難，怕也沒什麼好東西，婉容還未下奶，正需要滋補，咱們能幫一些便幫一些吧。」

「媳婦知道了。」秦萬氏點頭應下，又問道：「娘覺得來春這次會試該是什麼結果？」已經到了這個時候，袁來春仍沒消息，村子裡都開始議論紛紛，秦萬氏聽到些風聲，不由也關心起來。

自古以來，金榜題名之後拋棄糟糠妻另娶富家女的例子比比皆是，先前將婉容嫁給來春，本就是覺得他有前途，定會給婉容幸福。可來春若此番入京，被皇城裡那些貴女千金們迷了眼、亂了心，婉容和這雙兒女又當如何？

秦萬氏這麼一問，秦大娘不由想起方才婉容的夢來。

她頓了頓方道：「咱們婉容嫁給他時，他還只是個窮秀才，當初他也是跪在老娘面前立過誓言的，若此番得了富貴便棄了咱們姑娘，縱使拚了我這半條命，也定要叫那混帳吃不了兜著走！」

秦大娘此番話倒好像袁來春已經背叛婉容一般。她素來得理不饒人，還是出了名的護短，那日自家孫子被隔壁的孩子欺負，她心疼地拿掃帚追著人家孩子的爹跑了半個村子。

秦萬氏自然知道自己婆婆的性子，雖說有時潑辣了些，但未必不是好事。家裡有個剛強的人，才不會被別人看扁。如此看來，縱使那袁來春想要有對不起婉容的念頭，也得忌憚這個丈母娘三分。

不過，這只是最壞的情況，其實大家心裡何嘗不希望來春能夠有出息，和婉容好好過日子呢？

這般想著，秦萬氏又道：「當初讓婉容嫁給袁來春，看中的便是袁家人個個心善，想來婉容跟著來春也只有享福的命，他必不會負了婉容。」

秦大娘嘆息一聲。「若是如此，自然是再好不過了。」

產婦在生產時若是龍鳳胎，通常是不吉利的象徵，但若真的順利生下來，便又成了大富大貴之象。

因此，婉容順利產下龍鳳胎一事很快便在附近幾個村子傳開，大夥兒直說這是來春要中狀元郎的前兆。一時間，袁家的門檻都快被祝賀的鄉親們踏破。

第三日便是袁琦和袁瑋姊弟二人的「洗三」，這裡的人認為人的一生中有兩件事最重要：一為生下來三天後的「洗三」，一為去世三日後的「接三」。

所謂「洗三」，便是洗去嬰兒從前世帶來的污垢，使今生平安吉祥、一帆風順。

因為大家都注重此事，故無論貧富，家家戶戶遇上這一日定會有個動靜，婉容又是難得能順利產下龍鳳胎的，袁林氏心中歡喜，自然免不了好好地大辦一番。

袁瑋和袁琦的「洗三」禮結束，按照習俗還要大擺筵席，說是大擺，但因袁林氏家境不好，自然無法太過豐盛，只能比平時稍稍好些罷了。

好在前些日子侯遠山打獵時獵得不少野物，賣了一部分，剩下便送給袁林氏做料理，使得這場宴席還算過得去。

第二十一章　老屋翻修

直到黃昏時分，沈葭和侯遠山才吃飽喝足回了自己家。

沈葭吃得有些撐，侯遠山怕她積食，又帶她出去活動，不知不覺便走到月季家。

原本今日的洗三禮也邀請高耀一家，但因為高興年紀小，月季嫌帶著孩子過去不方便，孩子吃奶期間又有很多東西吃不得，兩人便留在家裡。高耀一心記掛著他們母子，因此沒吃多少東西就回家了。

沈葭和侯遠山到時，月季正坐在屋裡喝蛋花湯，蛋花湯是高耀走時被袁林氏硬塞著帶回來的。

高興剛睡了一覺，這會兒被高耀抱在懷裡正精神著，一雙澄明的大眼睛烏溜溜的，偶爾咧開嘴笑笑，伸著肥嘟嘟的小手拉拉高耀的衣服，可愛極了。

沈葭一瞧見便從高耀手裡搶抱過來，她嘟著嘴逗弄道：「小高興，今天看到小葭伯母高不高興啊？有沒有不乖，惹你爹娘不高興呢？」

沈葭的話小傢伙聽不懂，只眼睛有神地盯著房頂，偶爾嘴角上揚幾下。她不由感嘆道：「瞧瞧你們，家裡有個小傢伙纏著，當真是熱鬧。」

月季喝完蛋花湯，將碗擱置在紅漆木四方桌上，又拿帕子擦擦嘴，這才道：「這會兒又見妳羨慕起來了，你們倆成親也有些時日，怎不見你們也生一個？」

沈葭臉上紅了紅，反駁道：「哪有很長時間，我們倆成親也才兩個月而已。」

自沈葭從高耀手裡把高興抱走，高耀便同侯遠山出去說話了，因而月季也沒那麼多顧忌，算了算日子道：「兩個月說短也不算短，妳這個月的月信可來過了？」

月季覺得他們兩人正值新婚，應還如膠似漆，這時最容易懷上。就像她和高耀，也是這段時間裡有了孩子的。

沈葭抱了高興在她旁邊的圓木墩坐下來，道：「月信前幾日已經過去了。」

說到這裡，她微微頓了一下，又道：「遠山哥對這事不太著急，也不知是不是故意的。」

月季不由笑了笑，道：「說來也是，你們剛成親沒多久，太早懷上也不好，到時候他可是要憋壞的。我剛成親兩個月便發現有了孩子，自那時開始我就不肯讓他再近我的身，他也只能多忍耐，有時候急了我也只能用手……到現在他每每抱著小傢伙，都還覺得自己好委屈呢。」

月季對她說這些私房話毫不避諱，倒是惹得沈葭一陣不自在，卻也只能低頭逗弄高興強裝鎮定。

她覺得，她和遠山哥的私事是無法說與他人聽的，畢竟想到都覺得羞人。興許，是他倆還處於新婚期的原因吧。

月季瞧見她的不自在，便知自己剛剛那些話讓她害羞了，她笑著岔開話題道：「我前些日子聽遠山哥跟阿耀商量著要在你們住的臥房隔上一道牆，這會兒八成是在討論要把牆壘在哪兒呢。」

沈葭點點頭，又看了看月季家道：「我覺得你們這樣就挺好啊，臥房空間不必那麼大，只要不擁擠就成，外間是個廳子，平日家裡來了客人也方便很多。」

侯遠山的家只有相鄰的兩間屋子，南面是雜貨屋，平日放些乾柴和他打獵的用具，北面便是臥房。

當初兩人成親時家具新添了不少，但因為臥房空間太大，仍顯得屋子裡有些空蕩蕩的，所以他們便決定隔一間廳子出來。這樣，家裡萬一來了客人，也不至於一眼就瞧見內室，怪彆扭的。再加上沈葭怕冷，便想藉這機會壘一個睡炕出來，順便把整個屋子翻新一下。

這邊兩人正說著，高耀進來了，他對月季道：「娘子，方才我和遠山哥決定明日開始動工，他有一些東西要先放我們這兒，剛砌好的炕也要隔些時日方能睡人，所以這兩日先讓他們住咱們家裡，妳覺得如何？」

月季道：「這自然是好的，咱家屋子多，也夠他們住了，待會兒我去打掃一下西屋，就讓他們倆住那兒吧，剛好小葭也可以與我作伴幾日。」

月季家是坐北朝南，格局也和村裡大部分人家差不多，都是主屋並排三間，西側三小間，東側一間灶房、一間柴房，剩下的一塊地種著月季花，此時花兒漸漸開放，正是靚麗的時候。

高耀本就知道自己娘子好說話，因此打了聲招呼便同侯遠山回家收東西去了。沈葭見了本也要過去幫忙，卻被高耀攔下來，說有他們兩個大男人就足夠。月季也叫她留下來，待會兒可以一起幫忙收拾西屋。

西側三間屋子，月季讓她選一間，沈葭心想她和遠山哥在這裡也住不了太久，便選了北面東西不多、容易收拾的那間。月季知道沈葭是給自己省心呢，只笑了笑，也沒說什麼。

沈葭本打算自己打掃，月季堅決不同意，只說屋裡的東西她也不知放哪裡好，只要幫忙抱著高興哄他玩就成。沈葭無奈，只好照辦。

因為屋裡東西不多，也好打掃，沒多久便收拾乾淨了。

月季指了指南面靠牆的一張小床道：「這床前些日子在外面淋了雨，不太結實，不如等會兒讓遠山哥把你們原本睡的那張拿過來？畢竟夜裡動靜大了，怕是會塌。」

沈葭原本還打算應下，可聽到月季那句半調笑的話，臉色唰地一下便紅了。

什麼叫夜裡動靜太大？月季說話真是越發不避諱了。

「不用了吧，我看挺結實的。」沈葭這話說得有些賭氣的意味。

月季卻忍不住被她逗笑了。「妳確定就睡這張床嗎？之前我和阿耀也睡過，晚上翻個身便吱呀作響，總覺得快塌了，才擱置在這處。」

沈葭很想朝她翻翻白眼，這會兒倒成了翻個身就會吱呀作響，她敢打賭方才月季那句動靜太大絕不是這個意思！

沈葭和月季正一邊收拾屋子一邊說話，侯遠山和高耀抬著家具進了家，月季忙過去把門打開，讓他們把東西抬進來。

其實也沒多少家具，只有一個衣櫃、兩個紅木箱子，剩下都是些零碎東西，全部放進雜貨屋。

月季問道：「遠山哥，你們的床怎麼沒有一併抬過來？這張床太小，怕是擠不下兩個人。」

沈葭頓時一陣腹誹，這會兒又說床小了，方才怎不見對她說這樣的話？擺明就是逗弄她的！

侯遠山卻道：「不用，家裡不能沒人，我睡在雜貨屋裡，小葭一人先住這兒。雜貨屋之前放過獵物，現在天又熱，我怕她住不習慣。」

沈葭心裡頓時有些失落，搞半天遠山哥打算把她一個人丟在這兒，可之前怎麼沒跟她商量一下啊？

月季也有些意外，她看了看沈葭，又道：「家裡貴重的東西一併搬過來就是，沒必要非留個人在家吧？再說了，那屋子的確有牲畜的味道，遠山哥住那兒終究不好吧？」

侯遠山道：「不過是幾日的工夫，不必那麼麻煩。何況我一個大男人，住哪裡不都一樣？對了，小葭的日常用品還未拿過來，我這便去取。」

他說著要出去，沈葭忙道：「我跟你一起去拿。」說完，她將高興遞給月季，跟著跑出去。

見二人走了，月季不由看向高耀，問道：「怎麼回事啊？方才你不是說遠山哥和小葭一起過來住嗎？怎麼這會兒變成小葭一個人了？」

高耀攤攤手道：「我也不知道怎麼回事，我一直以為他倆一起住咱們家啊。」

月季琢磨一會兒，又道：「遠山哥不是打算把房子翻新一下嗎？那少說也得大半個月才能住人，難不成他打算讓小葭一個人在咱家住半個月？咱們倒是沒關係，可遠山哥這行為也太奇怪了吧？」

月季說著，眸中閃過一絲驚疑，她看向高耀道：「你說，遠山哥會不會出什麼事了啊？」

高耀撓著後腦，想了想道：「應該……不會吧？我看遠山哥和平日沒啥不一樣啊！」

沈葭追出去後便和侯遠山並肩走著，因為賭氣她一直沒吭聲，就那麼默默地前進。侯遠山不知是沒發現她的異狀還是怎地，竟什麼話也不說，連句像樣的安慰和解釋都沒有。

他自作主張要跟她分開睡，又沒給她一個好理由，沈葭覺得心裡堵著一口氣，很難受。又見他像沒事一樣，她突然心火上升，乾脆站在路邊，再不肯往前走了。

侯遠山見了，才回過身拉住她的手，問道：「怎麼，真的生氣了？」

沈葭氣鼓鼓地甩開他的手，也不願同他說話，加快速度往家裡去了。

侯遠山見她使小性子，眼神微黯，無奈地搖搖頭，疾步跟上去。

沈葭正委屈著，聽到他喚她也不回應，腳下的速度更是不減，急匆匆地往前走。

到了家，她拉著一張臉，默默收拾自己的用品，再拿了布巾將它們通通包起來。侯遠山站在門口看著她，想上前去安慰兩句，又不知該如何解釋，一時間有些無奈，又有些心疼。

沒多久沈葭便已收拾好，她不願正眼瞧他，將那包袱揹在肩上就要出門。

到了門口，她正要跨過門檻，卻被侯遠山伸出手臂攔住。「好娘子，別生氣了好不好？」他嘴笨得不知該說什麼來哄她。

沈葭本就覺得委屈，現在聽他這麼敷衍地安慰自己，連個正經理由都沒有，不由得鼻子發酸，卻忍住不肯哭，只目光淡淡地看著外面道：「你快把手拿開，既然嫌我煩，我今天出了這院子就再也不回來了。」

她實在想不明白，這幾日他倆一直好好的，他怎麼就不曾跟她提要讓她一個人去月季家住的事，事到臨頭才想起來告訴她，讓她連個心理準備也沒有，他這樣哪有把她當成妻子來看？

更何況他以看家為由睡在雜貨屋，這藉口在她看來實在牽強。他們有多少家底她心裡清楚得很，哪需要留個人在家裡看著？縱使真的看家，他為何不問問她願不願意一同住在雜貨屋裡？

現在可好，二話不說就把她打發，又算是什麼道理？她是他三媒六聘娶過來的妻子，他憑什麼跟打發一個花錢買來的丫頭似的，就這麼一個人決定了？

砌牆、壘炕、屋子翻新，速度再快也要個把月啊！他就這麼無所謂地和她分開如此長時間？

她愈想愈委屈，忍不住用拳頭捶打他擋在自己跟前的手臂。「你這個混蛋，我走了，就再也不回來，省得你瞧著心煩。你若是膩了，倒不如明明白白說出來，這樣把我扔在一旁算什麼？」

她說著說著，眼淚也跟著啪嗒啪嗒落下來，一顆顆珠子似的滴在侯遠山的手臂上，讓他越發心疼。

他伸手將她扯進懷裡，用力把她鎖在臂彎中，呢喃道：「傻姑娘，我怎麼會膩了妳呢？不過是夜裡讓妳歇在月季家罷了，白天不還見得著嗎，妳怎麼這麼傷心？」

沈葭用力捶著他的胸口，嗚咽道：「你說得好聽，你怎麼不早說，偏偏什麼都決定好了才來告訴我，你這樣又……唔……」

她的話還未說完，便被侯遠山盡數吞沒。他深深地吻著她的唇，又順著面頰一寸寸地吻掉上面的淚珠，鹹鹹的味道讓他心裡泛酸。

好一會兒，沈葭的情緒才平復下來，抽噎地看著眼前的男人。

他溫柔地捧著她的臉，輕聲哄著：「好姑娘，不傷心了。我保證，頂多半個月就把房子收拾好，到時親自接妳回來可好？妳這麼生氣，可是捨不得與我分開？原來我們小葭竟比我還黏人呢，妳這個樣子……莫非夜裡的矜持都是裝出來的？」

沈葭被他說得臉頰發燙，不由瞋他一眼，伸手在他胸口又捶了一下。「你才是裝出來的！」

侯遠山順勢握住她的小拳頭，放在嘴邊親了親，眉眼溫柔似水，道：「不生氣了？」

沈葭嬌嗔地看著他說：「你不跟我分開我就不生氣，咱倆一起住月季家裡。你要翻新屋子，雜貨屋肯定也要重新整理，裡面哪能住人呢？」反正他方才已說她是裝矜持了，那她索性大大方方說出來，她就是不要跟他分開，一天都不行，個把月更是想都別想。

侯遠山被她這倔脾氣整得沒法子，他斂去眸中一閃而逝的複雜，妥協道：「好，那就聽妳的，一起去吧。」

「真的？」沈葭瞬間開心了，伸手環上他的脖子，在他臉頰上狠狠親了親。

她不明白，既然現在這麼輕鬆便答應，那之前非要堅持一個人睡在家裡是什麼意思？不知為何，沈葭總覺得有些怪怪的。不過既然遠山哥不會跟她分開，她也不願再多想。

侯遠山撫了撫她的後背，又道：「那妳先拿東西去月季家，我看看還有什麼東西要收拾，晚點過去找妳可好？」

沈葭點點頭，乖乖鬆開侯遠山的脖子出門去了。走到院裡，她又忍不住回頭叮嚀。「你方才答應我了，不許把我一個人丟在那裡！」

「好。」侯遠山對她寵溺地笑了笑，見她滿意地走了，才無奈地搖搖頭。

這丫頭，防他倒像是防賊一般。

第二十二章 結交劉勇

左肩傳來一陣刺骨之痛，侯遠山薄唇微抿，面上並未見有多少表情。

這時，門口傳來一聲輕喚。「侯兄！」

侯遠山循聲望去，對門口的劉勇笑了笑，道：「怎麼這時過來了？」

劉勇走上前四處望了望。「嫂子不在吧？」

侯遠山道：「不在，去了高耀家。」

劉勇舉起手裡的木匣道：「我心知你受傷定不忍讓嫂子知曉，所以問一下。我從京城回來時帶了不少治傷的金瘡藥，抹上會好得快些。」

侯遠山坐下來褪去外衫，露出受傷的左肩。他先前只簡單包紮一下，方才與沈葭拉扯間傷口迸裂，滲出不少殷紅的血。

劉勇瞧著有些自責道：「早先還因為馬忠的死同你大打出手，沒想到你卻救了我一命，是我自己小人之心了。」

今日劉勇在山腳遇上一群刺客，剛好被侯遠山遇見，便上前出手相助。兩人在與刺客打鬥時，草叢裡突然射出數支暗箭，侯遠山一不留神便受了傷。

回到家裡，因害怕被沈葭瞧見，他只能隨便包紮一下便去了袁林氏家。今日袁家孩子洗三，他喝了些酒，傷口有點發炎。他害怕夜裡睡覺時被沈葭察覺，才想著以房子翻新為由讓沈葭去月季家住，沒想到她死活不肯……侯遠山拉回思緒道：「以前我們各為其主，現在都在村子裡過活，還提那些做什麼。」

劉勇一陣感動道：「侯兄寬宏大量，我今後也必當視你如手足，以前的事再也不提了。」

侯遠山想了想，道：「也不知那些人是誰派來的。」

劉勇幫侯遠山上了藥，又拿布條纏上幾圈，才冷笑道：「我都回到這裡，誰還會不放過我？自然是晉王的人。我臨出京城前，晉王曾三番五次想要拉攏我，我為殷王殿下出生入死，自然不肯，為此他在我離京這一路上沒少派人追殺，卻沒想到竟尋到這裡來。」

劉勇已經辭官歸隱，晉王卻仍窮追不捨，仔細想來倒也不難猜測。依晉王的性子，自然不會留下任何一個威脅存在，為避免劉勇有朝一日再回朝堂助殷王一臂之力，讓他死，自然是最好的解決辦法。

侯遠山不想打探朝中局勢，便直接略過這個話題，道：「待會兒你還是將這些傷藥拿回去比較妥當，我怕擱在這裡會被我家娘子瞧出端倪，惹她擔心。」

劉勇道：「也好，我先拿回去，等該換藥時我再過來，現在天正熱，傷口還是要勤換藥才行。」

他又道：「對了，我方才過來時聽說侯兄打算這幾日要翻新屋子？」

侯遠山點頭道：「小葭怕冷，打算在屋裡壘個睡炕，再砌一道牆，順便趁這個機會將屋子翻新一下。」

「可是你這傷……」

「不礙事的，你我這樣的人還會在乎這點傷嗎？我只是……怕小葭知道了擔心。」

侯遠山中的這一箭，傷口不淺，好在不是什麼要命的部位。劉勇長年在外打仗，這樣的傷勢在他看來自然知道沒什麼大礙，可想到侯遠山帶傷幹活，仍有些不放心。「雖說不會致命，但傷還是要養著才好得快，否則傷勢加重，痊癒的時日也會愈拖愈久，嫂子遲早會發現的。」

劉勇想了想，道：「我看不如這樣，明日我多帶些人過來幫忙，這樣也可以幫你省些力氣。」

侯遠山想想也有道理，為了不讓沈葭發覺，他還是要早些將傷養好才是。

「如此，便多謝劉兄了。」他說著對劉勇拱拱手。

沈葭到了月季家，月季聽說侯遠山也要住進西屋，因為天已太晚，再去侯遠山家抬大床費事，便去隔壁秦家借了張閒置的床和原有的那張並列。

月季幫她鋪床時，有些調笑地看著她道：「妳倒是有法子，才回家一趟就讓他改變主意，也不知在家裡與他做了什麼？」

這月季總拿這樣的話來逗她，沈葭耳根發熱，無奈地睇她一眼道：「我能做什麼，不如妳教教我？」

「男人麼，自然是愛吃什麼就給他什麼，讓他們嘗些甜頭，約莫三分飽時最容易說話。」

月季說著，見沈葭紅著臉整理床鋪，便坐到床沿笑道：「我這話，可算是教了妳？」

「去去去，我鋪床呢。」沈葭頭也沒抬地說。

她就不明白了，月季整日拿這樣的話題與她說，都不覺得害臊嗎？她只聽聽都覺得快羞死了。

果真是映月樓那樣的場合聽多、見多了的緣故。

沈葭想想今後這大半個月都要聽月季聊這樣的話題，然後被她各種打趣，不由得打了個冷顫。

這日子，還過得下去嗎？

月季似乎也發現今日調侃她太多次，索性換了話題。「天都要黑了，遠山哥怎麼還不來？」

沈葭瞧了瞧窗外，果然，不知何時外頭已經漆黑一片。

「他說了會住這裡，應該不會騙我吧。」沈葭小聲嘟囔著，像是對月季說，又像是安慰自己。

月季想了想問她：「遠山哥沒出啥事吧？」

沈葭愣了愣，隨即認真思索道：「我也沒瞧出和以往有什麼不同，只是，今日這事真有些反常……」

月季拍拍她的肩膀道：「細心一點，興許能瞧出什麼。」

沈葭點點頭，暗自尋思著，她的確要細心些才行。自從知道遠山哥以前做過殺手，她心裡便總帶著不安，生怕他哪一日招呼都不打便走了。

雖說遠山哥一定不是這樣的人，但她還是覺得有些擔心。

月季和沈葭又聊了一會兒，突然聽到高興餓壞的哭聲，月季便急忙給兒子餵奶去了。

沈葭怕浪費人家的油燈，便吹滅燈火，屋裡頓時漆黑一片，什麼也瞧不見。

莫名地，她覺得有些害怕，隔壁隱約傳來月季和高耀的說話聲，她才覺得安心一些。

脫了鞋子爬上床，由於天氣太熱，她索性什麼也不蓋，就那麼和衣躺下。

侯遠山一直沒有來，沈葭一個人在床上翻來覆去睡不著，每翻個身便聽見床板吱呀作響，想到月季之前調侃她的話，她竟覺心底升起一絲落寞。

說好了要來的，到現在仍沒個動靜，也不知是不是在騙她。

沈葭深吸一口氣，賭氣地想著：「他若真的不來，讓她一個人在這兒住上個把月，她就……她就一輩子都不搭理他了！」

就在這時，外面傳來侯遠山和高耀的寒暄聲。

接著，便聽到一陣腳步聲朝這兒走來。沈葭賭氣地翻身朝向裡側躺著，打算裝睡。說好了要來，到現在才不疾不徐地過來，也不知有什麼東西好準備的。她才不要隨隨便便原諒他！

侯遠山推門進去，屋子裡漆黑一片。他藉著深厚的內力聽到沈葭微微的呼吸聲，便憑著直覺走到床邊坐下來。

感受到有人坐到床沿，沈葭依舊側躺著沒有動。她一個人占了併著的兩張床中間，又躺得有點斜，無論侯遠山睡外側還是內側都沒辦法。

她就是故意的，看他今天晚上怎麼睡覺！沈葭這般想著，對著牆壁的臉上浮起一絲狡黠的笑意。

「小葭生氣了？」侯遠山知道她肯定沒睡，直接問道。

沈葭依舊佯裝睡覺，身子一動也不動。

侯遠山無奈地搖搖頭，只好側著身子躺下來。

他傷在左肩，如果朝沈葭的方向躺下，左肩便要壓在身下，為免傷口迸裂滲血被她發現，他只能與她背靠背地躺著。

沈葭自然不知道他的心思，見他就這麼躺下來又背對自己，心裡越發不是滋味，可又覺得這時候發火太小家子氣，便強忍著那股不開心，往床裡側挪了挪。

身後的男人一直沒什麼動靜，後來漸漸傳出平穩的呼吸聲，沈葭氣得想要坐起來把他搖醒，但見他睡得正酣，終究沒忍心打擾他，只默默地轉過身，對著濃濃的夜色發呆。

後來興許是睏極了，她才不再胡思亂想，漸漸睡著。

事實上侯遠山一直沒有睡，聽她的呼吸漸漸變淺，才安心地吁了一口氣。

這時，沈葭喃喃地喚了聲：「遠山哥，你抱著我睡。」

說完，她往這邊挪了挪，伸手環上他的腰，將臉貼在他的後背，蹭了蹭又睡著了。

侯遠山身子僵硬一下，才坐起身小心翼翼將她環著自己的手放下去。他越過她的身子躺到裡側，將她拉進懷裡，讓她的頭枕在自己右臂上。

沈葭乖巧地往他懷裡縮了縮，繼續睡覺。

侯遠山不由得勾了勾唇角，低頭在她光潔的額頭上親了親，才滿足地閉上眼睛睡了。

第二日清晨，太陽早早升起，讓整個屋子都透著光亮。

沈葭睜開眼睛時，旁邊已沒了侯遠山的身影。

她隱隱記起自己昨晚是被他抱著睡的，心裡那股不安和難受瞬間消散不少。

她伸了個懶腰從床上爬起，聽到隔壁傳來高興的哭聲，以及月季甚是無奈的安慰聲。她迅速穿了鞋子就跑去看。

「哎喲，這是誰欺負我們小興兒了，哭得可真傷心。」沈葭說著掀開竹簾子走進屋去。

原本哭得傷心的高興聽到聲音停頓一會兒，接著又繼續哭起來。

月季哭笑不得道：「看來妳的面子還不夠大，這孩子，脾氣也不知是隨了誰的，每天早上醒來都要先哭上一陣，奶水都不肯喝，可是要把人給愁死。」

沈葭笑著接過來，聳著身子哄他，沒一會兒竟止住了哭。月季瞧著稀奇，笑道：「還是你倆最親，方才可是要把我累死。」

沈葭笑著親親他的臉蛋道：「誰說我們哭了，方才我們是在練嗓子呢，對不對？」

小傢伙聽不懂沈葭說什麼，只一邊吸著手指，一邊睜著圓溜溜的眼睛看她，很是新鮮的樣子。

什麼都不知道的小孩子，眼睛純淨得沒有一絲雜質，讓人瞧了就喜歡。想到方才月季頭疼的模樣，她又忍不住笑道：「妳這個倒還好，婉容一下子兩個，現在孩子小不覺得，等再大些可是比你們家頭大。」

月季跟著笑道：「妳這話倒真是說對了。」

「高耀去哪兒了？」沈葭看了看四周問道。

月季從床上下來，邊穿衣服邊說：「一大早便去縣城賣肉了，我早上餓得晚，又懶得早起，他平時都是自己去街口吃碗餛飩應付一下。」

沈葭道：「妳這會兒應該餓了吧，有沒有什麼想吃的，我去做。」

月季趕忙拒絕道：「還是我來吧，妳照顧興兒就成。難不成妳住這兒就要伺候我們一家子？」

沈葭蹙眉道：「瞧妳這話說的，哪有這麼嚴重？我就不能讓妳嚐嚐我的手藝了？」

月季訕訕地笑道：「是我不會說話，妳若這樣說，今日妳這飯我不吃還不成了。」

她說著，又問：「對了，遠山哥呢，該不會一大早就回家去忙了？」

「想來應該是的，待會兒我去瞧瞧他，回來再給你們娘兒倆做飯。」

月季撇撇嘴道：「我們興兒可不吃妳做的飯。」

沈葭看著懷裡軟軟香香的小可愛，禁不住笑道：「興兒不吃，可他娘親是要吃的，娘親吃了飯，我們興兒才有飯吃啊，對不對？」

聽不懂的小高興默默吃著手指。

沈葭回到家時，侯遠山和劉勇正帶著一幫人屋裡屋外忙著。

「遠山哥！」沈葭對著拿了鐵鍬的侯遠山喚一聲。

侯遠山身子微頓，隨即轉過身來。

沈葭跑過來，看著裡裡外外忙進忙出的人，感到有些意外。「怎麼這麼多人？」

「是劉勇幫忙找的，人多活兒做得也快些，想來兩、三日就能完成了。」

「劉勇？」一聽到這個名字，沈葭愣了一下。他倆不是一見面就打了個你死我活的，怎麼才沒多久就……

侯遠山早知沈葭會問，便笑答道：「劉勇和我過去各為其主，如今既已歸隱，本就不該再過問朝堂政事，現在我們同為杏花村民，有些誤會講開也就罷了，無須緊抓不放。」

聽他這麼說，沈葭感到心裡輕鬆許多。「過去的事能講開自是最好，多一個朋友好過多一個敵人。如今天熱，有這麼多人幫忙，早些做完省事。原本我打算在月季家做飯呢，既然這裡人多，就在自己家裡做吧，待會兒給月季盛一碗送過去。」

她說著，便去雜貨屋取了圍裙繫在身上進灶房了。

第二十三章　隱瞞箭傷

忙碌了一天，直到日落西山，來幹活的人才一起吃了飯散去。

侯遠山洗了澡，沈葭正要拿他換下來的衣服放進盆裡，等著明日幫他洗，誰知剛碰到盆子便被他搶先拿走，他不太自然地說：「汗味太重，還是我自己洗吧。天太熱我睡不著，正好去河邊吹吹風。」

沈葭堅持道：「你都忙了一天，我一直閒著沒事，衣服自然是我洗，何況平日遠山哥的衣服也有汗味，我還不是照樣洗了？」

沈葭覺得侯遠山有些莫名其妙，什麼時候學會跟她搶著洗衣服了？

侯遠山一時也找不到什麼適當的理由，又想著這會兒外面天已經黑了，此時拿去洗應當看不見衣服上的血漬，於是便道：「如此也好，現在溪邊應當很涼爽，我陪妳去洗如何？」

「可是……如果現在洗，晚上衣服晾在何處呢？」這裡的人們不喜歡夜裡在院子裡晾衣服，怕會有什麼不乾淨的東西纏身。

侯遠山道：「不礙事的，待會兒洗完拿回家晾在屋裡，明日一早就乾了。」

沈葭想想也有道理，而且兩人因昨晚的事一直沒有好好說過話，便點頭應下來。

兩人同隔壁屋裡的高耀和月季夫妻打了招呼，便端著盆子去了溪邊。

高耀家離溪邊很近，幾步路的工夫便到了。
最近因為天氣悶熱，溪邊的人還不少，大家聚在一起吹著風，聊些家長裡短的話。
侯遠山和沈葭過去時，同大家打了個招呼，便蹲在溪邊開始洗衣服。
「遠山哥昨晚上做了什麼事，那麼晚才回來睡覺？」沈葭憋了一天，現在總算有機會問了。
「把家裡收拾一下，臥房裡的東西也全都挪進雜貨屋，地方寬些，今日砌牆才方便。」侯遠山回答得不疾不徐。
沈葭心裡總感覺怪怪的，可他的回答又讓她抓不住錯處，索性不再說話，只拿了棒槌捶打石頭上的衣服。
許是太過走神，竟一不小心敲在手上，沈葭「啊」的一聲，手一縮，棒槌和衣服一起落進水裡，在朦朧的夜色中順著溪流朝遠處漂走了。
侯遠山聽到叫聲，心上一顫，忙上前拉住她的手查看。「怎麼了，傷到哪裡？快讓我看看。」
聽到他話語中毫不掩飾的著急，沈葭忍不住一陣懊惱。遠山哥明明對自己這麼好，她到底在懷疑什麼呢？遠山哥這樣的人，怎麼會有事情瞞著不說？更何況，他以前做過殺手的事都願意跟她說了，還有什麼需要刻意隱瞞的？
她覺得自己最近定是吃飽太閒，才會胡思亂想、疑神疑鬼的。

她輕輕搖搖頭道：「只是碰到指尖，沒什麼大礙。」

雖聽她這麼說，侯遠山仍是不太放心，抓著她的手瞧了瞧，道：「這裡太黑，看不出傷勢如何，我們回去，我幫妳上藥。」

「真的不嚴重……」沈葭還來不及再說什麼，整個人就被架著強迫站起來。

沈葭無奈，只好隨他回家。

月季聽說沈葭砸傷了手，急急忙忙來到西屋，用油燈在她跟前照了照，頓時臉色大變。

「都腫成這樣了還說沒事，我看啊，妳這怕是要歇上好幾天才能好了。」

「只是中指的指尖而已，真沒那麼要緊。」或許是疼得麻木了，不碰它反倒沒什麼感覺，就是手指還有些發熱。

月季睇她一眼道：「妳也真是的，哪有大晚上去洗衣服的，什麼也看不見能洗出個什麼來？現在可好，淨往自己手指上砸。」

侯遠山頓時有些愧疚，都是他的錯，為了怕沈葭發現他受傷的事，才出了這等餿主意。

「劉勇那裡有上好的傷藥，妳在這兒等著，我去幫妳取些過來。」侯遠山對沈葭說著，火速衝出去了。

月季嘆道：「妳瞧瞧，妳自己受點傷，遠山哥比妳還急。洗個衣服怎麼也不注意點，害得人擔心。」

沈葭這會兒手指又開始疼了，她忍不住甩甩左手，額角冒汗，很委屈地看著月季道：

「我都這樣了，妳怎麼還數落我？」

「好好好，不說妳了，先忍一忍，遠山哥應該很快就回來了。」月季拍著她的肩膀安慰道。

沈葭皺著眉頭，卻也不再說什麼。自己心不在焉，結果挨了一棒槌，這又怪得了誰呢？不過侯遠山的速度的確快得驚人，感覺才剛出去，一會兒工夫已拿了藥膏回來。

「劉勇說這個抹在手指上冰冰涼涼的，能夠消炎止痛，先試試看效果怎樣。」他說著，連忙打開錦盒，裡面是乳白色的膏狀物，因為怕別人不知輕重，沈葭便自己動手塗抹上去。

那藥膏也不知是什麼做的，剛一抹上手指，便有股清涼酥麻的感覺，像是有麻醉效果一般。

「感覺可好些了？」侯遠山見她一直盯著手指瞧，一句話也不說，忍不住問她。

沈葭這才點點頭，笑著回道：「這藥效可真好，剛抹上就不疼了。」

月季道：「那可是京城裡的傷藥，自然是好東西。也虧得遠山哥幫妳討來這個，否則這大熱天的疼起來心裡煩躁，妳這一晚怕也不必睡覺了。」

她說著打個哈欠道：「成了，時候也不早，你們倆早些歇著吧，這時興兒怕是又該餵了，我就先回屋了。」

月季說完出去，順便關上房門。

侯遠山拿著她的手瞧了瞧，才道：「既然不那麼疼了，天色已晚，早些休息吧。晚上這隻手別亂動，小心碰到又被疼醒了。」

沈葭乖巧地點頭道：「那我摟著你睡，你抓著我的手，這樣我的手就不會亂動了。」

「好。」侯遠山寵溺地點點她的鼻子，親自幫她脫掉鞋襪，又端水來幫她洗腳。

沈葭雖是現代人，但在男權主義的社會裡待久了，想法也有了改變。侯遠山為她洗腳的事她有點不能接受，曾試著抗拒幾次，卻又抵不住他的堅持，最後只得作罷，任由他用那帶著厚繭的大掌幫自己洗腳。

侯遠山的手很大，只消一握就能將那雙玉足全部裹進掌中。捧著它們，侯遠山一時間有些捨不得放手，下腹也跟著竄起一股異樣的火熱，讓他整個人煩躁不已，急切地想要得到她。

不過，他仍是努力忍下來。他身上有傷，若脫了衣服定會被她發覺，為了不讓他的小葭擔心，也只能忍著了。

沈葭一雙玉足被他撫弄得有些癢癢的，身子都跟著軟下來，她忍不住嬌嗔。「遠山哥，怎麼還沒洗好啊？」

「洗好了。」他嘶啞著嗓音回了一句，一手托起她的兩隻腳，一手拿起巾帕輕柔地幫她擦拭。

待侯遠山也上床，沈葭順勢躺進他的懷裡，張開手臂抱著他的腰。

依照往常的習慣，沈葭仍舊睡在內側，頭枕在侯遠山的左臂上。她剛動了動，便聽到侯遠山口中傳來一聲悶哼，聲音很輕，輕到沈葭以為自己出現幻聽。

「遠山哥，你怎麼了？」她想了想，又覺得自己應該沒有聽錯。

侯遠山臉色平靜地望著她，親了親她的額頭道：「沒事，快睡吧，睡著手指就不會疼了。」

沈葭見他沒事，便放下心來，撐起身子吹滅一旁的油燈，又重新躺下縮進他的懷裡睡了。

因為天氣太熱，沈葭也只有剛睡時抱著侯遠山，待真正熟睡後，又無意識地翻了個身朝向裡側，一個人呼呼睡了。

侯遠山順勢收回自己的左臂，對著窗外透進來的淡淡月色瞧了瞧傷口，見沒什麼血滲出來，才放心地睡去。

第二日，沈葭醒來時依然不見侯遠山的身影。她心裡知道他又一大早就回去忙活，便從床上爬起來。

她看了看昨日受傷的手指，指尖還有些瘀青發腫，好在沒那麼痛了。

想到因為手傷會導致這幾日幹活都不方便，她便有些懊惱。現在這樣子，恐怕想做個飯都難，都是她愛胡思亂想，反倒給遠山哥添亂。

她突然想到，昨晚因為自己受傷，那洗衣盆還扔在溪邊呢。

她整理好衣衫，去了溪邊，打算將盆子取回來。此時天色尚早，溪邊沒有人，沈葭到時，欣喜地發現遠山哥的衣服沒有沖遠，而是被溪邊的小枯枝勾住了。

沈葭將衣服拿起來檢查是否有破損，待看到衣服左肩的一片陰影時，她頓時露出疑惑的神情。

這件衣服色淺，因此那塊污跡顯得格外醒目。

她下意識捂住嘴，不敢置信地盯著那處陰影，雙唇不聽使喚地顫抖著，喃喃道：「……血……」

沈葭的腦袋有些發熱，尋思著血跡是何時沾染上去的，是前些日子打獵時穿過嗎？穿過以後沒有洗嗎？這上面是動物血……還是……人血？

可仔細一想，又覺得不太可能，他這件衣服顏色淺，若血跡早就沾染上去，她不可能一直沒發現。

望著手裡的衣服，她腦袋飛快地轉著，然後想起這幾日遠山哥的異狀。

前日晚上，遠山哥一進屋便背對著她睡覺，後來見她睡著，又換到裡側抱住她，都是保持右臂在下的姿態。這些事雖然她迷迷糊糊中記不太清，但應該是這樣沒錯。

還有昨晚枕在他左臂上時，分明聽到他隱忍的聲音，若非看他神色鎮定如常，說話聲音也沒什麼不對，她當時便會多想了。

怪不得他非要讓她一個人去月季家睡覺，怪不得他一連兩個晚上都對她規規矩矩，怪不得……他堅持要晚上洗衣服……

原來，他做的一切都是為了瞞著她！

沈葭頓時心亂如麻，顧不得溪邊的衣物，急急忙忙往家裡跑，一股強烈的不安在胸口竄動，讓她怎麼也無法平靜下來。

究竟是多大的傷，他才會這樣隱瞞自己？既然受傷，為什麼還要選擇在這時修葺房子？又為什麼不告訴她？

一想到自己這兩日肯定無意碰到他的傷口很多次，他卻強忍著疼痛，面不改色地對待她，她就恨不能給自己兩個耳光。

她真是太不小心了！

月季明明要她細心一些的，連月季都能發現遠山哥和平日不一樣，自己怎麼就沒放在心上呢？

她愈想愈慌，步子也不斷加快。

回到家時，侯遠山正和幾個人在屋頂上修著破碎的青瓦。

「遠山哥！」她站在門口喚一聲，話語中不自覺地帶著急切與擔憂。

侯遠山見她面露驚慌，頓時有些擔心，急忙順著梯子爬下來，大步走到她跟前。又見她滿頭大汗，本想抬手幫她擦汗，但想到自己手髒，伸到一半又頓住，默默收了回來。「怎麼了，好端端的怎麼眼眶這麼紅？」

沈葭看了看幹活的那些人，突然拉了他的右臂道：「你跟我出來一下，我有話要跟你說。」說完，她便拉著侯遠山往外走。

到了屋後一塊僻靜的地方，確定此處不會有人來，她才停下腳步。

「到底怎麼了？」侯遠山見她如此，越發擔心了。

沈葭沒回答，只指了指他左肩道：「你把衣服脫了，我要看看這裡。」

侯遠山身子一僵，整個人站在那裡沒有動。

若說方才只是有些懷疑，現在看到他這反應，便已經有了十分的確定。

他受傷了，他果然受傷了！

見他不動，沈葭索性自己動手去脫。她不明白，到底是什麼樣的傷值得他這麼做，她都已經知道了，還有什麼可瞞的？

侯遠山被她纏得有些無奈，顧不得手上的泥土，抓住她正撕扯自己衣服的手，認真道：「小葭，我真的沒事，晚些我再告訴妳好不好？」

沈葭卻不放棄。「既然沒事，為什麼不能讓我看一看？你昨日換下來的衣服上有血跡，現在還跟我說沒事？」沈葭急得都要哭了，又傷心又難受，傷心的是他竟然受了傷，難受的是他還瞞著她。

侯遠山被她眼裡的那點淚光狠狠抽了一下，只能默默任由她褪去左肩的衣物。

看到他袒露的左肩，沈葭瞳孔放大，原本只是在眼眶打轉的淚珠再也控制不住，一顆又一顆地落下來。

都這樣了，他還敢跟自己說沒事！

被白色布條包裹住的地方此時已被鮮血染紅，而那處傷口，好似仍有血在往外冒，讓人看了雙腿發軟、觸目驚心。

「小葭，不疼的，真的不疼，妳……」侯遠山一時有些無措，竟不知該如何安慰。

沈葭卻有了火氣，道：「都這樣了還說不疼，你的身子莫非是鐵打的？我昨晚不過輕輕砸到手指你都擔心成那樣，為什麼對自己就這樣殘忍？受了這麼重的傷，你為了瞞我竟然在這裡幹活，你知不知道一直流血會是什麼後果？」

他們在一起這麼久，這還是沈葭第一次對他發火，不顧形象地對他大吼。

她真的是氣極了，他怎麼可以為了不讓她知道就做出這麼幼稚的事？他難道不知道，如果瞞不住，她知道了只會更心疼、更難過嗎？

「不會一直流血的，早上劉勇幫我換藥時還好好的，應是剛剛幹活時不小心傷口迸裂，妳別擔心，我……我這就去重新包紮。」

侯遠山說著要走，沈葭卻不同意。「你去把藥拿來，我要看你的傷口。」

「在這裡？」

「去月季家吧。」沈葭想了想。

侯遠山無奈道：「好。」

第二十四章 來春落第

兩人回到目前住的屋子，沈葭才小心翼翼地去解他身上的布條，汗水混合血腥的味道讓她的手不自覺地顫抖著，布條解了許久才取下來。

看到那血肉模糊的傷口時，沈葭胃裡一陣翻騰，雙手也止不住地發軟。她不知道那究竟是被什麼所傷，只知道傷口好深，血肉都外翻了，只看著便覺得自己渾身都在疼。

這麼深的傷口，他怎麼可以像沒事一樣地面對她？他難道不知道什麼是痛嗎？

感受到有眼淚滴在自己頸間，侯遠山身子僵了一下，輕輕安慰道：「以前在外面經常受傷，已經習慣了，並不覺得多疼。」

原本只是想要安慰她，卻弄得沈葭臉色更加蒼白，想到他身上那些大大小小的傷痕，她止不住雙唇顫抖地問：「你以前……就經常受這麼嚴重的傷嗎？」

侯遠山感到一陣懊惱，心知自己說錯了話，忙解釋道：「不，那些傷都不嚴重。何況也都過去了，誰還記得那時痛不痛呢？」

沈葭吸了吸鼻子，也不說話，只默默幫他上藥，又拿了乾淨的布條，小心翼翼地幫他包紮傷口。

「你這傷到底是怎麼來的？莫非……是你師父找上門來了？」想到這個可能性，沈葭莫名心上一跳，感到一陣恐慌。

侯遠山將遇刺的事情簡單說了一遍，又道：「在師父眼中，我已是個死人，他又忙著參與皇子奪嫡一事，怕是沒工夫想到我，又哪會尋人來刺殺我？」

沈葭想了想，道：「這時朝堂應正鬥得激烈吧，不曉得楚王府會不會受到牽連？」

沈葭也不知為什麼會想到自己生長的那個地方，沒有為他們可能受到牽連而擔心，也沒有幸災樂禍地期待他們出事，只是站在旁觀者的角度，突然想知道自己那個看似草包的父王和狠辣善妒的嫡母會是怎麼樣的下場。

侯遠山雖不願主動打探朝中之事，但從劉勇口中也略知一二。

「楚王府一直沒什麼動靜，想來不會捲入這場風波，依妳父王的性情，將來無論誰坐上王位，應當都不會太受關注。如此看來，生在王室，平庸未必不是一件好事。」

侯遠山說完，見沈葭陷入沈思，便伸手撫了撫她的髮絲，道：「還恨他嗎？」

沈葭臉色微變，眸中神色複雜。

還恨嗎？總還是有怨的吧？她對楚王府的每一個人，都懷有怨念。

雖然楚王妃是嫡妻正室，可以高高在上地將她的娘親踩在腳下，可娘到底有什麼錯呢？當初她被楚王妃推向楚王的床榻時，不過是個別無選擇的苦命女子罷了。

她只是楚王妃維護自己地位的一枚棋子，哪有反抗的能力？

若娘當初沒有錯跟楚王妃這個主子，而是尋個普普通通的人嫁了，興許可以過得很好。

在楚王府的那些歲月，她不願再想，只輕輕搖搖頭道：「不過是路人罷了，沒什麼恨不恨，只盼今生今世，再無相見之時。」他們繼續王室的富貴路，而她，只想要現在這樣安然自在的幸福。

以前的事不願再提，沈葭轉頭看向侯遠山剛包紮好的傷處道：「傷口這麼深，你不許再去幹活！」她的語氣中帶著命令，畢竟好不容易包紮好，可不希望一會兒工夫又變成方才那個慘狀。

侯遠山伸手將她扯進懷裡。「劉勇帶的人多，想來今日就能一切妥當，我再忍忍就是了，否則就這麼晾在那兒不管怎麼行？」

「那也不許你再去幹活！」沈葭依然堅持。

侯遠山無奈，輕輕捏著她的手道：「我會聽妳的話，不做什麼賣力的活兒牽動傷口，妳覺得可好？但人家都在忙著，我們躲在屋裡也不成樣子，妳若不放心，隔段時間去幫我換藥不就成了。」

沈葭知道他說得有理，可想到他受這樣的傷還去幹活，就心裡難受，她想了想道：「那我無論什麼時候找你包紮傷口，你都不能反對。」

難得見她退讓，侯遠山也不再堅持，寵溺地點點她小巧的鼻尖道：「好，都聽妳的。」

他說著，低頭噙住她的唇，貪婪地品味起來。

沈葭本想推拒，卻又害怕不小心扯動他的傷口，便只能乖乖受著，沒多久便感覺下面有東西抵上了臀，他的手也開始不規矩地探進她的衣襟裡四處游移。

「遠山哥，你的傷……唔……」見他那架勢似要將她吞進肚裡一般，沈葭也顧不得他的傷，用力將他推開，臉色通紅道：「你身上有傷，怎還如此不安分？待會兒若是怎麼了，我還要重新幫你包紮。」

侯遠山也知道自己有些過頭，而且還是在高耀家裡，只好忍住沒再繼續，但某處實在脹得厲害，他忍不住喘了口粗氣，拉著沈葭的手覆上去。「我難受，妳幫我……」

沈葭面頰紅得滴血，瞧了瞧外面亮堂堂的天色，為難道：「遠山哥，我、我們晚上再說吧。」

侯遠山附在她耳畔說：「也好，我肩上有傷不能亂動，怕是只能躺在下面，所以今晚就要煩勞娘子辛苦些了。晚飯的時候，娘子記得多吃一些，否則怕妳力氣不夠。」

沈葭：「……」

她覺得自己嫁的，肯定是個假正經的漢子！

因為人多的緣故，黃昏時分，侯遠山的房子便修葺完成了。當日晚飯，沈葭做得格外豐盛，待眾人離開時又給了每人紅封當作謝禮。

經過這次的修葺，兩人的家頓時變了個模樣，嶄新得如同新居一般，讓人瞧著就覺得賞心悅目。

但因為才剛完工，裡面還不適合住人，所以沈葭和侯遠山兩人還是要暫時住在高耀家。

隔日，沈葭正在月季屋裡陪高興玩，高耀到縣城賣完肉回來，一進門就道：「我方才在村口聽人說來春落榜了，可是真的？」

沈葭面色微詫道：「來春哥落榜？你聽誰說的？」

「村口的李大娘、張嬸子她們都在討論啊，說是來春的信寄到里正家裡，這會兒全村的人都知道了，我以為妳們也知道了呢。」

沈葭今日還沒出過門，聽了這消息頓時有些擔心，便將高興遞給月季道：「我去乾娘家瞧瞧。」

月季應了聲。「快去吧，多寬慰寬慰他們，來春還年輕，一次落榜沒什麼，何況他已是舉人，多少也能享有朝廷的俸祿。」

從外面回來的侯遠山見沈葭急匆匆地出門，忙拉住她道：「要去乾娘家嗎？我陪妳吧。」

沈葭點點頭說：「來春哥是全家人的指望，之前順風順水地成了舉人，沒想到卻在會試上栽了跟頭，乾娘和婉容她們只怕個個心裡不好受。」

兩人到了袁家時，袁二牛坐在堂屋門前的圈椅上吸著自己捲的煙葉子，袁來生則坐在青石階上，整張臉埋進腿間，看上去很發愁的樣子。

「來生哥。」沈葭喚了一聲。

袁來生聞聲抬起頭來，看到沈葭和侯遠山便勉強笑了笑，道：「你們倆怎麼來了，是聽到外面的風聲了吧？沒事的，來春還年輕，這次不中，三年後可以再考嘛。」

袁來生明明心情不好，還反過來安慰他們，沈葭頓時有些不忍。

「乾娘和婉容呢？」

來生看了看婉容屋子的方向道：「剛剛阿瑋和阿琦一直哭，大家都在屋裡哄呢，婉容的妹妹婉清也在，妳也進去吧。」

沈葭應聲去婉容的房裡，侯遠山依舊站在原地，他在袁來生的肩膀上拍了拍，安慰道：「沒什麼可愁的，日子還是要過。」

「我知道。」袁來生笑了笑，往旁邊挪了挪。「遠山哥坐吧。」

「來春有啥打算？」侯遠山坐下來問。

「說是再等三年，在京城不回來了，省得來回路上奔波。」

侯遠山點頭道：「也是，一次來回也要大半年，現在省下時間專心在京城唸書也好。」

來生抹了把臉，發愁道：「好是好，可京城的開銷大，一待就是三年，我怕供不起他啊。雖說朝廷有給俸祿，但他應酬多，哪裡夠用？」

侯遠山沈思一會兒，問道：「來春怎麼說？」

「他說要我們別管他，他會自己找份活兒做，夠自己吃喝就成。可這樣會耽擱功課，又怎麼行呢？」

侯遠山勸道：「他已經不是小孩了，你也別把所有事都扛在自己肩上，或許讓他養活自己也是一種鍛鍊。他已是有妻有子的人，難不成仕途這條路走不順，便讓你供養一輩子？」

來生笑了笑，道：「遠山哥說得也是，興許是我太慣著他了。既然他願意養活自己，吃些苦頭也好。」

侯遠山伸手覆在他的肩上道：「小葭算是你們家嫁出去的女兒，咱們兩家不分彼此，不管有什麼事，一起面對總會好些。」

袁來生聽了十分感動，認真地對侯遠山道：「遠山哥，謝謝你。」

沈葭進了屋裡，婉容在炕上餵袁琦吃奶，她的妹妹婉清在旁邊陪她說話，袁林氏則抱著袁瑋和葉子在一旁的炕桌邊坐著，幾個人臉上都沒什麼笑意。

袁林氏瞧見沈葭，喚了一聲：「小葭來了。」

沈葭過去在袁林氏前面坐下來道：「家裡出了那麼大的事，乾娘怎麼也不告訴我一聲，倒讓我從別人那裡知道。」

袁林氏嘆息一聲。「你們這兩日修房子那麼忙，我怎好再給妳添亂。再說了，這種事你們就是知道了，也是沒法子啊。」

她說罷，又低頭看了看懷裡的阿瑋。「這下還得再等三年，倒是苦了婉容。」

坐在炕上的婉容神色微變，聽袁林氏如此說，一時間也沒回話。

她昨晚又作夢了，夢到來春寄信回來，是一封休書，後來半夜驚醒，便再也睡不著。誰知一大早，里正那裡收到信，請高浣幫忙唸了內容才知道是落榜，要等三年後再考，這期間便不回來了。

昨晚的夢她一直憋著沒敢說，省得婆婆總以為她把來春往壞處想，何況她自己也覺得來春不會是那樣的人，他們才成親沒多久，他一直對她很好，不該是那等喜新厭舊之人。

今早的消息，讓婆婆和大哥愁上了天，她卻鬆了一口氣。如果只是沒考上，也不過再等三年，起碼還有個期盼，至少讓她知道他不會棄了他們母子三人。

她望著懷裡的女兒笑了笑，緩緩開口。「沒什麼苦不苦的，只要能回來，等多久都好。」只要他能回來，只要他不會棄了她，她什麼苦都不怕。

婉清拍了拍姊姊的手背道：「姊姊寬心，下次姊夫必定會高中個狀元回來的。」

屋裡的氣氛有些悶悶的，沈葭也寬慰道：「婉清說得對，來春哥還年輕，不必那麼著急。古往今來，三、四十歲才中舉的人不在少數，來春哥已經算是厲害的。」

沈葭知道，乾娘她們心裡發愁，最大的原因莫過於期望太大。村人不時說來春將來會高中狀元回來，聽多了，表面上看不出來，但心裡難免會感到飄飄然。現在一朝落第，面子和心裡都有些不太能承受。

但現實是殘酷的，莫說狀元了，就是貢士也是多少人擠破了頭還考不上呢。

其實沈葭倒覺得，來春哥今年沒有考上未必是件壞事。現今朝堂混亂，儲君之位又一直未敲定，誰知最終坐上帝王寶座的會是哪個。此時朝中盛行結黨營私，若是不小心站錯了隊，莫說來春哥，整個袁家恐怕都不會有好下場。

沈葭本想拿這些話安慰她們幾句，可又怕她們不懂，反倒覺得自己是在慶幸什麼，於是也不便多說，只道：「不過三年而已，三年很快會過去的。」

「三年，三年咱們阿琦和阿瑋都已經會跑著叫爹爹了。」袁林氏說著，彷彿已經看到三年後孫兒孫女們可愛的樣子，不由得又傷感起來。

大夥兒在屋裡聊了一陣，袁林氏便要沈葭和婉清別走，在這裡吃完飯再回去。

袁林氏將已經睡著的孫兒放回炕上，準備去做飯，沈葭便也跟著去灶房幫忙。

灶房裡，沈葭一邊幫袁林氏和麵，一邊道：「總覺得二嫂情緒怪怪的，有些不太對勁，她嘴上說不介意，只怕心裡還是盼望來春哥能夠回來看看的。」

畢竟拚死拚活才生下這兩個孩子，哪個女人不希望自己心愛的男人能多看幾眼呢？沈葭雖沒生過孩子，可同為女人，這種感覺還是懂的。

袁林氏切菜的動作停頓一下，隨即道：「這也是沒法子的事，來春選擇不回來倒也符合他的脾氣，他心高氣傲，如今村裡風言風語的，他肯定覺得丟人。」

知子莫若母，袁林氏的分析的確有幾分道理，只是為了自己的面子不回來看上妻子兒女一眼，未免也說不過去。天底下，但凡是個疼妻的人，都不會做這樣的糊塗事。

至於路上奔波耗費時間這事，他若有心，在京城找份差事做上些時日，也夠雇輛馬車的錢了。

這個只聽過名字的乾二哥，沈葭雖還沒見過面，但已因為他的這些做法，對他沒有什麼好感了。

他若真是那等極好面子的人，可別將來富貴了，覺得自己家人低賤，便做出那等拋妻棄子之事。

倒也不是沈葭要把他想得多壞，只是這樣的事她在現代看電視、小說實在是見得多了，再加上婉容說夢到他娶別人的事，兩者一聯想，難免會有些猜疑。

不過，他若當真沒有考中，想來京城那些貴人也未必瞧得上吧？

第二十五章　麥場糾紛

轉眼到了農忙時節，沈葭和侯遠山家裡沒田，便去袁林氏那兒出一分力。沈葭不擅農活，加上侯遠山也壓根兒捨不得她做，於是便讓她一邊伺候婉容坐月子，照顧袁琦和袁瑋，一邊為大夥兒做飯，而其他人，包括七歲的來喜，都被趕到田裡去割麥子了。

袁琦和袁瑋已經快足月，模樣也是一天天越發漂亮，一雙眼睛像兩顆剛被雨水洗過的黑葡萄，圓溜溜、亮晶晶的，讓人望上去就不捨得移開眼。

現在姊弟倆皮膚水嫩飽滿，和剛生下來時皺巴巴的模樣不同，沈葭每每抱著他們都忍不住想要摸摸他們的臉頰，又擔心自己的指尖會刮傷他們嬌嫩的皮膚，因而總是小心翼翼的。

侯遠山用榆木幫他們一人做了一張小搖床，兩人在床上待膩了，便將他們放進搖床裡，沈葭坐在兩張搖床間的木墩上輕輕搖著，嘴裡哼些曲子。

每當這個時候，兩個孩子總是睜大眼睛吸著手指，很好奇地盯著屋頂瞧，眼睛許久許久才會眨上一下，好似對外界的一切事物都看不膩。

沈葭忍不住又伸出食指戳戳他們的臉蛋，心裡突然想，什麼時候她和遠山哥也能生出這麼漂亮可愛的孩子，那他們家肯定會熱鬧許多。

「他倆倒是乖巧，平時很少聽見哭聲，想必將來長大性子也會很好。」沈葭將小指塞進袁琦的小拳頭裡，笑盈盈地道。

婉容望著孩子，臉上洋溢著滿足的表情。「他們姊弟倆的確讓人省心，娘說這兩個孩子像他爹，小時候安安分分的，將來長大了還聰明。」

提起來春，婉容的神色忽然黯淡下來。「天愈來愈熱了，他臨走時想說夏天就會回來，就沒幫他準備夏衣，現在天熱，也不知他會不會捨不得花錢，穿得不像個樣子。」

見她又想起來春，沈葭走過去坐在床邊握著她的手道：「讀書人都講究，他自然會給自己穿得體面些，別擔心了，沒準兒他信上說不回來，但轉念想到妳給他生了孩子，就突然想回來瞧瞧呢？凡事總該往好處想。」

婉容鼻子一酸，輕輕點頭道：「我知道，都知道。」

兩人聊了會兒，沈葭便去灶房做飯。做好後先為婉容和袁二牛各盛了一碗，然後便將飯菜放進食盒到田裡送飯。

到了田邊，來喜正在一棵桐樹下靠著樹幹睡覺，他力氣小，沒一會兒便會被來生趕到邊上休息，畢竟年紀還小，累壞了長個子都困難。

沈葭看到他便走上前問道：「來喜餓了嗎？看小葭姊給你帶什麼好吃的了。」

來喜聽到聲音動了動鼻子，原本有氣無力的樣子，一聞到香味立刻有精神了。「我知道，裡面有肉！」他開心地拍手道。

沈葭笑著眯了眯眼睛，蹲下來將食盒裡的飯菜和窩窩頭取出來。「來喜真聰明，有燒茄子，還有一隻燉野雞，待會兒可要多吃些。」

來喜重重點頭道：「嗯，我要多吃些，才能割好多好多麥子。」

沈葭笑著摸摸他的頭問：「來喜累嗎？」

「不累，我都還沒做什麼，大哥和遠山哥就趕我來休息，他們說我太小，可是我很有力氣的。」他說著握緊拳頭，對沈葭伸伸小胳膊。

來喜很懂事，沈葭也很欣慰，笑著點頭道：「是是是，我們來喜最厲害了，等過兩年肯定把你大哥和遠山哥都比下去。」

「哎呀，小葭姊做了什麼好東西，大老遠就聞到香味，我肚子都叫個不停了。」看到沈葭的葉子和其他人也陸續走過來。

沈葭笑道：「大家都餓壞了吧，快過來吃飯。」說著，又拿了水袋走到侯遠山面前道：「遠山哥喝口水吧。」

侯遠山寵溺地看她一眼，接過水袋喝了幾口，又遞給她。

沈葭又拿了帕子幫他擦汗，關心道：「累壞了吧？」

因為兩人離得近，沈葭的聲音又小，故只有他們兩人聽得到。侯遠山衝她笑了笑，用更低的聲音道：「不累，妳若不信，我晚上證明給妳看。」

乾娘和來生哥就在不遠處，沈葭面色紅了紅，卻沒敢發作。

侯遠山倒是一副若無其事的樣子，對沈葭道：「妳也還沒吃吧，坐下來一起吃。」

葉子見他倆親暱的樣子，坐下來用筷子挾了塊燒茄子放進嘴裡，隨即驚訝地提高音量道：「小葭姊，妳做飯時該不會把糖當成鹽了吧？」

沈葭愣了一下道：「沒有吧，我記得放的是鹽啊，再說了，我怎麼不記得你們灶房裡有糖？」

葉子依舊一本正經道：「可明明就很甜啊，不信……妳讓遠山哥也嚐嚐，他吃起來肯定覺得更甜，我吃著都已經夠膩的了。」

說到這裡，她忍不住摀嘴笑起來。

沈葭這才知道是被這小丫頭戲弄了，頓時哭笑不得，上前與她拉扯在一起，拚命撓她癢癢，直撓得葉子笑出淚花來，連連求饒，方肯罷休。

割完麥子，就要碾麥子了。

麥場的地方有限，村裡的牛更是沒幾頭，因此這也是村裡一年到頭少數需要大夥兒排隊等候的農活。

雖說前段日子比較乾旱，但今年的收成整體來說還算不錯，家家戶戶臉上都掛著滿足的表情，眾人在麥場等候時說說笑笑的，談論著今年誰家田裡的產量最高，總共澆了多少次水、施了多少次肥。

然而，這村裡要說哪家最高興，自然還是要數袁家。

袁家的地其實不多，產量也只是普通，但按照朝廷的規定，凡是家裡有中舉的人，便可免繳賦稅，因此這些收成便全數是自己的。對此，村裡倒是不乏羨慕嫉妒的人，可再嫉妒也沒有法子，人家來春唸書的本事到底不是誰都學得來的。

一般人家羨慕袁家省了賦稅，唯獨高家對此不放在眼裡，不過免繳個賦稅罷了，他們高家地多，又有別的營生，根本不在乎交那點稅銀。

自從袁來春落榜的消息傳來，高家對袁家突然不那麼熱絡了，排隊也沒給袁家什麼特殊待遇。

高老爺原本不贊成妻子的做法，畢竟來生和女兒並未退親，這樣明顯地排擠人，袁家面子不好過，他們高家也好不到哪兒去。無奈高李氏不肯聽勸，爭吵過幾次後也只能睜一隻眼閉一隻眼了。

袁家人心裡也都感受到高李氏態度的轉變，雖難免有怨言，但人家是里正，想怎麼安排又哪有他們說理的分兒？這種事情沒人幫，他們也就只能受著，說穿了也就是和以前一樣罷了，每次碾麥子都排到最後幾個，這麼多年來已經習慣，哪有差這一次呢？

好在高家不幫忙，還是有其他人刻意討好，願意排到袁家後面去，如此一來倒也不用等太多時日。

其實這世間的人情冷暖，無非也就是如此了。

這日，沈葭和侯遠山剛在屋裡吃早飯，便聽到隔壁一陣熱鬧，似是袁林氏和袁來生二人在說著什麼，細聽之下才明白了大概。

原來是袁王氏和葉子在麥場裡吵起來了。

村人碾麥子大多是租高耀隔壁崔家的牛，崔家大娘崔王氏與袁王氏是親姊妹。原本今日一大早麥場空出來，輪到袁林氏碾麥子，誰知昨晚袁王氏突然說通了崔家，把牛先借給她。明明還有三日才輪到袁王氏家，現在她這麼早借牛，意思是再明顯不過了，就是要袁林氏和她換換位置，讓他們家先碾麥子。

袁林氏家也是日日盼夜夜盼，好不容易才輪到的，這會兒沒頭沒腦地就要他們再等三日，葉子本就是個拗脾氣，哪裡肯答應，立刻就和袁王氏在麥場吵起來。

葉子不肯往後挪，袁王氏又占著崔家的牛不給用，一時間僵持在那裡，弄得大家都碾不得麥子。後面排隊等候的人一直勸著，但兩人一吵起來誰也不聽勸，也不肯各退一步，弄了半天還僵在那兒。

袁來生聽袁林氏說了事情的經過，頓時火氣上來。「這大伯娘未免欺人太甚，明明還沒輪到她，倒先把牛給占了，我去找她說說！」

袁來生說著就要出門，不料卻被袁林氏拉住。「你別去，那個人難惹得很，你若去了，到時她到處嚷嚷著你欺負她，你反而不好收拾。」

「那也不能就這麼任由她鬧啊，大夥兒可都割好了麥子等著呢，總不能就看她一個人在那兒瞎耗吧？且夏日天氣最是難測，沒準兒哪天下場暴雨，咱們大夥兒就都玩完了。大不了……大不了再去別處找頭牛來。」

袁林氏嘆息一聲。「若能找到何至於如此？咱們村裡有牛的也就三家，高里正家的借給了外村，高耀家的不巧生了病，就只剩崔家這一頭了，咱們還能怎麼辦啊？你忘了前年你逞能，非要一個人去拉那石滾，最後累得在炕上差點起不來？」

這麼一說，兩人越發犯愁，就在這時，沈葭和侯遠山走了過來。

「乾娘，你們剛剛說的事我們倆都聽到了，先別著急，總會有辦法的。」沈葭走上前，攙著袁林氏的胳膊安慰著。

袁林氏急得眼眶紅紅的。「莫非咱們家就只能是被人欺負的命嗎？前些日子來春中舉，村人一個個都來巴結，現在不過一次沒考好，就讓他們這樣欺負。」

「乾娘別這麼說，街坊鄰里之間到底還是好心人多些，也只有那王大娘存心找我們碴罷了。她這人就是蠻橫不講理，又見不得咱家好，妳又不是不知道，也是這些年我們兩家不對頭，才讓她有機會就使勁欺負我們，老想踩上幾腳來耍威風，妳何必跟這種人置氣，弄不好還傷了自己身子。鄉親們的眼睛是雪亮的，她這種人早晚會遭報應，咱們犯不著跟小人一般見識。」

袁林氏拍拍乾女兒的手，心裡總算寬慰了些，但想到眼下這個難題，仍是覺得一陣憂慮。

侯遠山道：「我們一起去麥場看看吧，乾娘別急，總會有法子的。」

「是啊，娘，先別急，我們去看看再說。」袁來生也冷靜了些。遠山哥說得對，還是要親眼看看情況，然後再想辦法。

一行人到了麥場，裡頭仍是熱鬧得很。

撥開層層人群走進去，便見袁王氏牽著頭大黃牛，一副趾高氣揚的得意樣子，葉子則是氣得滿臉通紅，恨不得上前揍她一頓似的。鄉親們你一句我一句地勸著，但袁王氏是一句也聽不進去。

「來旺他娘，妳就趕快把牛還給來生他們家用吧，妳不急，咱們大夥兒可還排隊等著呢。就這麼乾耗著，等到明年咱們的麥子也碾不出來啊，家裡馬上就要斷糧了，妳叫我們這些人吃什麼啊？」

袁王氏卻一副無所謂的樣子道：「這牛本就是我小妹家的，如今她賃給了我，怎麼支配自然是我的事。你們若真的著急，就勸勸葉子，把麥場先讓給我們家不就得了？我們袁家本是同祖同根，來生家就能排得這麼前面，我們家卻每次都排最後，這也不公平嘛！」

「這有啥不公平啊？咱們是照住的位置從村口北面開始往南排，你們家靠南，不就得最後嗎？至於來生家，來春中了舉，給咱們村裡爭光，大夥兒願意把自己家打麥子的時間往後挪，讓他們家靠前些，這哪有什麼不公平的？」

這個人說完，另一個人跟著附和道：「就是，妳若覺得不公，是不是也要去皇宮跟聖上講講道理，問問聖上憑什麼不讓來生家繳賦稅？人家來春有出息，自然有些東西是應得的，妳瞧瞧你們家來旺……」

「我們來旺怎麼了，我們家來旺怎麼了，你這人怎麼這樣說話呢？我兒子是偷你家還是搶你家了？殺人還是犯法了？」提起自己兒子，袁王氏頓時像瘋狗一般，開始胡亂咬人。

大夥兒一陣無奈，這都是些什麼事啊！

袁王氏罵罵咧咧個沒完，葉子懶得理她，剛一轉頭便看到走過來的袁來生和侯遠山，她驚喜地跑過去喊道：「大哥、遠山哥，你們可來了，大伯娘占著牛和麥場不讓我們用，該怎麼辦啊？」

袁王氏在侯遠山身上吃過虧，所謂「一朝被蛇咬，十年怕草繩」，現在看到侯遠山，兩條腿仍止不住地打顫，但面上卻表現得極為強硬。

「你……你們別以為人多就能欺負我這老婆子，這牛是我在輪到你們家之前就租了的，所以你們怎麼樣我都不怕，大不了告到縣太爺那裡去，讓他評評理，我花錢租的牛怎麼不能帶走了？」

侯遠山上前一步，神色淡漠，深沈的目光直看得袁王氏心底發寒，卻仍強撐著不讓自己退縮下來。

第二十六章 人力碾麥

「既然這牛是妳先租的，當然可以帶走，可還未輪到你們家，妳就先霸占麥場，這便是妳的不是，這裡這麼多鄉親看著呢，都可作證。」

侯遠山此話一出，大家也都跟著附和。「對，我們都可以作證，咱們這就去請里正大人來評評理。」

被這麼一說，袁王氏頓時有些心虛，不由得吞了吞口水，要強地挺起胸膛道：「誰說我霸占麥場了，我是來牽牛的，是葉子這妮子不讓我走，我這才僵持著，現在我走行了吧？」

袁王氏說著，果真牽著牛離開了。她心裡暗自得意地想：「我倒是要看看，沒了這黃牛，袁林氏家要怎麼碾麥子。」

她一心想看袁林氏一家出糗，因此並未走遠，只牽了牛站在一處，等著看他們的笑話。

侯遠山望了望一旁堆積成垛的麥子，轉頭看向葉子問道：「這些都是妳家的嗎？」

葉子點頭道：「所有的麥子全在這兒了。」

侯遠山看了看，袁家地不多，因此收成也沒多少，總共不過那一垛麥子，他想了想道：「這會兒大家都忙著呢，但凡哪家有牛有驢的想必都用上了，既然現下沒別的法子，咱們就自己拉吧。」

「這……這不好吧？」葉子大感詫異，回頭看了看麥場上的石滾，那麼重的大石頭用人力去拉，即使她家麥子不多，但也不算少，這弄不好可是會生病的，她大哥之前就是因為這麼做差點把身體都搞壞了。

在一旁站著的袁林氏和沈葭也有些擔心，袁林氏道：「那怎麼成？人的力氣再大也比不得牛啊，不能這麼胡來。」

沈葭雖未說話，心也不由得揪緊，先不說別的，遠山哥身上原本就有傷，雖說已經結痂，可她還是害怕傷口又裂開，到時可就麻煩了。

侯遠山卻道：「無礙，我和來生先試試，實在撐不住再想其他辦法，畢竟目前也是無計可施了。」

侯遠山話雖這麼說，事實上卻不覺得此事有多困難，頂多就是累些，但也不至於累出內傷生病，畢竟他習武多年，自有一身內力護體。

袁林氏和沈葭本還有些猶豫，可這會兒大家都等著呢，他們也不能占著場地不行動，只好心一橫應了下來。

既然大家都同意了，侯遠山便讓沈葭和葉子將石滾上的繩子分別綁在他和來生的身上。

沈葭幫侯遠山打結時，仍有些擔心地道：「你的傷真的不要緊嗎？如果不行千萬別硬撐，總會有別的辦法的。」

侯遠山笑了笑，道：「娘子擔心我了？放心吧，我自有分寸，不會讓妳擔心的，妳相公力氣有多大妳不是最清楚的嗎？」

聽他意有所指，沈葭羞赧地瞪他一眼道：「那能一樣嗎？」一個人再壯，能抵得過一頭牛嗎？何況他肩上的傷尚未痊癒。

侯遠山看她眼神中透著擔憂，輕輕捏捏她的手道：「放心吧。」

沈葭無奈，只得退到一旁。

侯遠山的力氣果真驚人，和袁來生兩人拉著石滾碾壓麥子，速度竟比牛還快上一些，一旁看熱鬧的大夥兒不由得鼓掌喝彩，為二人助威打氣。

後來一些善心之人擔心他們累壞，竟主動上前幫忙或拉或推的，一時間麥場也熱鬧起來。

有了大家的幫忙，速度就更快了。侯遠山和袁來生輕鬆不少，袁林氏和沈葭這才鬆了口氣。

原本站在一旁等著看熱鬧的袁王氏臉都綠了，瞪著那群人氣得牙癢癢的。

葉子早就注意著她，見她罵罵咧咧地說了些什麼，頓時氣不過，直接走過去問道：「怎麼，大伯娘好像很不高興啊？」

袁王氏冷哼一聲，也不理她。

葉子又道：「我記得大伯娘家和崔大娘家並不對頭，妳們兩姊妹也不甚親近，想必這牛不是免費借來的，這租賃一天怕也不便宜吧？如今還沒輪到你們家，妳就先租了頭牛，嘖嘖，這下可真是虧大嘍！」

袁王氏臉上訕訕的，提起這事她就有氣，她和崔王氏怎麼說也是同父同母的親姊妹，不過是想用用她家的牛，那死婆子竟然還向她要錢，若不是想給袁林氏一家找點罪受，好出出這陣子被壓在頭上的那股惡氣，她才不願意跟崔家攪和呢。

卻沒料到，到頭來她不僅沒占到便宜，還被這一眾人看笑話。

袁王氏臉上掛不住，此時也不願搭理葉子，她恨恨地吐了口唾沫，牽著老黃牛轉身走了，嘴裡還叨叨地唸著：「有什麼了不起啊？不就出了個舉人嗎？連狀元都考不上，神氣什麼啊！」

葉子懶得與袁王氏計較，衩著腰對她的背影做了個鬼臉，不屑地扭頭走了。

人多力量大，天漸黑的時候，麥子已經碾好。袁林氏感動地向大家千恩萬謝，還說要請大夥兒去家裡吃飯，鄉親們知道她家不容易，都婉言謝絕了。

當晚，袁林氏和沈葭難得做了一桌菜說要給侯遠山和來生好好補身子。想到擔心了幾日的農活總算收尾，大家心裡都透著高興。

吃完晚飯，因為擔心侯遠山累壞，袁林氏便要沈葭陪他回家去歇著。

沈葭一直掛心他肩上的傷，一到家便迫不及待地扒開他的衣服猛瞧，見沒什麼大問題，才稍稍鬆了口氣。

侯遠山見她這般模樣，忍不住打趣道：「我家娘子可真是越發主動了，這才剛回來便已經把持不住，嗯？」

沈葭被他調侃得有些臉紅，不依地朝他胸口捶打幾下。「你這張嘴，真是愈來愈不老實了。」

侯遠山笑著捉住她的小拳頭，放在嘴邊親了親道：「但人還是很老實的。」

沈葭「噗哧」一聲笑出來，將手從他掌中抽離，繼續道：「好了，知道你累了，方才我已在灶房燒了水，去洗一洗吧，雖說天熱，但溫水終究比涼水解乏，今天就別去溪邊洗了。」

「全聽娘子的。」侯遠山目光柔柔地看著她，直盯得沈葭有些不好意思地別開臉去。

在雜貨屋的小隔間中，侯遠山正在浴桶裡洗澡，沈葭站在後面幫他搓背。想到今天的事她忍不住嘆道：「乾娘家的麥子解決了，不知王大娘心裡是什麼滋味。這種人，凡事都要攪和著耍無賴，也夠煩人的。」

侯遠山笑了笑，道：「她這種人目光短淺，只看當下，在村裡一直都是這副德行，眾人厭惡歸厭惡，倒也不會過於在意。今日這事若真要說起來，還是高家的作為惹人爭議。麥場上出了這樣的事，高家身為里正，不可能沒人通知他來解決。」

沈葭想了想道：「這倒是，不管高家是什麼想法，來生哥和浣姊兒到底還沒退婚，今日這事他身為里正不出面的確說不過去。唉，也不知浣姊兒和來生哥還有沒有希望。」

「這種事，主要還是得看高家的意思。」侯遠山說著從浴桶裡站起身，接過沈葭手裡的乾帕子擦擦身子，隨手將放在一旁木墩上的乾淨衣服拿來披上。他見沈葭還在發愣，便上前握她的手道：「別多想了，這事不還沒成定局嗎？一切都還有轉機。」

沈葭回神，輕輕點點頭道：「你也累了，今天早些休息吧。」

翌日，沈葭醒來時侯遠山還睡著。她透過窗子看了看外面的天色，思索著也該起來做飯，便小心翼翼地將侯遠山搭在自己小腹上的手拿開，躡手躡腳地準備起身。

她才剛起身，正準備從他身上翻越過去，卻突然被他伸手一拉，整個人跌趴在他的身上。

她驚得正要大呼，卻又被他翻了個身緊緊壓住，嘴巴順勢覆上她的檀口。

沈葭本還有些睡意，被他這麼一翻騰，頓時一絲睡意也沒了，只能認命地被他噙住膩滑柔軟的粉嫩舌尖，拚了命地吮吸著，似要將她口中汁液盡數捲走一般。

好半晌他才鬆開她的唇，見她的唇瓣被自己吸得嫣紅飽滿，宛如在水裡浸潤過的紅色瑪瑙，晶瑩剔透，讓人看了極有食慾，他忍不住又俯身用舌尖吮吻幾下，目光溫柔似水地道：「小葭真好。」

沈葭聽得紅了臉頰，伸手推著他道：「你這會兒又不乏了？」

昨日許是累壞的緣故，他比往日更早睡著，她原以為這般操勞起碼要歇上幾日，誰知才一個晚上，他就像是吃了仙丹妙藥一般，精氣神十足。

侯遠山伸手拂了拂她的髮絲，又伸出舌尖去勾她的耳垂。沈葭癢得扭頭閃躲，胸前一陣高低起伏。

侯遠山不由笑了笑，道：「有小葭這般美貌佳人在側，我自然一直都是精神的。」

沈葭見他沒個正經，不悅地睇他一眼道：「好了，別鬧，我要起來做飯，你昨夜不還餓得肚子咕嚕叫嗎？這會兒倒是有力氣。」

侯遠山親親她的唇道：「遠山哥的力氣向來很大的，小葭想試試嗎？」

沈葭趕緊推他道：「今天不想。」

侯遠山昨日確實消耗不少體力，人縱使再厲害，到底還是比不得牲畜的蠻勁。他原也就是想逗逗她，沒想到她這嬌羞的模樣實在太可愛，使他不由笑了。

他突然翻身躺下，又拉沈葭倒在自己懷裡。「不想就在我懷裡多待一會兒，讓我抱抱妳就好。」

這次沈葭倒是沒推拒，反而主動往他懷裡縮了縮。

她喜歡被他抱著的感覺，暖暖的，很安心，也很幸福。

農忙時節已經過去，大家也有了喘息的空間，侯遠山休養好身子，開始三不五時和劉勇一起上山打獵。

這日，侯遠山處理了前日打到的一隻野羊，打算拿去鎮上賣，順便送一部分給木珂，她喜歡吃野羊肉。他看沈葭整日在家刺繡，擔心她傷了眼，便拉她隨自己一道出門，順便活動活動筋骨。

木珂家在縣城北面的柳葉巷裡，是個很幽靜的巷子，往東是熱鬧的繁華地帶，往南有一條流水潺潺的小河，故這巷子在縣城裡也算得上是個好地方。

住在柳葉巷的人家境都是相當不錯的，家家戶戶的建築也都極雅致。沈葭跟著侯遠山過來時心中甚是疑惑，木珂不就是衙門裡的捕快嗎，怎麼住得起這樣的房子？她正想向遠山哥詢問緣由時，木珂家已經到了。

侯遠山上前敲了敲緊閉的朱紅色木門，很快大門便從裡面打開。

木珂一如既往的一身紅衣，嬌俏中透著嫵媚，又帶了些俠女的英氣。她一見侯遠山和沈葭，烏黑的眸子頓時一亮，樂道：「師兄和嫂子怎麼過來了？哎喲，還帶來這麼多野羊肉，這下我可是有口福了，趕快進來吧。」

隨著木珂走進去，院子裡的景象更讓沈葭驚豔。滿院都是開得正盛的象牙紅，嬌豔似火、馨香繚繞、滿地殷紅，木珂一身紅衣站立其中，竟是說不出的相稱。

木珂接過侯遠山手裡的羊肉放進灶房，一邊對兩人道：「這裡就我一個人住，你們也別客氣，只管當自己家就好，去屋裡坐吧。」

侯遠山和沈葭去了屋裡，又是一陣驚訝，就連桌上、案上，凡是能擺放花瓶的地方全都插滿了象牙紅。

看著那滿屋子的嫣紅，沈葭目瞪口呆道：「木珂怎麼那麼喜歡象牙紅啊？」她一邊說，一邊走到案桌前，伸手摸了摸那紅色的葉子，又放在鼻間嗅了嗅。

侯遠山道：「以前聽她提起過，她在被師父帶入鐘樓之前還有個名字，便是象牙紅。這是她爹娘取的名字，也是她腦海中關於父母唯一的記憶，因此便愛上了這花。」

沈葭點點頭，沒再細問。會去鐘樓那種地方做殺手的人，身世自然都是坎坷多難的，尤其是女孩子，想必經歷更加多舛，問到過去難免涉及隱私，憶起一些不開心的過往，倒不如不去在意那些，只看當下，倒也活得灑脫自在。

「這花的確很美，紅色熱情如火、奔放自在，倒是與木珂相配。」

二人正說著話，木珂端了紅棗枸杞花茶走進來道：「你倆怎麼不坐啊，是不是被我這滿屋子的花給嚇著了？」

沈葭接過她遞來的茶水喝了一口道：「這花可真好看，遠山哥，等過幾天把花圃整理好，咱們也種點這個吧？」

木珂道：「你們想要當然好，反正我這院子裡多，你們想要多少就挖走吧，院子裡種點花花草草，瞧著也賞心悅目。」

三人說完這事，木珂又提議道：「師兄帶來那麼多羊肉，咱們今天吃烤羊肉吧，我好久沒吃到那味兒了。待會兒我叫薛攀去買些料粉，剛好我們院子裡的桂花樹下還埋了幾罈上好的女兒紅，咱們趁此機會好好聚一聚。」
她說完，侯遠山和沈葭都沒意見，便立刻著手準備起來。
沒多久，薛攀便從外面買了料粉回來，然後和木珂一起在院子裡忙著。沈葭瞧著，忍不住問：「木珂竟然使得動薛知縣的公子，想來兩人關係不錯。」
侯遠山道：「薛知縣欣賞木珂，如今縣城裡的人怕是都知道木珂已是薛知縣的準兒媳了。」
薛攀是個五官俊朗、身材健碩的男人，雖看上去有些紈袴公子的味道，但和木珂在一起說說笑笑的，偶爾打鬧幾下，竟也很相配。這下子沈葭也就明白為什麼木珂能住在這樣的地方了。
「他倆其實十分相配呢，郎才女貌、氣味相投，這樣的夫妻日子過起來才有滋有味。」沈葭不由感嘆。
侯遠山笑著捏捏她的手道：「走吧，咱們也過去幫忙。」
薛攀正在桂花樹下生火，木珂則是將剔好的羊肉用鐵絲一根根串起來，撒上料粉。
木珂瞧見他倆，笑道：「你們倆就別沾手了，等著待會兒開吃就成。」
沈葭笑著搬了兩個木墩和侯遠山坐下，道：「沒關係，人多弄得快些，我們也能快點吃上是吧？」
木珂聞言方笑著將幾根鐵絲遞給他們，道：「隨便串幾下就成，不過是烤起來方便些。」

難得吃到類似現代串烤的東西，沈葭覺得很回味，雖然不太喜歡野羊肉的膻味，仍是吃了不少。

整場烤肉下來，薛攀對木珂格外殷勤體貼，看著他倆其樂融融的，侯遠山很欣慰。既然決定避隱於市，木珂一個女孩子，若有人能真心對她，自然是再好不過了。

幾個人酒足飯飽，木珂拉著侯遠山在一旁說話，留下薛攀和沈葭二人繼續吃。

好在薛攀這個人嘴上功夫了得，再加上沈葭也不是那麼扭捏，因此兩人說起話來倒也不覺尷尬，反而還很有趣。

而另一邊，兩人的談話卻是嚴肅許多。

「最近朝中大變，萬皇后和攝政王倒臺，越王殿下已是孤立無援，想來也成不了氣候，晉王與殷王之間的爭奪已是水深火熱，奪嫡之戰已從暗處逐漸走向明處。朝中局勢險峻，也不知師父最後將落個什麼下場。」木珂說著忍不住一聲嘆息。

侯遠山神色凝重道：「萬氏傾覆想來與師父脫不了干係，如今越王登基無望，師父勢必周旋於殷王和晉王之間。起初我以為師父只是想要報仇，但現在看來……他怕是有更大的野心。」

木珂神色微驚道：「師兄的意思是，師父想自己做皇帝？」

「做不做皇帝我不知道，但想要獨攬政權成為第二個萬家卻絕非不可能。一個人但凡擁有權力和地位，想要的只會更多。或許他自己都沒發覺，為汐貴妃報仇早已成了他擾亂朝廷、實現野心的一個幌子。」

「師兄何以見得？」

侯遠山冷笑道：「殷王是汐貴妃的兒子，若他對汐貴妃用情至深，自然愛屋及烏，助殷王奪得帝位才是正理，又怎會處處牽制殷王殿下？」

「那師兄覺得我們該不該幫師父一把？畢竟他對我們也有養育之恩。」

「如果去了，就違背我們離開的初衷。殷王殿下民心所向，本是最好的儲君人選，如今因為師父，使得三位親王自相殘殺，我們此時幫助他便是助紂為虐，陷萬民於水火。」

侯遠山說罷突然轉身，神色認真地看著她道：「木珂，妳記住，鐘樓的木珂和木玦都已經死了，如今的我們只是萬千百姓中的一員，過好自己的日子才是當下最該做的。我們倆沒有立場去摻和那些陰謀詭計，妳懂嗎？」

木珂原本還猶疑不定，聽了這話才定了主意，認真點頭道：「師兄，我知道了。那些事，我們不該摻和，也不該幫助師父助紂為虐、禍亂江山。」

侯遠山拍拍她的肩膀，欣慰地點頭。

第二十七章 情繫來生

因為袁來春落榜，讓高李氏覺得女兒和袁來生訂親這事做得太急了些。這幾日，高李氏一直將高浣關在家裡，又吩咐兩個兒媳時時刻刻看著，就怕她偷溜出去找袁來生。

對此，高浣覺得甚是無語。

她自認是個守本分、知禮數的姑娘，如何會做出這樣的事來。縱使她想出門，也是因為刺繡上遇了難題，想找沈葭請教一二罷了，這會兒卻像個犯人一樣被關押在家，想想就覺得鬱悶難當。

原本，她對娘不想讓她嫁給來生哥一事並沒有多大反彈，可娘如此不信任她，反倒讓她內心深處的一點反叛慢慢滋生。

這日，她在屋裡實在悶得慌，剛掀開竹簾準備去外面走走，正跨過門檻，二嫂高姚氏便走上前問道：「浣妹兒這是要去哪兒啊？」

高浣有些無奈，只溫婉淡笑道：「二嫂怎麼這麼巧在我門口？我只是有些口渴，所以出來倒杯水，屋裡的茶水都已經喝光了。」

「我那屋裡今早剛泡了一壺棗花茶，妳等著，我去給妳倒一杯過來。」二嫂說著，急急忙忙往自個兒屋裡去了。

見人走了，高浣便打算趁此機會溜出門，誰知剛到門口，又撞上剛從外面洗衣服回來的三嫂高吳氏。

「浣姊兒這是要出門哪？」三嫂笑道。

高浣頭皮發麻，訕訕地笑了笑說：「屋裡有些悶，想出去走走。」

此時二嫂倒了茶水出來，見高浣立在門口，立刻明白自己方才是被她騙了。她無奈地嘆息一聲道：「不是我們妯娌二人不肯讓妳出門，而是娘交代下來，我們倆也沒法子，浣姊兒就擔待一下吧，畢竟若出了事，娘不會怪妳什麼，我們二人可是吃不了兜著走。」

高浣原本並未多想，但聽了二嫂的話也覺得有幾分道理。娘對她是很好，可對兩個嫂嫂就……

她不由得有些愧疚道：「是我不知分寸，望兩位嫂嫂莫怪，我回屋裡就是了。」

高姚氏知道小姑是個好人，忍不住嘆息道：「我和妳三嫂也知道妳心裡不好受，可是能有什麼法子呢？娘的脾氣連爹都沒辦法管，何況我們呢？雖說我和妳哥哥都覺得袁來生能給妳幸福，可到底拗不過咱們的娘啊。這會兒，只怕袁家的人心裡也不好受。」

高浣原本聽到二嫂提及來生有些臉紅，聽到最後又不免擔心起來。「袁家的人……娘去找他們的麻煩了嗎？」

高姚氏搖頭道：「那倒是沒有，但村裡傳得沸沸揚揚，說娘恐怕打算讓妳和他家退親。前幾日袁來生來過幾次，大門都沒進就被娘趕走了，那日我瞧他走得挺落寞的樣子。說起這個，當初還是咱們家主動去求親的，這會兒翻臉不認人，連我看著都……」

高姚氏突然頓了頓，又道：「袁來春落榜，袁家人本就不好受，咱家這樣可不是落井下石嗎？」

高吳氏忙拉了拉高姚氏的袖子道：「二嫂快別說了，待會兒讓娘聽見，妳可就麻煩大了。」

高浣早已聽得心裡難受，此時突然沒了要出門的心思，只覺得悶悶的。

「兩位嫂嫂妳們忙吧，我想回屋歇一會兒。」她說完默默轉身回到屋裡。

高姚氏和高吳氏妯娌兩個互望一眼，又不免嘆息，也不知這一對能不能修成正果。

高浣回到房中，也無心做什麼刺繡，只靜靜縮在炕上發呆。因為心情不好，晚飯也沒吃上兩口，高李氏還當她生了病，急急忙忙來看她，又見自己說什麼她都只是淡淡地回應，心裡才猜出個大概。

「妳這是因為袁家的事跟娘嘔氣？浣姊兒，娘所做的一切都是為妳好，妳是娘的掌上明珠，娘怎麼捨得讓妳嫁到那樣的人家去受苦呢？」高李氏坐在炕上安撫女兒，一副慈母的模樣。

高浣不喜歡娘親打著為自己好的旗號，做一些目中無人的事情，如今聽了這番話心頭更不舒服。「當初可是娘找了媒人去袁家提親的，如今又反悔，這不是讓村人拿到話柄看笑話嗎？」

「妳這丫頭，還未出嫁的姑娘家說的什麼話，妳這會兒還沒成他們袁家的人就先替他們說話，傳出去就好聽了？」

「娘，我是在跟妳講道理啊，妳扯到這上面做什麼？」高浣聽得一陣羞惱，直接躺在炕上，轉過頭去不再說話。

自家女兒的脾氣高李氏怎會不清楚，見她生氣，只得放軟了哄道：「我的乖女兒，妳方才那般跟娘說話，娘也就是氣急了隨口一說，怎麼還當真了？我知道妳知書達禮，不會做出那等令人不齒的行徑來，可妳要知道，娘也是為了讓妳過得好啊。若妳嫁的是袁來春，他畢竟已是舉人，那再等些時日也就罷了，可來生只是來春的哥哥，若來春一直落榜，妳將來的日子可怎麼過？何況，妳外祖母前些日子還說他們村裡也有個舉人，剛過而立之年，三年前沒了妻子後一直未娶，娘覺得妳和他……」

高浣突然從炕上坐起來，難以置信地看著自己的娘親道：「娘，我才十六歲啊！」娘竟然覺得她和大自己整整十四歲的鰥夫相配？

高浣自認不是很挑剔，卻還是有一身傲骨，再加上他們高家的條件，她這樣一個年紀輕輕的姑娘家，怎麼可能願意給人續弦？

「浣兒，娘知道妳可能一時無法接受，可妳自己想想，那男的現在是個舉人，將來一朝入仕，妳便是身分尊貴的官太太，和袁來生那可是沒得比的。年紀大些又何妨，愈是年紀大的愈會疼妻，說不準比嫁給袁來生這樣的貧賤人家更來得舒心。至於那人是個鰥夫一事，娘嫁給妳爹的時候，他不也是個死了媳婦的鰥夫嗎？妳瞧瞧咱這一家子，不也過得挺好的？」

高浣眼中含淚，卻是再不肯說什麼話。

她和她娘怎麼會一樣，當年若非高家早就在村裡露了頭角，是個難得的富足人家，娘又怎會看得上爹爹？娘重財、重地位和面子，可她不一樣，她高浣在乎的，是要嫁的那個男人！

但這些話終究有些逾越，依她的性子自然只是在心裡想想，沒敢說出來。

高李氏只當她是聽進去了，不由吁了口氣，拍拍她的背道：「好女兒，娘的話妳好好想想，到底是一輩子的事。」

高李氏說完，見女兒繼續躺在那裡側著身子沒有反應，心下嘆息一聲，默默出了屋子。

高浣獨自躺在那兒，眼角凝了淚水，顆顆滑落。

她突然不明白，娘到底是要嫁女兒，還是賣女兒；是讓她嫁人，還是嫁一個官職？

沈葭坐在屋裡有些發愁。方才來生哥來找她，說他很想見浣姊兒一面，可高李氏怎麼都不肯讓他見，還說與袁家的親事怕是要吹了，要來生哥莫再打擾。

來生哥心裡急，又沒有什麼別的門路，便來求她想想辦法，看能不能讓他和浣姊兒見上一面。

對此，沈葭自然也很想幫忙，可高李氏近來對她的態度很微妙，她也許久不曾見到浣姊兒了。

就在此時，高湘出現在門口喚她。「遠山嫂子在家嗎？」

沈葭一聽是高湘的聲音，便知是有了浣姊兒的消息，忙走出去道：「原來是湘丫頭，快到家裡坐吧。」

「不了，我姊姊有句話要我帶給妳，說完我就走。」

沈葭眼睛亮了亮，道：「妳姊姊有什麼話？」

「姊姊說許久沒見妳，明日想約妳在縣城的錦繡閣見面，到時候嫂子可記得早些過去。」

終於有機會見到浣姊兒，沈葭自然很高興，忙點頭應下來，心中尋思著這或許是來生哥和浣姊兒見面的好時機。

弄不好，也是唯一的一次機會。

侯遠山打獵回來的時候，見沈葭在灶房做飯，嘴裡還哼著小曲，不由倚在門口挑挑眉，道：「娘子今日可是遇上什麼喜事？」

沈葭笑道：「遠山哥快洗洗手，一會兒就要開飯了，晚點再跟你說。」

侯遠山見她眉飛色舞的模樣，不由笑了笑，轉身拿了木盆去洗手洗臉。

許是心情好的緣故，今日的晚餐也比平常豐盛許多：兩個香甜玉米烙，一張野菜雞蛋餅，外加兩碗紅薯玉米糊糊。

前兩日還吃了玉米麵摻紅薯麵的窩窩頭，今日難得看到可口的大餅，侯遠山越發不明白了。「什麼事讓妳如此高興，做個飯都比往日破費不少。」

沈葭笑道：「也不是什麼大事，今天來生哥來找我，說他想見浣姊兒，要我幫忙想想辦法，我正發愁的時候湘姊兒過來了，說她姊姊要我明日去錦繡閣與她見面。你說，這不正是來生哥和浣姊兒相見的好時機嗎？我方才還在想，若是浣姊兒對來生哥也有意思，我們是不是應該幫幫忙？」

侯遠山見她一副古靈精怪的模樣，掰了塊餅遞給她，問道：「妳這是想到什麼好辦法了？」

沈葭接過餅吃一口，眸中的笑意自始至終不曾消散。「我是覺得，浣姊兒她娘的脾性我也摸得差不多了，人麼，只要有弱點就不難下手，想讓她同意來生哥和浣姊兒的親事還是有辦法的。現在最大的問題就是浣姊兒，若她對來生哥無意，自然什麼都是白說。」

侯遠山想了想道：「可是……妳讓他們兩人在錦繡閣見面，傳出去怕是對名聲不太好。」

沈葭「噗哧」一笑道：「你說到重點了，我開心了半晌便是因為這個。我琢磨著，來生哥這身段，若是好生打扮一番，說不定也會是個美人呢！就是……個頭太高了點。」

侯遠山頓時滿頭黑線。「來生知道妳要讓他扮女裝去見浣姊兒嗎？」

沈葭不以為然地吃著野菜餅道：「來生哥目前自然不知道，我明天直接跟他說，為了見浣姊兒，他肯定會答應的。」

說起這個，沈葭又興奮起來。「妝容我都想好了，男子的皮膚比不得女兒家細緻，所以明日要多塗些脂粉，來生哥的額頭有些寬，要放些劉海下來才顯得自然。」

「衣服呢？」

被侯遠山這麼一問，沈葭原本滔滔不絕的嘴頓時停下來，想了一會兒道：「明天我和來生哥去縣城，找個裁縫現場修改一件女裝不就成了？也不用打扮得太引人注目，差不多就行了。」

侯遠山默默吃著碗裡的糊糊，一時間不知道說什麼好。一個大男人扮女裝，若這種事讓他做，他……他還是默默吃飯吧。

「遠山哥，其實你比來生哥好看，如果你扮女裝，肯定會迷死一大群人的。」沈葭突然托著下巴色迷迷地看著他，腦海中彷彿已經想到那是怎樣的畫面。

侯遠山剛喝了一口玉米糊糊，聽到這話險些沒把嘴裡的食物噴出來，好不容易嚥下去後，抬頭看向坐在自己對面的沈葭道：「小葭，妳是認真的？」

「當然了，明日等來生哥回來，我把他的衣服拿給你穿看看，晚上再好好打扮打扮。」沈葭眼神中不見絲毫玩笑的意味，反而流露一絲期待。

侯遠山瞥了眼她碗裡的飯。「還吃飯嗎？」

沈葭搖搖頭道：「不了，我吃飽了，遠山哥你吃吧。」

侯遠山突然站起來走到她身後，在她還未防備之時直接將人打橫抱起來。

沈葭嚇得雙手摟住他的脖子，一雙黑葡萄般的大眼睛瞪著他。「你要幹麼？」

侯遠山在她的臀上捏了一把。「妳剛剛說了什麼，不該受些懲罰嗎？」

沈葭沒想到他竟然使勁地捏，不由「哎喲」出聲，忙伸手捂住，臉上羞得飛紅。她剛剛說的可是認真的，沒有開玩笑的意思。

不過想想也是，沒有男人會希望自己被扮成女人吧？

沈葭這般一想，忍不住聳著肩膀笑出聲來。

「妳還笑？」侯遠山黑著一張臉看她，手指去捏她的翹臀。

沈葭頓時急得兩條腿上下亂蹬。「你快鬆開，使那麼大勁，很疼的啊！」

「不疼妳會長記性嗎，嗯？」他說著已經抱著沈葭進了裡間，將人放在炕上，又忍不住在她屁股上拍了幾下。

沈葭羞憤難當，忙拉了涼被將自己裹起來，只露出一張俏臉，雙眼急得水汪汪的，嗚咽道：「遠山哥，你打我做什麼？」她都這麼大的人了，竟然被打屁股，想想都覺得丟人。

侯遠山一本正經地坐在炕沿道：「那妳跟我認個錯，我就不打了。」

「認錯？」沈葭一頭霧水，她不就說讓他扮一下女裝嗎，大不了她扮個男裝給他看就是了，這還要認錯？

「怎麼，看來還要再打幾下才長記性。」

見侯遠山一本正經，沈葭嚇得整個人往裡面縮了縮，死死護著自己的屁股，一臉乖巧道：「遠山哥，我錯了，我給你認錯，我不說了，我以後都不說這種話了。」她說完趕忙摀了自己的臉，不敢抬頭去看他的表情。

見她可憐巴巴的模樣，侯遠山終於忍不住抽動幾下嘴角，說話卻仍一本正經。「那妳覺得自己現在應該怎麼做？」

沈葭想了想，有些不情不願地從炕上爬起來，蹭到侯遠山跟前抱著他的脖子，在他臉上狠狠親了幾口，委屈地看著他道：「這樣夠了嗎？」

「妳說呢？」他略一挑眉，在她要往後躲時將她一把拉過來，指了指自己的唇。「要親這裡才行。」

沈葭頓時臉一黑，氣得伸手拍打他。「就知道你是在戲弄我！」

「有嗎？我方才可是真的生氣了。」

任憑他神色再認真，沈葭也不為所動，只淡淡點頭道：「是嗎？那你氣著吧。」

她說完又要往裡面跑，卻被侯遠山一把拉回來，順勢推倒在炕上。

「說錯了話，總要受些懲罰。」他一張臉懸在她眼前，一臉嚴肅認真。

沈葭卻不買帳，轉過頭去不再看他。「我要睡覺了。」

侯遠山只得用手去撓她的腰，沈葭怕癢，那個地方極敏感，才剛碰幾下就咯咯笑個不停，想盡辦法逃竄。

此時月色正好，院中花圃裡的花兒也在微風下散發馨香。屋子裡的歡聲笑語自窗間傳出，透著一股難得的歡快。

後來，那笑聲漸漸淡去，取而代之的，是那一聲又一聲的淺淺嬌吟，驚了海棠，羞了月光。

第二十八章　扮女相見

翌日，袁來生一聽沈葭要帶他去見高浣，頓時心花怒放，但再聽到她要自己扮女裝，又一下子傻眼。

扮……扮女裝，那浣妹妹還認得出他來嗎？若是留下不好的印象，那他的形象也就全毀了。

沈葭見他猶豫不決，忍不住道：「這有什麼好糾結的，若不這樣，你可是連面都見不著，我這也是為了你倆的名聲考慮啊。」還是現代好，想約異性見面根本就是小菜一碟，哪像現在這樣花心思。

葉子忍著想笑的衝動，在一旁勸道：「哥，為了見浣姊兒，你就忍忍吧。」

最後，袁來生在萬般無奈下答應了沈葭的提議。

然而，當他在一家衣鋪被「精心打扮」後，又後悔得要命，走起路來也彆扭得很。

袁來生怕是活了大半輩子都沒想到，自己有朝一日竟為了娶媳婦要被打扮成這德行。

其實沈葭覺得來生哥這樣的打扮挺不錯的啊。雖然皮膚曬得有些粗糙，但脂粉一遮也就不明顯了，除了……個子太高、胸太小以外，沒什麼太大的問題。

再加上袁來生扭扭捏捏的模樣，倒真有點像女兒家了，惹得沈葭直笑。袁來生聽她笑，頓時憋紅了臉，挺直腰板一本正經地往前走。

因為袁來生的身高問題，走在大街上還是引來不少人頻頻側目。

沈葭同他到了錦繡閣，掌櫃大老遠繞過櫃檯迎上來道：「侯家娘子來了，可是前些日子的活兒做出來了？」

沈葭笑道：「我前幾日剛拿到絲線，哪可能那麼快。今兒個是同浣姊兒約在你這鋪子見面。怎麼，她人還沒到嗎？」

「哎喲，原來是這樣。高姑娘還沒來呢，既然這樣，娘子不如先去雅間坐會兒，等她來了我知會一聲就是。」

因為沈葭和高浣經常來此，因而錦繡閣招待貴客的一個小雅間也成了她們的相約之地。

沈葭笑道：「既如此，就多謝掌櫃了。」

「哎喲，這位娘子可真高啊，比我還高上一頭呢。」掌櫃的看著袁來生，不由伸手摸了摸自己的頭。

袁來生一身羽藍色長裙，外搭一件月白色束領半臂衫，遮住較顯眼的喉結，因為臉上塗了脂粉，顯得皮膚細膩許多，雖看上去有些怪怪的，但不仔細看倒不容易猜出是男人所扮。

掌櫃盯著瞧了一會兒，見袁來生一直不說話，便轉頭看向沈葭。「這位是娘子帶來的嗎？我瞧著倒是面生。」

沈葭笑道：「這是我遠房表姊，來我家借住幾日，今兒個聽說我要來非要跟著。她是個啞巴不會說話，掌櫃莫要怪她失禮。」

掌櫃了然道：「原來如此，難怪來了半晌竟是一句話也不說。二位先進去吧，待會兒我讓小廝給妳們沏茶。」

沈葭道了聲謝，便帶著袁來生去了樓上的雅間。

小廝端茶水進來，擱在桌上便關門出去了。袁來生透過門窗看外面的人影走了，才對沈葭小聲道：「小葭，我這樣……浣妹妹還認得出我嗎？妳說待會兒她若是來了，會不會嚇著她？」

沈葭坐在圈椅上喝著小廝剛端來的菊花茶，在袁來生身上打量一會兒，將茶盅放下來道：「來生哥，我看你還是先去屏風後面躲一下比較好。」

袁來生頓時臉色一垮，難堪道：「我這模樣……果真沒法見人嗎？唉，早知道就不該聽妳出的餿主意，現在該怎麼是好，這地方可有水？讓我先把臉上的東西洗下來。」

沈葭看他一邊說，一邊焦急地在屋裡四處尋找，不由笑道：「來生哥，我沒說你這樣子不能見人啊，你怎麼突然這麼著急。若你這裝扮太怪異，方才咱們在街上一路走來怎沒見哪個人有奇怪的反應？他們頂多被你的個子嚇到了而已。」

袁來生想了想，覺得沈葭說得有些道理，可再想到過會兒高浣要來，不由得又緊張起來。「可是，妳為什麼要我先躲到屏風後面去？」

沈葭起身走過來道：「帶你來這件事畢竟沒有提前和浣姊兒商議，怕她沒做好心理準備，一會兒看你這副樣子會嚇著。待我先探探她的口風，若她願意見你，你再從裡面出來。而且，難道來生哥不想知道浣姊兒是什麼想法嗎？畢竟女兒家臉皮薄，有些話當著你的面她也不好說。」

袁來生心想沈葭說得有幾分道理，便應下來。

就在這時，外面傳來一陣腳步聲。沈葭忙道：「該是來了，來生哥快先去裡面躲著。」

高浣推門進來的時候，沈葭正靜靜坐在圈椅上喝茶。

「嫂子來得竟是比我還早。」高浣笑著在沈葭旁邊的圈椅上坐下來。

沈葭倒了杯茶水給她，道：「這會兒外面可是大太陽，累壞了吧，快先喝些茶水，這是方才用冰塊鎮過的，最是解暑。」

高浣接過喝一口，冰冰涼涼的茶水飲入口中，帶著一絲甘甜與芳香，倒真是解了不少暑氣。

沈葭這才問道：「怎麼突然約我來這裡見面？前些日子妳娘不還整日將妳關在屋裡不肯放出來嗎？」

高浣將手裡的茶杯放下來，忍不住嘆息一聲。「昨晚飯後和我娘鬧了些不愉快，心裡總覺得悶悶的，想找個人說說話，細想之下能與我談心的也只有遠山嫂子了。昨日晚上，我也是磨破了嘴皮才讓我娘鬆口，許我今日來錦繡閣拿些絲線。」

「高大娘總誇妳乖巧聽話，昨兒個怎會鬧得不愉快？」

高浣神色黯了黯，道：「還能是什麼事，就是我與袁家的婚事罷了。」

沈葭猶豫一下問道：「妳和來生哥……會退親嗎？」

高浣被問得臉上有些發熱，腦海中不自覺地閃現出那張沒見過幾次卻異常熟悉的臉龐。她輕輕搖搖頭道：「這種事，我又如何作得了主，我娘的脾氣我也是拗不過的。」

「那妳自己呢，不說妳娘，妳又是什麼想法？」

「我……」高浣的臉頓時脹得發紅，抿了抿唇沒有說話。一直躲在屏風後面的袁來生早已緊張地握緊拳頭，大氣都不敢呼一下，只靜靜聽著浣姊兒會有什麼反應。

沈葭見高浣一直不說話，又問：「此時只有妳我二人，還有什麼不能說的嗎？」

高浣想到昨日娘親的話，心裡湧現一絲酸澀，無奈道：「或許嫂子還不知道，我娘看中了外祖母介紹的一個人家，是個鰥夫，據說中了舉人。」

沈葭心上沈了沈。「那妳……」

「我便是因為此事跟我娘起爭執，那人已是而立之年，又是個鰥夫，我如何會情願？何況與袁家有婚約在先，如今因為來春落榜便悔婚，到底說不過去。我因此事與我娘理論了幾句，原本只是想說個理，她卻說我還沒成為袁家的人便已幫他們說話，我還能說什麼呢？親事到底是父母之命、媒妁之言，根本沒有我說話的餘地。」

高浣說著眼中泛起點點淚花，顯得越發楚楚動人。

躲在屏風後面的袁來生不由得捏緊拳頭，隱忍著不讓自己發出聲。

沈葭往屏風的方向望一眼，隨即嘆息道：「唉，妳娘可真是一心想讓妳往高處嫁，竟連而立之年的鰥夫都考慮上了。若真如此，可就可憐我乾娘一家，原本還眼巴巴地盼著妳做來生哥的媳婦呢。」

說到這個，高浣一陣心跳加快，猶豫一下問道：「來生哥，他還好嗎？」

沈葭搖搖頭道：「怕是不太好，這幾日來生哥往妳家跑了幾次，卻都被妳娘趕回來，他也正落寞呢。」

高浣攥了攥衣角道：「來生哥是個好人，當初我娘請媒人去提親雖讓我有些意外，但慢慢也就接受了，後來反倒覺得這樣也挺好。可誰又知道，我娘的心思卻……有時候我甚至在想，興許我只是她獲取榮華富貴的一個墊腳石罷了。」

沈葭握住她的手道：「倒也不能這麼想，妳娘疼妳是村人有目共睹的，雖說在妳的親事上做了些糊塗事，但也是希望妳高人一等，為高家揚眉吐氣，往後也能過上好日子。只是，妳與袁家有婚約在先，現在尚未退親便又為妳尋了人家，到底有些失禮，傳出去也怕惹人閒話。」

「是這樣沒錯，嫂子說的這些我都明白，可我娘的脾氣連我爹都拗不過，何況是我呢？不瞞嫂子說，那鰥夫再好我也是不想嫁的，論年紀，我若再小上幾歲，都夠做他的女兒了。」

高浣這話說得一點都沒錯，古代人顯老，一個三十多歲的男人放在現代怕是和四十多歲的人難分上下，再加上這裡的人都早婚，男子十六歲便可成親生子，那個鰥夫比浣姊兒大十四歲，可不就是快成父女了嗎？

「那妳現在呢，可還願意嫁給來生哥？」只要高浣願意嫁，辦法總是有的。

「我……」高浣猶豫著張了張口，卻什麼也沒說出來。她雖說跟沈葭在一起熟悉了，可問及自己想不想嫁人，到底還是有些難以啟齒。

高浣一直不回答，屏風後面的來生卻一下子急了，直接走出來道：「浣妹妹，我是真心想娶妳做媳婦的，妳便應了吧，我會對妳好的！」

高浣沒想到屏風後面會冒出一個人來，嚇得直接從椅子上站起來，望著那長相奇特、打扮怪異的「婦人」有些瞠目結舌。

她好半晌才反應過來，難以置信地看著那人。「你是……來生哥？」

來生出來得太過著急，竟把自己這身打扮忘了，一時間臊得臉紅，慌忙側身，用衣袖遮擋住臉，道：「我……這都是小葭出的餿主意，我是不是嚇著妳了？」

高浣原本還有些驚訝，可看袁來生這般模樣，竟一時間沒忍住笑出聲來，又忙摀了嘴、紅著臉看向沈葭，嗔怪道：「嫂子藏了個人在裡面，莫不是要套我的話？」

依高浣的個性，若是知道袁來生一直在裡面躲著，怕是會有些生氣，但被他男扮女裝的古怪模樣一攪反倒忘了這事，如此想來，這身裝扮也算是派上用場了。

她笑著起身拉了高浣的手道：「這怎能算是套妳的話呢？妳也知道，我來生哥是個老實人，有一肚子的話想問妳又沒那膽量，我這做妹妹的只好出此下策了。妳現在叫我嫂子，怕是再過些時日，我要改口叫妳嫂子了呢。」

高浣被她說得脖子都紅了，低著頭不敢看對面的袁來生。「妳這說的什麼話呢？看來今日我是不該來的，既然如此，我這便走了。」

她說著逕自要出門，沈葭趕緊拉住她。「好妹妹，妳便當我說錯了話，莫要與我一般見識。我這哥哥可日日夜夜盼著見妳，妳若這樣走了，他怕是要氣我許久。」

高浣不由看了袁來生一樣，紅著臉低頭不語。

袁來生倒是放開了些，轉頭對沈葭道：「小葭，妳先出去一會兒，我、我有些話想單獨跟她說。」

沈葭聽得一愣，又見高浣低著頭，耳根子紅得通透，就是不給個答覆，她不由彎了彎唇角。的確，當著面說清楚是最好不過了，好在今日來生哥男扮女裝出來，也不會損及高浣姑娘家的聲譽。

「那好，你們別說太久，我去外面幫你們把風。」她說著就要出門，到了門口卻又轉身囑咐。「來生哥，浣姊兒可是個好姑娘，你莫要欺負人家。」

最後一句說完，她才笑著開門出去了。

見沈葭離開，袁來生才指了指一旁的椅子道：「浣妹妹，坐、坐吧。」

高浣應了聲，又坐回原本的椅子上。袁來生也走過去在她旁邊坐下來，高浣嚇得不輕，忙往另一側挪了挪。

來生面對高浣有些局促，一直坐在那裡不說話，高浣也羞得臉紅，低著頭攥著粉拳不說話，一顆心有如受驚的兔子，自他出現便沒有靜下來過。

二人默默坐了許久，來生才忍不住看向她道：「我是真心想要娶妳為妻，也不知妳是什麼想法。妳家人的態度我也看得出來，像妳這麼好的姑娘本是我袁來生配不上的，可我還是不死心，想要聽聽妳的想法，若、若妳的心思同我一樣，我自會為了咱倆的將來去爭取，可若是……妳無意於我，我便沒什麼好堅持的了。」

這些話是他來縣城時想了一路的，原以為當著她的面可能會說不出口，沒想到事到臨頭倒也豁出去了。可話一說完，整顆心便懸起來，他滿含期待地盯著身邊的姑娘瞧，期待她的回答能和他希望的一樣。

等了半晌，見高浣一直滿臉通紅不說話，他不免有些著急，又道了一句：「浣妹妹好歹給我個答覆吧，要不然我這些時日七上八下的也是難熬。」

高浣依舊紅著臉不出聲。

袁來生瞧著她的反應，突然想到沈葭曾交代他，這種事不能這麼問。

他想了想，又道：「浣妹妹若無意於我，只管告訴我便是，妳若不說話，我就當妳是默許了。」

高浣仍是低頭不語，一顆心卻跳動得更急促了。

袁來生頓時有了希望，突然起身站在她跟前，興奮地扶住她的肩膀。「妳這般，可是答應了？」

高浣臉紅得似要滴出血來，依舊抿著唇不說話。

來生記起沈葭的話，這樣問時，女子不回答也就是默許的意思。這般一想，他一時間興奮不已，忘了男女之禮，猛地將高浣扯進自己懷裡。

毫無準備地跌進一個結實寬闊的胸膛，強烈的男性氣息讓高浣差點屏住呼吸。她心中一陣羞惱，掙扎著想要從他懷裡掙脫。

袁來生有些失望，浣妹妹這般推拒，莫不是無意於他？他不由落寞起來，緩緩鬆手道：「我知道浣妹妹的意思了，妳放心，我定不會毀了妳的名聲，待明天我就親自去高家退親。」

他說完又盯著默不作聲的高浣瞧了一會兒，終是不知道該說什麼，只能無奈地轉身就要出門。

見他要走，高浣心中升起莫名的失望與恐懼，下意識地扯住他的衣袖。

袁來生欣喜地回頭望她，卻見她仍是低著頭不肯說話。

這一次，袁來生確定自己知道她的意思了，歡喜之餘又起了捉弄之心，故意裝不懂，一臉哀戚道：「時候不早，我先回了，浣妹妹也早些回去歇息吧。」

他說完轉過身，高浣又一次扯住他的袖子。

袁來生心裡有如萬馬奔騰，有著說不出的喜悅與歡呼，面上卻波瀾不生。「浣妹妹這是什麼意思？成與不成，總該給我個話。」

高浣被他逼急了，見他又要走，只能心下一橫，閉了眼道：「我、我願意！」

話音剛落，她的臉「唰」地一下更紅了，一顆狂跳的心似要從嗓眼裡飛出來一般。

袁來生聽到這話，高興得像個孩子，突然將高浣抱起，在屋裡飛快地旋轉起來。

高浣驚嚇得捶著他的肩頭道：「來生哥，你、你快放我下來，這樣不好。」

「為什麼不好？妳都答應了，再過些時日便是我媳婦，為什麼還說不好？」袁來生依舊抱著她捨不得鬆開。

高浣頓時真惱了。「來生哥若是再不放我下來，我、我就不嫁給你了。」

這話對袁來生很管用，哪還敢說什麼，急急放高浣下來。「浣妹妹別生氣，我、我不碰妳就是了。」他說著有些局促地搓搓手，生怕她真的改變主意。

高浣見他這模樣配著今日的女裝打扮，忍不住有些想笑，卻又覺得不合時宜，便也只能默默忍住。

知道了高浣的心意，袁來生整個人都精神不少，一連幾日臉上的笑意都沒有散過。

然而，一連五日過去了，原本滿口承諾定會讓他娶到浣姊兒的沈葭都沒什麼動靜，袁來生心裡又有些急了。

他心想把所有希望押在小葭身上似乎不太合適，畢竟她是個婦人家，又怎能幫到他呢？

他思慮再三，決定還是親自去高家一趟，無論如何都得說服浣姊兒的爹娘才是。

袁來生這般想著，便換了身乾淨衣服打算出門。

到了門口，恰好撞見從隔壁過來的沈葭。

「來生哥，你這是要去哪兒？」沈葭走上前來問他。

袁來生支支吾吾道：「我、我想去趟高家。」

沈葭不由笑了。「才不過五日，來生哥怎麼就等不及了，不是說好聽我的嗎？你就這麼過去，高浣她娘願意見你才怪。」

「她若不同意，大不了，我就在她家門口跪著。」袁來生一臉堅定。不管怎樣，他是絕不會讓浣妹妹嫁給別人的，之前他不知道浣妹妹的心意便罷了，既然現在浣妹妹都應下來，他一個大男人怎能不為她努力爭取？

沈葭搖搖頭道：「高浣她娘可不是你這般招數能對付的，若想讓她改變主意，怕還需要些門路。」

袁來生瞧她一臉自信，心中升起一絲希望。「小葭可是有了什麼好辦法？」

沈葭笑道：「來生哥別急，我今日來便是為了此事找你們商量的。乾娘在家嗎？咱們去屋裡說。」

袁來生對沈葭此番話很信任，辦法還沒聽到便覺得已成功大半，忙歡歡喜喜地請她入屋。

第二十九章　同歸於盡

兩日後，又有媒人前往袁家說親，對方是縣城西面何家灣里正何萬慶的么女何蘭。

居住之地靠近縣城的里正共有四個，分別是杏花村的高里正、何家灣的何里正、南河溝的陳里正和蘇莊的蘇里正。他們分別掌管周圍幾個村莊的賦稅和日常瑣事。

也正因如此，媒人來為何家說親的事很快便在杏花村傳開。

最近連下了兩日暴雨，村子裡泥濘不堪，山路更是濕滑，因此侯遠山只能待在家裡。

這日，他坐在八仙桌旁編竹籃，沈葭則坐在他的對面刺繡。想到近日村人的傳言，侯遠山不由問道：「何里正的事，跟妳有關？」

沈葭抬頭望他一眼，大拇指和食指併攏在他眼前晃了晃，道：「也就那麼一點點關係吧！重點是人家何里正自己願意。」

侯遠山瞇了瞇眼。他知道自家娘子這些日子一直忙碌著，卻不知道她到底做了什麼，更奇怪的是這八竿子打不著關係的何里正怎麼被她請動了，還為女兒來袁家提親。

原來，錦繡閣的掌櫃在何家灣認識不少人，沈葭便託付他讓人將高家和袁家的事情傳出去。

何里正和高里正不對盤，恐怕是整個縣城都知道的事情。原因倒也簡單，何家的么女何蘭有著蘇泉縣第一美人的稱號，這名號在縣城極響亮，蓋過了縣城裡所有的富家千金。

何蘭的母親是個十足的美人兒，至於她嫁給何蘭父親之前的身世眾人均一無所知，只知道她的女兒繼承她所有的美貌，且更加青出於藍。

高浣也美，但是贏在氣度和談吐上，至於何蘭，那可真是靠著那張嬌豔動人的臉蛋了。這些年，到底哪家女兒比較出色這個問題，兩家人沒少暗中較勁。當然，至今也沒真正分出個高下來。

何蘭的母親很神秘，從姓氏到閨名都不曾對外透露半分，平日也幾乎待在家裡鮮少出門，連上街都習慣性地戴著面紗，若哪一日有人瞧見其真容，恐怕會在縣城掀起熱議。甚至不少人覺得，這樣一個美人嫁給何家灣的小小里正，有些委屈了。

據說何蘭母親性子很冷，鮮少說話，更為她的神秘添了一絲色彩，連她的女兒何蘭的名聲也比浣姊兒響亮那麼一點。

高李氏是個心高氣傲的人，見有人美貌蓋過自家女兒定然不服，這些年著實暗地攀比了好幾回。不過相較之下，何家對這一切卻渾然不在意。

沈葭在錦繡閣掌櫃的幫助下，幾經打探才知道，原來這些年何家也正暗地裡幫女兒尋覓佳婿。

與高家不同，何家對女婿的要求是離家近、不走仕途，又能待自己女兒好，家庭和睦，且嫁過去還能有些體面。
如此一來，袁來生無疑便是最適合的對象。
其實何家老早就瞧上袁來生，覺得那男兒能吃苦，又老實守分，應該是個會疼妻的，再加上他的弟弟中舉，體面也是有了。
但奈何高家先了他們一步，這才作罷。
如今高家想另擇佳婿的流言傳出，何家覺得自家女兒又有了機會，這才差媒人來提親。
沈葭為了打探出這個消息著實下了不少功夫，好在何家果真是一直中意袁來生的，既然差人來提親，也就成功了一半。
侯遠山編著竹籃的手頓了頓，轉頭看她道：「妳這是想激高浣的母親？」
沈葭笑著點點頭，又道：「不過，這些還不夠，還有個消息沒傳出來呢。」
「什麼消息？」
沈葭得意地眨眨眼睛，神神秘秘道：「到時候你不就知道了？」
侯遠山笑著走上前，捧著她嬌俏可人的臉頰揉了揉，打趣道：「我覺得妳待在家裡刺繡有些大材小用了，媒人這個差事或許更適合妳。」
沈葭拿開他的手，道：「媒人說媒全靠那張嘴，而我呢，是靠這裡。」她說著用食指點了點自己的腦袋。
見她一臉得意，侯遠山忍不住在她額頭上親了一下。

她家娘子倒很會吹捧自己！

兩日後，高李氏有些發愁地在屋裡踱步，臉上的焦灼很明顯。

高老爺坐在圈椅上吸著旱煙，他看著看著，不耐地道：「妳快坐下來吧，轉來轉去，搞得我頭都大了。」

高李氏不滿地抱怨。「女婿都要被人搶走了，你還有心情坐在這裡享受。何家也真是的，怎麼什麼事都要跟我們對著幹？」

「是妳自己不打算將浣姊兒嫁給來生，現在人家提個親又沒礙著妳什麼，怎麼就跟妳對著幹了？」

高李氏睇了丈夫一眼。「你說得好聽，好男兒那麼多，他們怎就偏偏瞧上袁家？還不是因為袁來春是這附近唯一的舉人。我還以為他們家多清高呢，到了這時不仍是想著今後能撈點好處嗎？」

「那妳不也是瞧上好的，管人家的事做什麼？」

「你說我娘家村子的李貢啊？」高李氏不滿地撇撇嘴。「若早知道李貢是這麼一個貨色，我也不至於糾結到現在啊。」

昨日她去錦繡閣買東西，在裡頭聽到有人談論起李貢，說他酗酒又暴力，他的前妻便是被他活生生打死的。

不管這傳言是不是真的，她又不是後娘，怎麼可能讓浣姊兒去冒那麼大的險？

高老爺沈思一會兒道：「若李貢當真如妳所說是這等貨色，那浣姊兒是無論如何不能嫁過去的。」

夫妻二人難得站在同一陣線上。「當然不能嫁，浣姊兒若出了什麼事，我們哭都來不及。」

高老爺子吸了口旱煙，問道：「那浣姊兒的婚事，妳打算怎麼辦？」

「什麼怎麼辦，我們和袁家又沒退親，難不成還便宜他們何家？」高李氏說得一臉認真，好似之前打算將袁來生從女婿名單中踢出的人不是她一般。

高老爺知道自家婆娘有些厚臉皮，卻也只嘆息一聲沒說什麼。不管怎樣，袁來生這個人他還是滿意的，老實本分，又能吃苦，單憑他一個人供來春和來喜兩個弟弟唸書便瞧得出來。

他正想著，又聽高李氏接著道：「我也仔細想過了，袁來生供出了袁來春這個舉人，不管怎樣名聲總是不錯的，再加上他們家來喜也在唸書，據說也是個讀書的料，將來不管來春和來喜誰有出息，想必都會記得來生的恩情，咱們浣姊兒若是嫁過去，對咱們來說也不吃虧。」

高老爺冷笑一聲道：「妳這如意算盤倒是打得精，什麼好處都被妳想個通透。」

高李氏不滿地在高老爺肩膀上拍了一把，伸手抽掉他嘴裡叼著的旱煙。「吸吸吸，就知道吸，家裡事什麼都不上心。」

高老爺子也不惱，起了身揹著手往屋外去了。高李氏氣得對他的背影喊道：「你到哪兒去，我還有話沒說完呢！」

何家提親一事加上李貢脾氣暴戾、毒打前妻的傳聞，讓高李氏很快下定決心，再回過頭來看袁來生時竟覺得順眼許多。

因擔心再生枝節，高家甚至主動將原本定在明年三月的婚期提早到了今年九月。眼看來生哥的親事有了結果，大家心裡自然都是開心的。

就在眾人歡歡喜喜等待高浣和袁來生的新婚之日時，發生了一件舉國轟動的大事，為侯遠山和沈葭夫妻帶來不小的震撼。

瞬元三十二年六月十七日，鐘樓樓主高繼謀逆犯上，瞬元帝被毒害身亡，高繼也在大殿上自刎而死。

瞬元三十二年七月九日，殷王沈銘堯登基為帝，改年號為瞬和，免三年賦稅，大赦天下。

因蘇泉縣所處之地離皇城較遠，因此當這舉國轟動的消息層層傳遞過來時已屆八月中旬。

在侯遠山和沈葭二人的共同努力下，終於在院子南邊搭了一張棚，又攢了買驢的錢。眼看自己的夢想正一點點實現，沈葭心裡很高興，夜裡窩在侯遠山懷裡，興奮地規劃著兩人的未來，幻想著往後日子會有多美好。

第二日，他倆早早吃完早飯，便前往縣城買驢。畢竟有了驢，平常磨麥子和玉米時可以省下不少力氣，還能在農忙時幫一幫乾娘家。

更重要的是，如果有了驢，今後去縣城就不必讓侯遠山拉板車，他們可以一起坐在車上讓驢拖著走。

沈葭幾日前已在市場上看中一頭不錯的小毛驢，因此沒花多大工夫便買好了。

有了驢，沈葭自然開心得很。她和侯遠山並排坐在後頭的板車上，歡快地哼著曲兒，整個人感覺像要飛起來似的，縣城裡原本看起來沒什麼有趣的事，今日好似都有了不一樣的味道。

「遠山哥，那裡怎麼那麼多人啊？不知圍著在做什麼。」沈葭平常不怎麼愛湊熱鬧，今日卻難得心情好，興奮地指著一旁圍著的人群問道。

侯遠山在路邊拉了韁繩讓驢停下來，也跟著望過去。「似是官府出了什麼告示，想去看看嗎？」

沈葭連連點頭道：「當然要去了，這麼多人圍著看，說不定是什麼不得了的大事呢！」

她的好奇心有些蠢蠢欲動了。

兩人一起從驢車上跳下來，也上前去看個究竟。

然而，當看到告示上的內容時，沈葭臉上的笑意一點點斂了下去，表情也瞬間凍結。

告示的內容很長，但總結起來不過是這幾句話：鐘樓樓主與先皇同歸於盡，殷王登基，免三年賦稅，明年將成為瞬和元年。

當周圍百姓正為免三年賦稅而歡呼之際，沈葭只覺得一陣暈眩。她下意識地轉頭看向侯遠山，只見他原本波瀾不興的臉上布滿陰鷙，深沈的眼眸複雜難懂。

自此，二人直至回到家都沒再說什麼話。

鐘樓樓主亡故，沈葭知道他縱使萬般不好，遠山哥的心裡還是不好受的。她有心安慰幾句，卻又不知道該說什麼，便也只能默默陪著他，什麼也沒有說，什麼也沒有問。

到了夜裡，兩人都躺在炕上，侯遠山仍舊無語，只一個人盯著濃濃的夜色出神。

憋了一天，沈葭終於忍不住扯扯他的衣袖，喚了聲：「遠山哥……」

「嗯？」侯遠山側頭看向她，雖因光線太暗看不清他此刻的表情，但聲音還是一如既往的柔和。「怎麼了，睡不著？」

沈葭知道他心裡不好受，卻又不知該怎麼安慰，猶豫一下，她輕輕撐起身子趴到他的身上，低頭碰碰他的唇。

侯遠山身子一僵，隨即親了親她光潔的額頭，在夜色中尋上她的櫻唇，熟稔地將舌尖捲進去，整個人翻身壓過來。

他的呼吸有些粗重，卻又刻意隱忍著，不似往日那般迫不及待，倒像是在打開一件包裝精美的禮物般解著她的裙裳。

月光透過薄薄的窗紙灑進來，映在炕上緊緊交纏的人兒身上，粗沈的呼吸伴著淺淺嬌吟，本是人世間極盡美好的事情，卻又透著一股說不清道不明的味道。

沈葭靜靜躺在炕上，感受侯遠山的昂揚在自己體內進進出出，她抱著他腰間的手不自覺地收緊，指甲嵌入他的背脊，雖刻意隱忍卻仍自喉間逸出一聲聲淺吟。

他的動作不似以往那般強烈，但每一次的進入卻又比以往更加深入，宛若一位經驗十足的老者，每一步都不疾不徐，卻又恰到好處，激起她腹中的火熱，在她的心上漾起一圈圈漣漪。

不知持續了多久，沈葭終於在疲乏與睏倦中睡了過去……

當她一覺醒來時，天還未大亮，身旁的男人卻已經沒了蹤影。

她下意識地從炕上坐起來，心上似被什麼東西抽打了一下，帶著些許不祥的預感。

發覺到院中隱隱透著火光，她心頭一緊，顧不得穿鞋便赤足跑出去，卻又在屋門口停下來。

侯遠山正打直腰桿跪在灶房門口，前方是一個燃著紙錢的火盆，他正將懷中揣著的紙錢一點一點地丟進盆中。他沒有說話，可那無聲的哀痛卻連沈葭都感受得到。

她心上一陣抽痛，然後蔓延到全身。

猶豫了一會兒，她緩緩走上前去，在他身邊跪下，雙手挽著他的臂膀。雖沒說什麼話，但沈葭知道遠山哥會懂她的心意的。

侯遠山轉頭看向她，突然握住她的手，神色認真又透著一絲不捨，道：「小葭，我、我可能要去一趟京城。」

沈葭心上一沈，原本搭在他胳膊上的手眼看就要滑落，卻被他緊緊握住。「師父已去，木瑤師姊生死不明，她對我有救命之恩，我必須去京城找她。相信我，我一定會回來的。」

沈葭的鼻子有些酸澀，根本聽不進他的話，只搖頭道：「鐘樓謀逆，此刻餘黨必然遭朝廷追緝，你此番前去無疑是送死，若木瑤師姊沒找到，你又把自己的命搭進去，那剩下我一個人怎麼辦？」

沈葭急得快要哭出來，侯遠山頓時心有不捨，伸手擦擦她眼角滑落的淚珠。「傻姑娘，我已歸隱山村，如今有誰知道我是鐘樓之人呢？放心吧，我定會安然無恙的。」

「那我和你一起去。」沈葭吸了吸鼻子，突然道：「我雖然不常出王府，但肯定比你熟悉京城。」

侯遠山正待開口，竟看到她是光著腳丫子跑出來的，只得無奈地嘆息一聲，將她打橫抱起進了屋，重新放回炕上，這才道：「妳當然不能去，妳自己都說了，此去一定凶險萬分，我自己還有把握脫身，可若有妳在身邊，我怕無暇顧及妳的安危，最終反而雙雙落難，更何況，妳如今還身負抗旨逃婚的大罪啊。」

「可先帝已崩，新帝並不認得我，或許我到了京城根本沒人會注意呢？」沈葭反駁道。她真的不想和他分開，何況京城現在那麼危險，讓她如何放心得下？

侯遠山將她鬢前的碎髮夾到耳後，溫柔道：「傻瓜，新帝不認得妳，妳的嫡母和嫡姊會不認得妳嗎？她們視妳為眼中釘、肉中刺，此番進京若是被她們發現，妳又如何脫得了身？」

「可是……」沈葭知道他說的一切都有道理，也知道自己如果去了一定會拖累他。可是她真的不想讓他離開，更不想一個人守在家裡提心弔膽。何況，這一去，何時回來都是個未知數。

「此番一去，你快馬加鞭、日夜兼程地趕路怕也要一個多月才能到，來回少說要三個多月，這個年可能都趕不回來過了，若找不到木瑤師姊，就更不知何年何月才能回來。」沈葭想想就覺得慌亂，生怕他會出什麼事，到時留她一個人在這裡。

若遠山哥不在，那她今後的日子也沒什麼意思了。

侯遠山捏捏她的臉頰，神色認真地向她保證道：「我答應妳，定會儘快趕回來的。我只在京城待一個月，正月十五元宵佳節我一定趕回來陪妳過，好不好？」

「真的嗎？」雖有了他的保證，她的心裡卻仍沒有多少寬慰。但知道此番自己怎麼勸都勸不了，便也只好認命。「那我在家等你，你一定要快些回來。」

侯遠山心疼地吻掉她臉上的淚珠，又吻了吻她的唇。「一定會的。」

侯遠山要走了，沈葭雖然很想笑著再陪他待一陣子，卻怎麼也笑不出來。

兩人默默吃完早飯，沈葭便拿了包袱幫他收拾上京的盤纏，因為要在外過冬，她還特意準備了厚衣物和靴子。

包袱收拾好後，她又在床尾的紅漆箱子裡翻找出壓在底層的荷包遞給他。「這原是打算攢著租鋪子用的，不過你出門身上不能沒有銀兩，便先拿著用吧。左右你不在，我一個人也是開不成鋪子的。」

侯遠山握住她的手，卻未去接她的荷包。「這個妳自己留著，一個人在家沒些銀兩我也不放心。我用不著那麼多，帶些來回的食宿費用便夠了。」

沈葭仍然堅持道：「我在家要那麼多銀兩做什麼，倒是你出門在外的，總有需要的時候。何況京城之地本就危險重重，免不了做些打理，也就更需要銀兩了。略過這些不說，你有銀兩傍身，我在家也安心些。」

聽了這話，侯遠山才接下來，他深深地望著她道：「小葭，等我回來。」

沈葭早已眼眶酸澀，被他這麼一望更是紅了眼，忙別過頭去，勉強笑道：「好，那你可要快些回來。」

她難忍的表情讓他有些心疼，突然捧上她的臉頰狠狠吻上去，舌尖在她的檀口中恣意遊竄，似要捲走所有的不捨和依戀。沈葭癱軟在他的懷裡，閉眼享受兩人最後的溫存與美好。

許久，侯遠山終於依依不捨地鬆開對她的箝制，目光灼灼而留戀地道：「我該走了。」

——未完，待續，請看文創風601《獵獲美人心》下

2018年1月出版

獵獲美人心

文創風 600～601

「胎穿」為王府女兒，該是上輩子燒了好香吧？
看來老天爺對她的作弄還真是沒完沒了呢！

愛情是身子與心靈都化不開的蜜／十七月

侯遠山，高大健碩的俊朗男兒，身懷絕世武功卻隱身山村為獵戶；
沈葭，粉妝玉琢的絕世佳人，身世不凡卻險些命喪雪地狼爪下。
原以為，剋親剋妻的傳聞，會讓他此生注定孤身一人，
沒想到，雪地中救回的傾城美人，卻主動開口願委身於他！
拋開他無法坦白的過去，成親後的生活是美滿且饒富情趣的，
婚前一見她就結巴的夫君，婚後竟成了「撩妻」高手，
總是三言兩語就逗弄得她臉蛋羞紅、身子發熱、暈頭轉向，
在甜甜蜜蜜的小日子背後，他力守的一方幸福，真能固若金湯嗎？
一紙縣城的公告，昭示他們平靜的生活將起波瀾，
他為報救命之恩，冒死入京尋找失蹤師姊的下落，
她則因棲身之處曝了光，再次陷入王室紛擾，險些丟了性命。
經過一番波折，曾經渴望的生活伸手可及，但如今她竟毫不戀棧，
只求回歸平淡，與摯愛的夫君和孩子離開這是非之地，
然而，那始終惦念著她的人，真能就此放手嗎？

1月 PUPPY 揭開幸福序幕

Doghouse X PUPPY

婚禮的祝福

愛與不愛，有千百個理由，
結婚，卻只有一種祝福——
要恩恩愛愛牽手一輩子喔！
祝福天下有情人終成眷屬，
更願世間眷屬皆是有情人……

NO／511
看誰先結婚 著 路可可

雷鎮宇和夏小羽，兩人名字很搭，談起戀愛也口味超合！
偏偏——她有理由一定要嫁，他很堅持維持現狀更好，
於是兩人開始為了「相親」而槓上——看誰先結婚！

NO／512
結婚好福氣 著 陶樂思

他和她秘密協議，婚後雙方都保有自由、互不干涉！
誰知朝夕相處後，他發現她迷人到讓他心癢難耐，
只想拋開見鬼的婚前協議，再把她拐上床吃乾抹淨……

NO／513
結婚敢不敢 著 香奈兒

說起戀愛對象，一絲不苟的易予翔從不在萬棠馨的名單裡，
偏偏他倆總是很「有緣」，那烏龍般的初吻就別提了，
現在連結婚都要綁在一起，未免太「慘絕人寰」了吧?!

NO／514
醉後成婚 著 艾蜜莉

向來安分守己的徐嫚嫚，可以說是乖寶寶的代言人，
從小到大沒出過什麼亂子，就連違規罰單也沒收過，
沒想到一出錯就來大的，她竟被人「抓姦在床」?!

Hi-Life

2018.1/21 萊爾富・幸福小站 單本49元

為流浪貓狗加油 和貓寶貝 狗寶貝

廝守終生(一定要終生喔！)的幸福機會

對人來說，貓寶貝狗寶貝只是生活的一部分，但妳（你）對牠們來說，卻是生活的全部，領養前請一定要考慮清楚——

▲ 等著回家的小男孩 Q霸

性　　別：男生
品　　種：米克斯
年　　紀：5個月大
個　　性：親人、活潑、聰明
健康狀況：已結紮，2017年已施打疫苗。
目前住所：台中市霧峰區

『Q霸』的故事：

Q霸是和其他4個兄弟姊妹一起在台中霧峰山區裡被發現的，中途不忍心將這些可愛的毛孩子留在山裡，便將其帶下山，妥善照顧。

事實上，Q霸短暫有過幸福的日子。因為生得特別討喜、可愛，當時很快就有人願意認養Q霸；然而，萬萬沒想到，對方卻很快地反悔了。Q霸對那個曾待過的家其實已經有了感情、信任，也第一次有了專屬於自己的疼愛，可終究還是失去了。Q霸那時好似也知道自己被退養，中途感受得出牠的情緒很低落，因而很心疼牠。

Q霸很親人，是個活潑又聰明的毛孩子，中途希望能為牠找到一個美好的家，讓Q霸再次擁有曾感受過的溫暖，能夠一直一直的幸福下去。若您願意讓Q霸永遠有家的幸福及溫暖，歡迎來信leader1998@gmail.com（陳小姐），或傳Line：leader1998，或是搜尋臉書專頁：狗狗山-Gougoushan。

認養資格：

1. 認養者須年滿20歲，有穩定經濟能力，並獲得全家人的同意。
2. 須同意簽認養寵物切結書，並讓中途瞭解Q霸以後的生活環境。
3. 同意送養人日後之追蹤探訪，對待Q霸不離不棄。
4. 同意讓Q霸絕育，且不可長期關、綁著Q霸，亦不可隨意放養。
5. 為讓中途對您有更深入的瞭解，中途會先有份線上問卷請您填寫。

來信請說明：

a. 個人基本資料：姓名、性別、年齡、家庭狀況、職業與經濟來源等。
b. 想認養Q霸的理由。
c. 過去養寵物的經驗，及簡介一下您的飼養環境。
d. 若未來有結婚、懷孕、出國或搬家等計劃，將如何安置Q霸？

風 文創
600

獵獲美人心 上

國家圖書館出版品預行編目資料

獵獲美人心 / 十七月著. --
初版. -- 臺北市 : 狗屋, 2018.01
冊 ; 公分. --(文創風)
ISBN 978-986-328-821-3(上冊:平裝). --

857.7 106021473

著作者	十七月
編輯	張馨之
校對	黃薇霓　周貝桂
發行所	狗屋出版社有限公司
地址	台北市104中山區龍江路71巷15號1樓
電話	02-2776-5889～0
發行字號	局版台業字845號
法律顧問	蕭雄淋律師
總經銷	知遠文化事業有限公司
電話	02-2664-8800
初版	2018年1月
國際書碼	ISBN-13　978-986-328-821-3

本著作物由北京晉江原創網絡科技有限公司授權出版

定價250元

狗屋劃撥帳號：19001626

網址：love.doghouse.com.tw　E-mail：love@doghouse.com.tw